KB211672

상처 입은 세기의 거장
윤이상

상처 입은 세기의 거장, 윤이상

펴낸날 | 2000년 11월 15일 초판 발행
      2017년 9월 30일 11쇄 발행
글쓴이 | 최지숙
그린이 | 정수영
펴낸이 | 양진오
펴낸데 | (주)교학사
주   소 | 서울 특별시 마포구 마포대로14길 4
전   화 | 영업 (02) 7075-147
      편집 (02) 7075-333
등록 | 1962년 6월 26일 (18-7)
편집 책임 | 조선희
편집 교정 | 박세연, 김현성, 박승희
북디자인 | 미누디자인
ⓒ최지숙, 2000
ISBN 978-89-09-16287-6 43810

윤이상

상처 없인 세기의 거장

책을 펴내며...

윤이상은 이제 낯선 이름이 아니다. 독일의 문화를 탐방하는 텔레비전 프로그램에서 한번쯤은 언급되고, 음악회 실황에서—시청률이 낮아 늦은 시간에나 편성되는 것이지만—해설자의 입을 통해 자주 소개되기 때문에.

그의 삶을 '한국인 작곡가로서는 드물게 세계적으로 인정을 받았던 사람'이라고 간단하게 정리할 수 있을까? 그를 유명한 작곡가 정도로 알고 있는 사람은 '그렇다'라고 대답할지 모른다. 하지만 그의 삶의 궤적을 하나하나 더듬어 본 사람이라면 절대로 그렇게 대답하지 못할 것이다. 그의 삶 속엔 음악 못지않게 중요한 축이 하나 또 있기 때문이다. 윤이상은 그 축을 '조국'이라 불렀다.

이 책 속엔 윤이상의 삶을 지탱했던 두 축에 관한 이야기가 나온다. 이국 하늘 아래서 조국을 그리워하다 죽어 간 이 위대한 작곡가의 삶에선 조국과 음악을 떼어서 생각할 수 없다. 그는 조국에서 편안하게 지낼 수 있었음에도 불구하고 먼 이국 땅을 헤매며 더 높은 세계의 음악을 추구했던 사람이다. 자신에게 갖은 핍박을 가했던 조국을 향해 끝까지 '사랑한다' 말할 수 있었던 사람이다.

보통 사람의 눈으로 바라본 윤이상의 삶은 겁이 날 만큼 치열하다. 마지막 한 방울의 땀까지도 조국과 음악을 위해 바치는 뜨거운 열정 앞에서 우리는 스스로에 대한 부끄러움과 마주치게 된다. 그것은 어린 시절 위인전 속에서 만났던 모차르트나 베토벤이 주던 낯설음과는 완전히 다른 감정이다. 태어날 때부터 천재

적이었다고 강조되는 그 음악가들은 나와 다른 세계의 사람일 뿐, 책을 덮으면 곧 잊혀져 버린다. 남들보다 더 많은 능력을 타고났으니 위대해진 것은 당연하다고 밖에 생각이 안 되니까. 하지만 윤이상의 삶은 그렇게 간단히 보아 넘길 수 없다. 그의 삶은 '뜨거움' 그 자체였다. 그의 삶 앞에 서면 어느 누가 자신의 시간을 저토록 알뜰히 불태울 수 있을까 하는 감탄이 절로 일어난다.

세계 곳곳에서 박수를 받는 훌륭한 업적에도 불구하고 조국에서만은 버림받았던 윤이상의 음악과 삶 속엔 어두웠던 한국 현대사가 그대로 녹아 있다. 그 가슴 아픈 현대사를 치유한다는 확실한 목적을 가지고, 너무나 눈부시게 자신을 불태웠던 한 인간의 삶에 경의를 표하는 경건함으로 윤이상을 이야기하자. 그러면 안일하게 일상에 안주하려는 자신의 모습을 반성하게 될 것이다. 무슨 일에든 자신을 온전하게 바치는 것이 얼마나 아름다운 일인가를 눈으로 확인하게 될 것이다. 그리고 이렇게 말하게 되리라.

'여기 정말 아름다운 사람이 있다.' 고.

이 책은 이수자 여사의 회고록 〈내 남편 윤이상〉의 꼼꼼한 기록들이 없었다면 완성될 수 없었을 것이다. 너그러운 마음으로 회고록의 인용을 허락해 주신 이수자 여사께 다시 한 번 감사드린다.

-최지숙-

차례

소리의 시작

선율로 그려 보는 조국

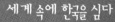

세계 속에 한국을 심다

소리의 시작

늘 한국인으로 불리고 싶었던 사람

    어떤 분야에서 최고의 자리를 차지할 기회가 누구에게나 허락되는 것은 아니기에, 모차르트나 베토벤은 축복받은 사람들이다. 그렇다면 그들이 받은 가장 큰 축복은 무엇일까. 어릴 때부터 빛을 발했던 천부적인 재능? 자신들의 작품이 아직까지도 사람들의 가슴을 울리고 있다는 사실?

    아니다. 하늘이 그들에게 허락한 가장 큰 축복은 '아버지'였다. 음악을 이해하고 그들의 재능을 미리 계발시켜 줄 수 있었던 아버지. 생각해 보라. 모차르트의 아버지가 음악가가 아니었더라면 그의 재능이 그토록 빨리 빛날 수 있었을지. 어린 모차르트가 피아노를 접할 기회가 없었더라도, 대여섯 살 때부터 작곡을 시도할 수 있었을지. 모차르트의 천재성이 빛을 발하게 된 배경에는 늘 아버지가 있었다. 아버지는 그의 훌륭한 선배이자 매니저였다.

    베토벤에게도 가혹하리만큼 심하게 피아노를 연습시킨 아버지가 있었다. 마음껏 뛰어놀 자유를 박탈당했다는 아쉬움이 있었지만, 어쨌든 그도 한 가지 면에서는 모차르트만큼 행복했다. 누구보다 먼저 자신의 길을 찾게 해 준 아버지가 있었다는 것이다.

그러나 신은 모든 사람들에게 똑같은 축복을 내리지는 않는다. 누구나 자신의 재능을 찾아 내 줄 아버지의 아들로 태어나는 것은 아니다. 또 누구나 자신의 재능을 계발하여 생을 빛낼 기회를 부여받는 게 아니다. 그러기에 어떤 이들은 자신이 가진 재능을 깨닫지도 못한 채 생을 마친다.

이제부터 우리가 만나야 할 음악가도 축복을 받고 태어난 인물은 아니다. 그는 음악이라는 장르 자체를 부정하는 아버지의 아들로 태어났다. 그가 태어났을 때, 그의 조국은 음악이 문화의 한 부분으로 자리잡는다는 것 자체가 사치스러워 보일 정도로 비참한 식민지 상태에 놓여 있었다.

그를 둘러싼 모든 조건은 세계적인 음악가로 자리매김하기엔 너무나 불리한 것들뿐이었다. 그런 악조건 속에서도 그는 현대 음악계의 거장으로 우뚝 섰다. 그가 현존하는 세계 5대 작곡가로 칭송될 때, 누구도 그의 조국이 작고 힘없는 나라라고 깔보지 못했다. 그러기엔 그의 음악이 너무나 큰 산맥을 형성하고 있었던 것이다. 그는 조국을 사랑했으며 음악이 세상을 살아가는 힘이라고 믿었다. 그래서 어디를 가든 당당했다. <u>사람들은 그를 '한국인 음악가 윤이상' 이라고 부른다.</u>

조국이 등을 보인 이후부터, 그의 가슴엔 언제나 닫힌 문을 두드리는 안타까움이 자리잡고 있었다. 두드리면 더 굳게 잠겨 버리는 문을 향해

윤이상은 늘 한국인으로 불리길 원했다. 피치 못할 사정 때문에 독일로 귀화한 이후에도 음악회 팸플릿엔 늘 한국인 작곡가라고 자신을 소개했다. 그는 누구에게라도 음악만큼 조국을 사랑한다고 말할 수 있는 사람이었다. 아니, 때때로 그는 자신의 인생 전체를 차지했던 음악보다도 조국을 더 사랑했다. 어쩌면 그것이 윤이상의 비극이었는지도 모른다. 그의 사랑은 버림받은 자의 그것이었기 때문이다. 조국은 그를 버렸다. 그래서 윤이상의 사랑은 늘 외롭고 쓸쓸할 수밖에 없었다.

죽는 순간까지도 뛰어야 하
는 고통, 그의 음악은 그런
고통 속에서 탄생된 것들
이다. 이 세상을 떠나는
날까지도 '사랑한다'
말할 기회를 허락하지
않았던 조국, 대지에 입
맞춘 후 떨어뜨릴 한 방
울의 눈물마저 거부했던
조국, 그 조국을 향해 보냈던
한 음악가의 처절한 사랑—이
제 우리는 그 슬픈 이야기
속으로 첫발을 내딛는다.

상처 입은 용

　우리가 어렸을 때 읽었던 대부분의 위인전들은, 나중에 훌륭한 인물이 된 사람은 태어날 때부터 무엇인가 달랐다고 강조한다. 감동을 주겠다는 '너무나 건전한 목적'으로 무장을 한 위인전은 다음과 같은 이야기들을 들려 준다. '이순신은 어릴 때부터 동네 아이들과 전쟁놀이를 즐겨했다. 그것도 항상 대장을 했다'고. 훗날 훌륭한 업적을 남긴 인물들은 어린 시절부터 무언가 달랐다는 사실은 몇 번이고 반복된다. 위인전은 '될 성부른 나무는 떡잎부터 알아본다'는 속담을 증명하기 위해 존재하는 것일까? 그러나 그런 내용의 글을 대할 때, 보통 사람들이 느끼는 것은 감동이 아니라 슬픔이다. 책 속의 인물과 비교했을 때 너무나 평범한 자신의 존재를 자각한다는 것은 결코 기분 좋은 일일 수 없다.

　하지만 우린 이제 평범함 속에서도 비범함이 싹틀 수 있음을 확인하게 될 것이다. 위대함은 타고나는 것이 아니라 갈고 닦아 얻어지는 것이라는 사실을 깨닫게 해 준 한 음악가가 우리 곁에 존재했음을 알게 될 것이다. 그가 자신의 삶을 통해, 평범한 출발에서도 위대한 완성을 이루어 낼 수 있음을 증명할 것이다.

윤이상은 너무나 평범한 개구쟁이였다. 배우지 않아도 무엇이든 척척 해내는 천재가 아니었으며, 특출한 교육을 받지도 못했다. 그의 조상 중에 음악에 두각을 나타냈던 사람이 있었던 것도 아니었다. 그러기에 그가 학교에 다니기 전에 한 일 중, 음악에 관계된 것이라고는 노래를 흥얼거리는 것 정도가 고작이었다.

군이 어린 시절의 이상에게서 남과 다른 점을 하나 찾자면, 일곱 살 무렵에 어머니로부터 들었던 태몽 정도를 들 수 있지 않을까? 여기서 남과 달랐다는 것은 태몽 내용 중에 그가 나중에 현대 음악에 한 획을 긋는 거장이 될 거라는 암시가 들어 있었다는 뜻이 아님을 먼저 밝혀 둔다. 위인들의 어머니가 꾸었다는 대부분의 태몽이 그 주인의 성공을 예고해 주는 것이었음을 떠올려 보라. 그렇다면 이상은 분명히 남들과는 다른 태몽을 가지고 태어났음을 알게 되리라.

그의 어머니는 태몽에서 아들의 성공을 예감하지 못했다. 대신, 눈감고 싶을 만큼 끔찍한 고난을 보았다. 태몽에 대한 이야기를 들었을 때 이상의 표정은 어땠을까? 그는 아주 오랜 세월이 흐른 후에도 자신의 태몽을 기억하고 있었다. 자신의 미래를 예견한 듯한 내용이어서 쉽게 떨쳐 버릴 수 없었던 모양이다.

어머니가 그에게 태몽을 이야기해 준 것은 일곱 살 무렵이었다.

"정말 이상한 일도 다 있지. 분명히 용이었는데, 금방이라도 솟구쳐 날아오를 것 같은 기세였는데, 지리산을 깔고 누워서 옴짝달싹하지 않는 거야."

"그럼, 하늘로 오르지 못했겠네요?"

이상은 어머니 곁으로 다가들었다.

"아니, 올라가긴 했는데……."

그 순간 어머니의 아랫입술이 가볍게 떨렸다. 왜일까? 무엇에 몹시 놀란 것처럼 얼굴빛이 해쓱해 보인다.

"그럼 됐네, 뭐."

이상은 벌써 흥미를 잃었다. 용이 하늘로 올라갔다는 이야기는 너무 많이 들었다. 별로 특별한 이야기도 아니지 않는가. 무언가 굉장한 이야기가 나올 것을 기대했는데……. 하지만 어머니는 이상의 반응엔 관심이 없다는 듯 말을 이어나갔다.

"가까스로 구름 사이에 누웠다가 하늘로 올라가기는 했는데, 자꾸 몸을 비틀면서 높이 오르지를 못하는 거야. 저게 왜 저럴까? 조금만 힘을 내라고 소리를 질렀지. 이마에 땀이 맺힐 정도로 힘껏 소리쳤는데도 자꾸 들썩이기만 하지 뭐냐? 무엇인가 잘못된 것 같다는 생각이 들었어. 하지만 어떻게 하겠니? 내가 대신 올라갈 수도 없는 일이잖아. 밑에서 보고 있던 난 내내 발만 동동 구를 수밖에."

어머니는 눈을 지그시 감은 채 혀로 입술을 쓸며 마지막 말을 아꼈다. 그 날 일은 생각만 해도 진땀이 났다. 무어라 설명할 길 없는 불길함이 느껴졌기 때문이다. 그 괴상한 꿈 이야기를 아들에게 해 주는 것이 옳은 일일까? 어머니는 스스로에게 그런 질문을 하고 있었는지도 모른다. 이상은 꿈 이야기를 들려 주며 오싹한 표정을 짓는 어머니를 이해할 수 없었다. 오늘 어머니는 좀 이상하다. 왜 빨리 말을 하지 않는 걸까? 상옥이가 연 날리러 가자고 기다리고 있을 텐데…….

"그래서 어떻게 됐는데요?"

결국 참다못해 어머니를 재촉하고 만다.

"그 용은 정상이 아니었어. 아주 많이 다쳤더구나. 그래, 그런 상처를 가지고 하늘 높이 오른다는 것은 무리였을 거야. 그럼, 어렵구 말구."

어머니는 무거운 짐을 내려놓은 듯 한숨을 내쉬었다. 빨리 나가려 엉덩이를 들썩이던 이상은 방바닥에 주저앉았다. 이야기가 재미있어서가 아니었다. 어머니의 한숨 소리가 예사롭지 않았던 것이다.

"너무 놀라서 잠에서 깨긴 했는데, 자꾸만 걱정이 되는구나. 왜 상처입은 용이 꿈에 보였을까, 왜? 혹시 네게 무슨 일이라도 생기는 건 아닌지."

어머니의 눈빛이 바람이라도 만난 것처럼 심하게 흔들린다. 이상도 덩달아 불안해졌다. 그렇지 않아도 집안일 때문에 힘든 어머니가 괜한 걱정까지 하는 것 같아 마음이 안 좋았다.

"괜한 걱정은 하지 마세요. 전 이렇게 튼튼한데요, 뭘."

이상은 주먹을 쥐며 배를 쑥 내밀었다. 그런 아들의 모습이 귀여워 어머니의 얼굴엔 금방 웃음이 피어난다. 책보를 내려놓기가 바쁘게 바닷가로 들로 뛰어다니기에 바쁜 개구쟁이지만, 어머니를 위로하는 이상의 얼굴을 보니 조금은 위로가 되었다.

"그래, 별일 아니겠지? 아무 일 없을 거야. 그냥 지나가는 꿈일 거야. 그렇지? 이상아!"

"그럼요. 그러니까 아무 걱정 마시고 푹 쉬세요."

"맞아, 그냥 꿈이야, 꿈."

어머니는 아들의 손을 쥐고 애써 웃음을 지어 본다. 그렇게 해서라도 자신의 꿈이 갖는 슬픈 의미를 지워 버리고 싶은 것이다.

얼마나 마음 졸이며 얻은 아들인가? 그 아들이 상처를 입는다는 것은 상상조차 할 수 없는 일이다. 꿈에라도 있어서는 안 되는 일이었다.

이상의 어머니는 농민의 딸로 태어나 자신의 모든 것을 가족을 위해 바친 보통의 한국 여인이었다. 이상은 어른이 된 후에도, 고생만 하다 돌아가신 어머니를 생각할 때면 눈가가 촉촉해지곤 했다. 몰락해 가는 양반집에 둘째 부인으로 들어와 평생을 긴 노동에 시달렸던 어머니, 그 어머니에게 이상은 정말로 소중한 아들이었다. 아니, 특별한 아들이었다.

윤이상의 아버지 윤기현은 일찍 장가를 들었으나 아들이 없어 후사를 걱정하고 있었다. 갑오개혁을 거치면서 양반과 상민의 거리가 좁혀졌다고는 하지만, 양반들은 자신들의 삶의 태도를 쉽게 바꾸지 못했다. 그들에겐 오랜 세월을 이어온 자기 나름대로의 법도가 있었기에, 시대가 변해도 그것만은 지키려 노력했다.

이상의 어머니는 평범한 농민의 딸이었다. 형식을 따지는 양반 가문의 구속을 못 견뎌하면서도, 모든 것을 운명으로 받아들여 잘 참아낸 여인이었다. 어머니는 양반 가문의 딸인 첫째 부인— 이상이 큰어머니라 부르는—에 비해 천한 신분이었기에 집안의 허드렛일을 도맡아 해야 했다. 물론 얼마 되지 않는 땅의 농사일도 어머니의 몫이었다.

이상은 늘 고통을 꾹꾹 눌러 참는 여인으로 어머니를 기억했다.

아버지의 그늘에 가려 큰 소리 한번 내보지 못했던 어머니, 그 어머니에게 아버지는 따뜻하고 자상한 남편은 아니었다. 항상 조금은 조심스럽고 어려운 존재였던 것이다. 이상도 어머니처럼 아버지를 어려워했다.

양반은 대를 잇는 일을 무엇보다도 중요하게 생각했다. 제삿밥을 올릴 아들을 두지 못한 것은 조상에 대한 가장 큰 불효에 속했다. 그 때문에 양반들은 아들을 얻기 위해 아내를 여럿 거느리는 일도 마다하지 않았다. 이상의 아버지 윤기현도 그런 양반들 중의 하나였다. 딸만 둘이었던 그는 결국 둘째 부인을 얻어 아들을 얻었다. 그렇게 어렵게 얻은 아들이 바로 이상이었으니, 아들을 보는 어머니의 눈길이 남다를 수밖에 없지 않겠는가.

시대의 부적응아 - 아버지

윤이상의 아버지 윤기현은 가문에 대한 자긍심이 대단한 사람이었다.
"네 증조부께서는 병인양요 때 정박해 있던 프랑스 배를 침몰시키는
데 큰 공을 세우셨느니라. 상감의 명을 받들어 다른 한 분과 함께 잠수
해서 배에 구멍을 뚫는 일을 완벽하게 해내신 게지. 넌 늘 그런 분의
자손임을 잊어선 안 되느니라."

철들 무렵부터 이상은 용감했던 증조부의 이야기를 들으며 자랐다.
자신도 나중에 증조부처럼 용감한 사람이 되고 싶다는 생각을 하면서.

하지만 가문에 대한 아버지의 생각이 항상 그렇게 자랑스럽고 좋았던
것만은 아니다.

"양반 집 자식이 그런 난장판이나 찾아다니다니!"

마을에 공연패가 오면 몰래 빠져나가 구경을 하는 이상에게 불호령을
내릴 때마다 아버지의 입에선 어김없이 가문에 대한 이야기가 나왔다.

"오늘은 명창 이화중선이 나왔어요. 얼마나 노래를 잘하는데요."

아직도 귓가를 맴도는 이화중선의 노랫가락에 어깨가 들썩여지는 이
상의 기분을 아버지는 전혀 이해하지 못했다.

이화중선은 온 나라가 알아 주는 명창이었다. 하지만 아버지는 명창이라는 말에도 아무런 느낌이 없는 모양이었다. 그렇게 가지 말라고 당부를 했건만 또 저 모양이니 이 일을 어찌 할꼬. 아버지는 망신스러워 견딜 수 없다는 얼굴이었다. 소리를 질러도 안 듣고, 종아리를 때려도 안 들으니 어찌해야 할지…….

"허어, 고얀 놈! 하라는 글 공부는 안 하고 깽깽이질하는 패들이나 좇아다니면서 뭘 잘했다고 말대꾸야. 엊그제는 오광대놀이 구경하느라 정신을 팔고, 오늘은 소리판이라니 그게 이 집안 장손이 할 짓이더란 말이냐?"

이마에 핏대가 선 아버지는 보통 때보다 훨씬 무서웠다. 겨울 들판을 사정없이 내리치는 거센 바람 같았다.

'아버지는 왜 내게만 엄격하실까?'

동생들은 늘 웃는 모습으로 대하시면서도 유독 자신에게만 차갑고 무거운 표정을 짓는 아버지. 이상은 그런 아버지가 어렵게만 느껴졌다. 어머니에겐 언제든지 달려가 안길 수 있었지만, 아버지에겐 그럴 수 없었다. 그와 아버지 사이엔 무엇인가 알 수 없는 벽이 가로놓여 있었다. 장남에게 지워질 책임감을 생각하여, 아들을 강하게 키우려 했던 아버지의 깊은 뜻을 이해하라고 하기엔 이상이 너무 어렸다.

"네가 도대체 뭐가 되려고 이러는지 모르겠구나. 장손이라는 녀석이 하는 짓이 저렇게 칠칠치 못해서야 조상님을 무슨 낯으로 뵌단 말이냐? 그만큼 야단을 쳤으면 알아들을 때도 됐거늘."

아버지는 무릎을 꿇고 앉아 있는 아들을 무서운 눈으로 내려다보았다. 이상은 혀가 얼어붙은 듯 한 마디도 하지 못했다. 발이 저리는 것도 꾹 참은 채 고개만 숙이고 있었던 것이다. 양반이 아니라면 판소리 마당

같은 데 쫓아다녀도 야단맞지는 않았을 텐데 하는 자신의 생각을 들킬까 두려워서였다.

판소리에 대한 윤이상의 관심

　다음은 윤이상이 독일에 사는 동안 『한양』지에 발표한 글이다. 이 글을 통해 어린 이상이 판소리를 즐기는 고향의 분위기 속에서 우리 것에 대한 관심을 자연스럽게 키워 왔음을 확인할 수 있다.

〈명창 이화중선〉

　1917년부터 1930년 사이에 통영에 명창 이화중선이 온 일이 있다.

　소식을 들은 인근의 주민들은 이 절세의 명창의 소리를 듣는다는 것에 설레었고 마을은 미리부터 큰 축제의 분위기였다. 당일을 앞두고 멀리에 흩어져 있는 섬사람들은 제각기 돛배를 타고 모여들기 시작하였다.

　이런 명창들은 으레 극장을 빌리지 못하였다. 그 때 통영시에만 해도 두 개의 극장이 있었으나 거기서는 일본 사람들의 영화를 상영하고 또 그들의 가부키(일본 고유의 전통 연극)나 일본식의 흥행을 주로 하였다. 조선 사람들의 경우는 고작 악극단의 상연이 전부였다. 극장을 빌리지 못한 것이 명창들이 흥행을 상업 수단으로 하는 기술이 서툴렀기 때문인지, 아니면 당국의 허가가 제한되어 있었기 때문인지 나는 모른다.

　드디어 당일이 왔다. 장소는 바로 통영 극장의 옆에 있는 큰 광장이었다. 가설 무대 위에는 휘황한 가스 등불이 밝혀져 있었다. 미리 고수가 앉고 그 뒤에 민속 악기로써 짜여진 악단이 앉았다. 광장에는 의자란 게 없어 모두들 가지고 온 멍석에 앉았다. 수천의 백의의 민중이⋯⋯.

　작은 프로그램 하나가 진행된 후 이화중선이 무대 위에 나타났다. 그 때 우레와 같은 박수가 터졌는지 나는 기억하지 못한다. 그 때 우리 민족은 이런 기회에 그 감격을 박수로 표현했던가? 아무튼 흥분의 도가니였다고 하자. 그 때 내 나이 열 살을 조금 넘었을까.

그 무렵 이화중선이 아편을 피워서 몸이 몹시 쇠약해 있다는 얘기를 들은 바 있다. 그리고 어린 마음에도 그녀의 건강 때문에 훌륭한 노래를 들을 수 없게 되면 어쩌나 걱정하였다.

이화중선은 흰 치마저고리를 입고 마치 선녀가 만발한 도화 속을 거닐듯 사뿐히 무대 위를 움직이기 시작했다. 멀리서는 그 얼굴이 초췌한지 알 길이 없으나 그 동작 자체가 하나의 예술이었다.

그 목소리는 만들어 내는 것이 아니라 저절로 울려나오는 것이었다. 그리고 조금도 과장이 없이 마치 계곡의 청수가 바위 둑을 넘쳐서 흘러내리는 것 같았다. 그 날 저녁에 「흥부전」이나 「춘향전」과 같은 극적인 판소리를 부르지 않고 시종일관하여 「육자배기」 같은 남도창 중에도 길게 빼는 수심에 찬 노래들을 불렀다.

이 때 청중들이 노래에 따라 움직이는 광경이 장관이었다. 노래가 흐르는 동안 일체 숨을 죽이고 있다가 마디마디 미묘한 선율이 굽이쳐 넘어갈 적마다 수천의 청중들이 일제히 '좋다' 하며 한숨 섞인 '탄식'을 했던 것이다. 그 '좋다' 소리가 마치 한 사람의 입에서 나오는 것처럼…….

멍석 위에 깨알처럼 앉아 있던 백의의 청중들은 노래의 억양에 따라 일제히 이리 밀리고 저리 밀리고 하며 상체를 가볍게 움직였다. 마치 봄날의 보리밭에 녹색의 보리들이 엷은 바람 따라 온통 물결을 이루는 것 같았다. 이렇게 이 명창과 무수한 청중이 완전히 한마음이 되어 그칠 줄을 모르는 절창에 밤은 깊어만 갔다.

1920~1930년대의 우리 민족 사회에는 많은 명창들이 쏟아져 나왔다. 이동백, 송만갑, 임방울, 정정렬, 정남희 등등. 내가 어릴 때였기 때문에 직접 그 소리를 듣지 못한 분도 있지만 레코드로는 거의 알고 있다. 그 중에도 나의 마음을 깊이 흔든 사람은 이화중선이었다. 이런 명창들은 일제 강점기의 억압 속에서 대개 불우하게 자라났다.

그러면 그들은 어떻게 살아왔던가? 아까 말한 바와 같이 그들은 상업적 흥행의 물결을 타지 못하고 대개는 부자들의 푼돈이나 받아가며 사랑방을 전전하며 살아왔다. 특히 여자들은 '기생'으로서의 역할을 본업이든 부업이든 해내야 했다. 그러나 그들은 소위 '예술가'로서의 긍지가 대단히 높았다. 이들은 일제에 억눌린 대중 속에서 같이 살며 같이 울고 같이 웃었다.

내가 이화중선의 노래를 들은 후 몇 해 안 되어 그분은 아편으로 세상을 떠났다. 그 때의 사회와 생활 환경이 그 위대한 명창을 아편 중독자로 만들 수밖에 없었다는 것을 나는 항상 슬피 생각한다.

이상은 마을에 공연이 있을 때마다 쫓아다녔다. 제일 앞자리에 앉아 듣는 해금, 단소의 맑은 가락과 구성진 소리꾼의 음성은 늘 가슴 벅찬 기쁨을 안겨 주곤 했다.

며칠씩 계속되는 굿도 빼놓을 수 없는 구경거리였다. 진홍색, 파랑색 치마저고리를 펄럭이는 무당의 춤은 신비하고 아름다웠다. 그러나 굿판에서 정작 이상을 끌어당기는 것은, 가슴을 파고드는 무당의 구성진 노랫가락이었다.

땅이 꺼질 듯한 구슬픈 노랫가락에서 금방이라도 귀신을 붙잡아 올 것 같은 무서운 목소리까지, 모든 소리가 그를 감동시켰다. 이런 매력 때문에 아버지가 노할 것이라는 것을 잘 알면서도 공연이 있다거나 굿판이 벌어진다는 소리를 들으면 가만히 앉아 있질 못했던 것이다. 그럴 땐 양반이 아니었으면 좋았을 것이라는 생각을 했다.

아버지가 양반이 해야 할 일과 해서는 안 될 일을 너무나 명확하게 잘 알고 있다는 것도 싫었다. 그것이 늘 아들을 야단칠 구실이 되었기 때문이다.

그런데 늘 고리타분한 한시나 쓰면서 세월을 보내던 아버지가 이상에게 경이로운 존재로 비치는 날이 있었으니, 제삿날이 바로 그 때였다.

이상의 아버지는 시대가 바뀌었음에도 구시대의 삶의 양식을 고수했던 사람이었다. 그는 어장을 운영하면서도, 일은 남들에게 맡기고 자신은 한시나 쓰는 한가함으로 양반으로서의 모습을 지켰다. 어장 일이 실패하자 가구 만드는 일에 손을 대기도 했으나 장사는 양반이 할 일이 아니라는 기본적인 생각에는 변함이 없었으니, 장사가 제대로 될 리 없었다. 그러는 사이에 집안은 점점 더 기울어져 갔다. 양반이든 상민이든 열심히 일해야 살 수 있었던 시대, 체면만 차리면서 살기엔 너무나 어려운 시대임을 이상의 아버지는 알지 못했다. 그에게 중요한 것은 양반의 체통을 잃지 않는 것, 어떠한 경우에라도 이익을 논하는 장사는 앞장설 일이 아니라는 것뿐이었다.

"오늘은 함부로 입을 놀리지 말아라. 맑은 기운으로 조상을 섬겨야 되는데, 기가 빠져 나가서야 되겠느냐? "

"예."

이상은 짧게 대답했다. 새벽에 일어나 목욕을 한 뒤, 아주 낮고 차분한 목소리로 자신을 타이르는 아버지의 모습은 야단을 칠 때와는 달랐다. 부엌에선 제사 음식을 장만하는 소리가 들려와 식욕을 돋구곤 했지만, 이런 날은 점잖게 행동해야 된다는 것을 이상도 아버지만큼 잘 알고 있었다. 새 옷을 갈아입고 촛불을 켠 뒤 식탁에 앉아서 음식을 먹을 때까지 배가 고파도 꾹 참아야 한다.

제사가 시작되면 아버지는 굵고 나직한 목소리로 제문을 낭독했다. 이상은 그런 아버지의 모습이 좋았다. 아무도 범하지 못할 것 같은 위엄이 느껴졌기 때문이다. 의식을 행하는 아버지의 표정에는 조심스러움과 정성이 묻어 있었다. 그런 정성을 보고 조상들은 제사 음식을 먹으러 온다고들 했다.

이상은 조상님이 찾아와 상에 차려진 음식들을 먹는다는 어른들의 말을 믿었다. 그래서 제삿날이면 온 정신을 귓가로 모으곤 했다. 그 때만은 양반이라는 게 귀찮다는 생각도, 아버지가 너무 엄하다는 생각도 잊었다. 무엇인가 신비한 일이 벌어질 것 같은 기대로 가슴이 콩닥콩닥 뛰어서 다른 생각은 할 수가 없었다. 그러면 잠시 후 마음 속 어디에선가 청동 그릇이 부딪치는 소리가 들려오곤 했다. 그 맑고 투명한 소리는 이상에게 새로운 세계를 느끼게 했다.

이 우주엔 여러 가지 소리가 있으리라. 저 소리도 그 많은 소리 중 하나이리라.

이상(伊桑)이라는 이름의 의미

윤이상의 아버지는 한문학에 능한 사람이었다. 그래서 중국 고전에 나오는 위인들에 대한 지식이 풍부했는데, 이것은 아들의 이름을 지을 때도 영향을 끼친다.

3000년 전에 존재했던 중국의 위인으로 이윤이라는 사람이 있었다. 그는 은나라 사람이었는데 남보다 뛰어난 지식을 갖고 있었음에도 세속적인 일은 벗어나고 싶다며 시골에 숨어서 살았다고 한다. 이윤은 보통 사람들과 부대끼며 살면서 자신의 뛰어남을 드러내지 않았는데 특이한 것은 항상 뽕나무 아래에서 잠을 잤다는 사실이었다.

당시 중국의 은나라는 전쟁과 자연 재해 때문에 백성들의 고생이 이만저만이 아니었다. 왕과 대신들은 이 어려움을 해결해 줄 인재를 찾아 헤매다가 마침 이윤에 대한 소문을 듣게 된다. 제일 먼저 그를 데려오려고 한 사람은 대신이었다. 그는 사람을 시켜 뽕나무 아래에서 자고 있는 이윤에게 전갈을 보낸다. 그러나 이윤은 꼼짝도 하지 않는다. 이를 알게 된 왕이 다시 사람을 보내 궁중으로 들어오라는 명령을 전한다. 그러나 이윤은 여전히 움직이지 않았다. 결국 대신이 직접 그를 찾아갔다. 굶주림의 고통 속에 버려져 있는 백성들을 도와달라는 대신의 간곡한 설득이 있은 후에야 이윤은 몸을 털고 일어났다.

궁중에 들어간 이윤이 서둘러서 행한 일은 온 나라 구석구석에 뽕나무를 심고 백성들로 하여금 누에를 치게 하는 것이었다. 거기에서 비단을 얻게 되자 백성은 굶주림에서 벗어나고, 기울어가던 나라는 다시 일어날 수 있었다.

이상의 아버지는 이윤을 좋아했기 때문에 아들의 이름에 '뽕나무 상(桑)'을 붙여, 이윤처럼 큰 인물이 되기를 기원했던 것이다.

우주의 소리

이 세상엔 참으로 많은 종류의 소리들이 있다. 어쩌면 우리가 미처 듣지 못한 수많은 소리들이 보이지 않는 세계 속에 존재할지도 모른다.

이상은 어렸을 때부터 소리들을 좋아했다. 개구리 소리, 물 흐르는 소리, 어머니의 민요 소리, 이 세상에 존재하는 수많은 소리들을 귓속에 모아 두려 했다.

"야, 가만히 좀 들어 봐."

"시끄럽기만 한 개구리 울음소리를 뭐가 좋다고 듣냐?"

단짝 친구 상용이의 핀잔을 이상은 들은 척도 하지 않았다. 무엇에 홀린 것처럼 귀를 세운 채 논둑에 주저앉아서는 밤이 깊도록 앉아 있었다.

"잠자코 들어 봐. 저건 그냥 소리가 아냐. 개구리 한 마리 한 마리가

이제 곧 다시 한 마리의 개구리가 소리를 내기 시작할 거야. 그럼 다른 개구리들도 약속이나 한 듯 자신들의 소리를 세상에 내보내겠지. 처음엔 아이를 잠재울 듯한 나지막한 소리로 그 다음엔 더 큰 소리로. 마지막엔 세상을 다 깨울 듯한 엄청난 소리로.

모두 자기만의 소리를 가지고 부르는 노래란 말이야. 한 마리가 시작
을 하면, 곧 다른 개구리의 울음소리가 보태지면서 점점 커지거든. 이
제 곧 숨을 고를 시간이 될 거야. 그럼 언제 그랬냐는 듯 고요해지지.”
“개구리는 원래 그런 거야.”
상용이는 귀가 따갑다는 듯 손가락으로 귀를 막는 시늉을 했다.
“봐, 조용해졌지? 숨소리 하나 들리지 않잖아.”
이상이 소리를 낮춰 말했다. 정말 언제 그렇게 떠들었냐는 듯 논둑엔
고요가 찾아들었다. 별빛도 달빛도 숨을 죽인 것 같은 고요.
이상은 개구리 울음소리에 푹 빠져 있었다.
“늦었는데 집에 가자. 또 아버지께서 야단치시면 어쩌려고?”
“벌써 그렇게 됐니? 큰일이네.”

이상은 그제야 옷에 묻은 흙을 털어 내며 논둑에서 일어났다.

"내일 낚시 가는 것 깜박한 것 아니지?"

상용이는 개구리에게 정신을 팔고 있는 친구가 걱정스러운 모양이다.

"걱정 마. 잊으라고 부탁해도 안 잊을 테니."

이상은 낚시 도구를 챙겨야겠다는 생각에 발걸음을 재촉했다. 내일은 미륵도까지 나가니까 꽤 많은 고기를 잡을 수 있으리라. 미륵도에 서면 가슴이 탁 트인다. 넓은 바다가 어디든 뚫고 나갈 수 있을 것 같은 기분을 느끼게 하기 때문에 이상은 여러 섬 중에서 미륵도를 가장 좋아했다.

다음 날, 이상은 일찍부터 일어나 낚시 준비를 했다. 살금살금 마당을 가로지른 뒤 뒤뜰 구석에 숨겨 둔 낚시 도구를 챙겨드는 그의 모습은 꼭 도둑고양이 같았다. 무엇보다도 아버지의 눈을 피하는 일이 중요했다. 서당에 다니는 동안엔 책을 읽는 것을 게을리 해서는 안 된다고 했던 아버지에게서 어떤 불호령이 떨어질지 모르기 때문이었다. 대문 앞까지 실금살금 빠져 나와 조심스레 대문을 열었다. 그리고는 뒤도 돌아보지 않고 약속 장소인 마을 앞 버드나무를 향해 뛰기 시작했다.

그런데 상용이의 손엔 낚시 도구가 들려 있지 않았다. 할아버지의 심부름을 해야 하니, 나중에 가자는 것이다. 하지만 한껏 부푼 마음으로 나온 길이라 그만두고 싶지는 않았다.

"할 수 없지. 혼자라도 가 보는 수밖에……."

이상은 미안해하는 상용이와 헤어져서 미륵도로 발걸음을 옮겼다. 햇빛이 푸른 물결 위에 부서지면서 만들어 내는 가는 떨림들이 아름다웠다. 미륵도엔 마음을 붙잡는 많은 소리들이 있었다. 파도 소리, 바람소리, 갈매기 소리. 이상은 잠시 넋을 잃은 채 그 소리들에 귀를 기울였다. 까만 밤이 밀려오고 있다는 사실도 잊어버렸다. 떠다니는 그 소리들을 담아 보려고 눈을 지그시 감았다. 그러자 온 세상을 감쌀 듯한 포근한 평화가 마음 깊은 곳을 울리기 시작했다.

시간이 얼마나 흘렀을까? 갑자기 이상의 가슴에 쿵 소리가 울렸다. 무어라 표현할 수 없는 깊고 장중한 소리였다. 그는 눈을 뜨지 않았다. 겨우 붙잡은 소리가 사라져 버릴까 봐 겁이 났던 것이다. 가슴 저 편을 마구 흔드는 듯한 소리―그것은 생물체의 소리가 아니었다.

이상의 마음은 신비한 소리 때문에 차분히 가라앉았다. 그것은 밤의 고요를 가르는 소리, 조용하게 인간의 마음을 스치고 지나가는 소리였다. 이상은 그 소리를 '우주의 소리' 라 생각했다.

신비한 소리에 마음을 빼앗긴 이상은 한참 동안을 바위 위에 앉아 있었다. 저녁상을 물리고 난 후에도 집에 들어오지 않는다고 펄펄 뛰는 아버지의 얼굴이 떠오르지 않았다면 거기에서 밤을 새웠을지도 모른다. 이상은 이 때부터 우주엔 많은 소리들이 은하수처럼 흐르고 있다는 생각을 갖게 되었다. 그래서 다른 작곡가들이 곡을 창조해 낸다고 말할 때 이상은 이렇게 말할 수 있었던 것이다.

"난 우주의 수많은 소리들 중 몇 개를 가져오는 것뿐이오."

풍금을 만나다

이상은 다섯 살 되던 해부터 서당에 다니기 시작했다. 그 곳에선 『논어』, 『맹자』, 『대학』과 같은 중국의 고전을 가르쳤다. 물론 그것은 어린 나이엔 이해하기 어려운 내용들이었다. 하지만 이상은 어려운 내용이라고 마다하지는 않았다. 무엇인가를 배운다는 것, 그 자체를 좋아했기 때문이다. 그는 서당에서 시키는 대로 무슨 뜻인지도 모르는 중국의 고전들을 암기했다. 아마 이 때 읽었던 중국 고전들이 나중에 오페라 제작의 기본 내용이 되리라는 것은 짐작도 못 했으리라.

여덟 살이 되자, 이상의 생활에 변화가 오게 되었다. 시대가 바뀌고 있다는 사실을 인정하지 못한 채, 예전의 생활 방식을 고집하던 아버지가 아들에게만은 자신의 생활 방식을 강요하지 않기로 결심했던 것이다. 아버지의 이 결심은 아들을 보통 국민 학교(지금의 초등 학교)로 데려가는 행동으로 이어졌다. 당시 통영엔 세병관을 빌려 운영되고 있는 초등 교육 기관이 하나 있었다. 세병관은 이순신 장군의 전공을 기리기 위해 1603년에 세워진 건물이었다. 이상은 세병관을 지을 때 증조부님의 공이 컸었다는 이야기를 들으며 자랐다. 그 곳에서 자신의 자손이 교육을

받는다는 것을 아시면 증조부님은 기뻐하시겠지.

이상은 설레는 마음으로 학교에 갔다. 맨 처음 만난 사람은 그를 맡게 될 담임 선생님이었다. 수염을 기른 서당 훈장님보다는 훨씬 젊어 보였다.

"넌 저기 대기실에서 좀 기다리렴."

선생님은 손가락으로 옆방을 가리켰다.

"예."

꾸벅 인사를 한 뒤 이상은 옆방 문을 열었다.

'자, 신식 학교는 어떻게 생겼나 볼까?'

이상은 호기심이 가득한 눈으로 두리번거렸다. 대기실은 햇빛이 환히 들어오는 넓은 방이었는데, 특별히 눈길을 끌 만한 것은 없었다. 벽에 칠판, 한쪽 구석에 세워진 빗자루, 그 옆에 쌓인 책, 그리고 알 수 없는 이상한 물건이 하나.

'저게 뭘까.'

꽤 큰 나무 상자 하나가 방 가운데 놓여 있었다. 처음 보는 물건이었는데, 반짝반짝하게 닦인 뚜껑이 햇빛을 받아 빛나고 있었다. 이상은 자신도 모를 호기심에 끌려 뚜껑을 들어올렸다. 그런데 그 속엔 더 알 수 없는 것들이 놓여 있었다.─하얗고 까만 나무 조각들.

아무리 봐도 무엇에 쓰는 물건인지 알 수가 없었다. 이상은 손가락으

이상은 나중에야 그 나무 상자가 풍금이라는 악기였음을 알게 된다. 맨 처음 그것을 눌렀을 때 소리가 나지 않던 이유가 페달을 밟지 않아서였다는 것도, 음악 시간을 통해 깨달을 수 있었다. 어쨌든 태어나서 처음 본 풍금은 그에겐 놀라움 그 자체였다.

로 하얀 나무 조각 하나를 꾹 눌러 보았다. 아래로 쑥 꺼지는 게 보였다.

"이런 걸 여기에 왜 갖다 놓은 거지?"

이상은 여기저기 눌러 보면서 그 물건의 쓰임새를 알아내려 애썼다. 그 때 복도 쪽에서 쿵쿵 소리가 들려왔다. 누군가 대기실을 향해 걸어오는 중이었다. '쾅', 이상은 놀란 토끼가 되어 뚜껑을 내렸다. 그리고 언제 그랬냐는 듯 얌전하게 창문 옆 의자에 앉았다. 잠시 후 발자국 소리의 주인공이 방으로 들어왔다.

담임 선생님보다는 나이가 더 들어 보이는 남자였다. 그런데 그 사람은 이상은 본체도 하지 않은 채 대기실 가운데 있는 나무 상자를 향해 걸어갔다. 혹시 내가 만졌다는 것을 눈치챈 것은 아닐까? 숨소리를 죽이고 있는 이상의 눈이 커졌다. 그런 그의 마음을 알 리 없는 말끔한 양복 차림의 선생님은 나무 상자 앞에 놓여 있는 의자에 앉았다. 그러자 잠시 후 마술 같은 일이 벌어졌다. 나무 상자 속에서 음악 소리가 흘러나오기 시작한 것이다. 한꺼번에 저렇게 많은 소리들이 나올 수도 있구나.

'왜 내가 눌렀을 땐 소리가 나지 않았을까?'

무거운 것으로 한 대 맞은 것처럼 머리가 띵했지만 음악 소리를 듣는 것은 기분 좋은 일이었다. 몇 시간을 들어도 질리지 않을 것 같았다. 이상은 새로 간 학교에 잘 적응했다. 같이 다니는 동네 친구들이 많아서 외롭지도 않았다. 그가 제일 좋아한 과목은 음악이었다. 새로 온 음악 선생님은 교육 대학을 나온 젊은 분이었는데, 교습 방법이 특이했다. 선생님은 교실에 들어오자마자 칠판에 오선지를 그린 뒤, 그 날 배울 새 노래의 악보를 옮겨 적었다. 아이들은 그것을 별로 좋아하지 않았다. 그냥 노래만 가르치면 됐지, 저런 복잡한 콩나물 대가리는 무엇 때문에 배워야 하는지 모르겠다고 투덜거렸다. 하지만 이상은 그런 과정들이 좋았다.

"정말 대단하구나. 목소리도 맑고 음정도 정확해."

악보를 보며 계이름으로 멋지게 노래를 부르는 것을 본 선생님은 감격스런 얼굴로 어린 제자의 머리를 쓰다듬곤 했다. 그 이후 졸업 때까지 이상은 학예회에 나가 노래를 부르는 일을 도맡아 했다.

또 다른 악기 바이올린

통영에서 악기를 구경하려면 극장에 가야 했다. 당시엔 영화나 공연이 있기 전에, 연주자들이 나와 바이올린을 켜곤 했는데, 이상은 그 소리를 좋아했다. 이 세상엔 풍금 말고도 아름다운 소리를 내는 악기들이 많구나. 내가 모르는 더 많은 악기들이 있겠지? 이상은 바이올린을 배우고 싶었다. 펄쩍 뛸 아버지에겐 말도 꺼내지 못했지만, 어머니에겐 자신의 소망을 넌지시 비쳤다.

"그런 것을 배워서 뭐 하려고 그러니?"

"소리가 좋잖아요."

"쇠줄 긁는 것 같은 소리가 뭐가 좋다고……."

어머니는 아버지 몰래 바이올린을 사 주는 것이 내키지 않는 모양이었다. 그렇지 않아도 여기저기 구경거리만 찾아다니는 아들을 못마땅해하는 남편의 얼굴이 떠올라서였다.

"그걸 사기만 하면 켤 수 있다더냐?"

"걱정하지 마세요. 뒷집 형이 바이올린을 갖고 있는데 아주 잘 켜요. 그 형한테 배우면 될 거예요."

이상은 며칠 동안 어머니를 졸라 바이올린을 손에 넣었다. 그리고 곧장 뒷집 형에게 달려가 연주법을 배우기 시작했다. 조그만 활로 소리를 만들어 가는 일이 너무 신기해서 놀러 나가는 일도 잊고 연습에 연습을 거듭했다.

"그 깽깽이 소리, 그만두지 못하겠니?"

아버지가 버럭 화를 내기 전까지는 방에 틀어박혀 바이올린만 켰다. 그런 연습 때문이었는지 이상의 바이올린 실력은 하루가 다르게 좋아졌다.

"난 이제 더 이상 네게 가르칠 것이 없어. 지금까지 가르친 게 내가 아는 것의 전부야."

사실, 이상을 가르쳤던 형은 직업적인 바이올린 연주자가 아니었기 때문에, 높은 수준의 연주 실력을 보여 줄 수는 없었다. 그래서 연습 벌레인 이상을 더 이상 감당할 수 없다고 했다.

"형, 그럼 마지막으로 이거 한 번 들어 봐요."

이상은 주머니 속에서 네 겹으로 접은 악보를 꺼냈다. 그리고는 그 형의 대답이 끝나기도 전에 바이올린을 잡고 켜기 시작했다.

"처음 듣는 곡인데, 이 악보는 어디서 났니?"

"내가 만들었어요."

"뭐? 네가 직접?"

"그래요. 누군가가 우리가 연주한 곡을 만들었다면, 내가 만든 곡을 다른 사람이 연주할 수도 있는 거잖아요."

이상의 얼굴엔 자신감이 넘쳤다.

"그렇지, 네 곡도 다른 사람이 연주할 날이 올 거야. 틀림없이."

이상의 첫 스승은 몹시 대견스러운 듯 머리를 쓰다듬어 주었다.

하지만 집에 돌아온 이상은 곧 풀이 죽었다. 자신의 작품이 연주되었다는 사실을 알고 기뻐해 줄 사람이 집안엔 한 명도 없었다. 집안 식구누군가가 그 사실을 알게 되는 것은 이상에겐 기쁜 일이 아니다. 아버지는 화를 낼 게 분명하고, 어머니는 그런 아버지 옆에서 죄지은 사람처럼어찌 할 바를 모를 것이다.

'아, 우리 아버지는 왜 그렇게 음악을 싫어하실까? 이제 곧 졸업인데, 음악 학교에 보내 달라고 해 볼까?'

이상은 자신이 나아갈 길에 대해 고민하기 시작했다. 하지만 어떤 말로도 아버지를 설득할 수 없으리라는 것을 너무나 잘 알고 있었다. 아버지는 양반의 자손이 무슨 말도 안 되는 소리냐며 펄쩍 뛸 게 분명했다.

이상의 소망은 생각보다 빨리 달성된다.

새로운 영화가 시작된다는 소리에 선전을 보러 나간 그의 귀에 낯익은 바이올린 선율이 들려왔던 것이다. 극장 앞에서 바이올린을 켜는 아저씨가 지금까지 연주했던 곡이 아닌, 새로운 곡을 연주하고 있었다. 무슨 곡일까 궁금해하다가 한참을 듣고 나서야 그 곡이 바로 자신의 곡임을 깨달았다. 그 순간의 기분을 무어라 표현해야 할까? 자랑스러움과 뿌듯함이 가슴 속 깊이 밀려들었다. 틀림없이 뒷집 형이 극장 앞에서 바이올린을 켜는 아저씨에게 이상의 악보를 전해 주었을 것이다.

이 일로 작곡에 관심을 갖기 시작한 이상은 자신감을 얻었다. 나도 곡을 만들 수 있다.

식민지 조국의 소년

음악가가 될 수 없다면 독립군이 되는 것은 어떨까? 만주 벌판에서 조국의 독립을 위해 목숨 바쳐 싸우고 있다는 독립군들의 이야기는 아이들 사이에서 귀엣말로 전해지고 있었다. 일본 순사가 긴 칼을 철컥거리며 지나가는 것을 볼 때마다 이상은 독립군의 이야기를 머릿속에서 되새기곤 했다.

통영은 그 지리적 위치와 자연 환경 때문에 일본의 착취가 유달리 심한 지역이었다. 일본인들은 통영에 들어와서 좋은 어장을 차지했고, 알토란 같은 상권을 빼앗아 가 버렸다. 주인은 굶주리는데 손님이 배터지게 먹는 말도 안 되는 일이 광복이 될 때까지 계속 이어졌다. 이 때문에 통영 사람들은 다른 지방 사람들보다 훨씬 강한 반일 감정을 갖고 있었다.

아마 이 강한 반일 감정에는 역사적인 배경이 한 요인으로 작용했을

통영은 임진왜란을 이겨낸 선비들의 반일 정신과 이순신을 숭배하던 백성들이 자리잡았던 곳이다. 그런 사람들의 후손이 일본에 대해 격렬한 반발심을 보이는 것은 어쩌면 너무나 당연한 일일지도 모른다.

것이다. 1593년 8월에 충무공이 초대 통제사로 임명되어 7년 간 왜구와 싸운 후, 그 본거지였던 한산도에서 옮겨 온 곳이 바로 통영이었다. 그 시절의 통영은 사람들이 들끓었다. 백성들이 길을 막고 말렸는데도 수도 한양을 버리고 의주로 가 버린 선조 대왕, 계속되는 관군의 패배, 이 모든 것을 지켜봐야 했던 힘없는 백성들에겐 희망이 없었다.

그 때 혜성처럼 나타난 백성들의 구세주가 바로 충무공 이순신이었다. 백성들은 왜구를 벌벌 떨게 만드는 이순신을 따라 나섰다. 사람들이

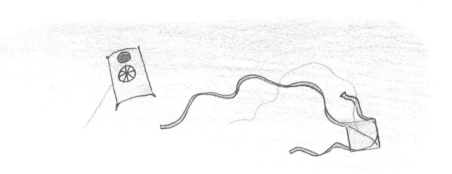

모여들자 통영엔 물자 조달을 위한 수공업이 발달했다. 거기에는 족보를 버리고 온 젊은 선비들도 함께 참여했다. 그들은 '양반' 이라는 굴레에 매여 천하게만 여기던 일에 소매를 걷고 달려들었다. 탁상공론만 되풀이하다가 왜구에게 짓밟히게 되었다는 부끄러움을 딛고 근대 공업을 일으키는 기반을 마련했던 것이다. 전세계의 공예 학자들이 그 정교함에 혀를 내두르는 통영의 나전 칠기는 이 때부터 발전한 것이다.

"독립군들이 우리 나라를 구하러 올까?"

"그걸 말이라고 해? 나라를 구하겠다는 독립군인데……."

"그럼, 우리도 독립군이 되자."

이상은 동네 아이들과 연을 날리다가도 독립군 이야기만 나오면 열을 올렸다.

"너 같으면 우리 같은 어린애들에게 총을 주겠니?"

누군가가 이상의 말을 가로막았다.

"우리도 가르치면 잘 쏠 수 있는데, 왜 안 된다는 거지?"

"그런 건 나중에 걱정하고, 연이나 잘 봐. 너 그렇게 한눈팔다 또 작년

설날 때처럼 덕수한테 진다."

"그래, 앗!"

상용이의 말이 끝나기가 무섭게 이상은 비명을 질렀다. 잠시 한눈을 팔고 있는 사이 덕수의 연이 다가가 그의 연줄을 끊어 버렸던 것이다.

"그것 봐, 내가 뭐랬니?"

이상은 상용이의 핀잔에도 아랑곳하지 않고, 어디론가로 흘러갈 자신의 연을 바라보았다. 전쟁 중 연락을 위해 연을 만들었다는 이순신 장군을 생각하며, 자신의 소망도 독립군들에게까지 전해지기를 빌어 보는 것이었다.

'어서 빨리 자라야지. 난 피곤에 지친 독립군들에게 음악을 들려 주고 싶어.'

아직까지 살아남아 하늘을 가르고 있는 상용이의 가오리연을 보면서 이상은 주먹을 불끈 쥐어 보았다.

조국애의 근원 - 통영

윤이상의 고향 통영은 민족 정신이 강한 고장이었다. 임진왜란을 승리로 이끈 주역들이 머문 곳이라는 긍지를 가진 통영 사람들은, 3.1 운동 당시에도 많은 희생자를 내며 독립의 의지를 드러냈다. 통영에서 3.1 운동을 이끈 주역들은 경성과 대구로 유학을 나가 있던 고등 보통 학교 학생들이었다. 그들은 독립 선언문 한 장씩을 가슴에 품고 고향인 통영으로 온 뒤, 읍사무소에서 인쇄를 하려다 체포되었다. 모두 13명이었다. 그 소식을 들은 통영 사람들은 분개했다. 하지만 그들에겐 끌려간 학생들을 구해 올 힘이 없었다.

조용한 가운데 분노를 누르고 있던 통영 사람들이 폭발한 것은 3월 19일 정오였다. 큰길 복판에 '조선 독립 만세'라는 플래카드가 걸리자 사람들이 모여들기 시작했다. 그들은 가슴에 보물처럼 숨겨 두고 있던 태극기를 꺼내들고 조용히 경찰서를 향해 걸어갔다.

—대한 독립 만세!

목이 터져라 외치면서 질서 정연한 모습으로 행진을 하는 사람들 속엔 나약한 아녀자와 교방청 출신의 기생들까지 포함되어 있었다. 놀란 일본군은 총검을 들이대며 열 명 정도의 사람들을 끌어갔다.

3월 28일 오후 5시, 경찰서로 달려간 사람들이 끌려간 사람들의 석방을 외치다 다시 체포되는 사건이 발생했다. 잡혀간 이들은 심한 고문을 당했는데 그 고문 때문에 사망한 사람도 있었다. 통영 사람들은 그들을 양지바른 곳에 묻어 주었다. 그리고 묘비에 일제의 학살 사실을 새겼다. 일본 경찰이 그것을 가만둘 리 없었다. 그들은 밤에 몰래 찾아와 비문의 글자를 지워 버렸다. 다시 새겨 놓으면, 어느 사이엔가 또 지워 버리는 숨바꼭질이 계속되었다. 윤이상은 어린 시절 비문을 지우고 있는 일본 경찰을 보며 힘없는 민족의 비애를 뼈 아프게 느끼곤 했다.

이 사건을 겪으면서 통영 사람들의 반일 감정은 더욱 드세졌다. 젊은이들은 무리를 지어 시위를 준비했다. 아이들은 숨을 죽이고 모임을 갖는 젊은이들의 소식을 이리저리로 옮기는 역할을 맡았다. 일본 경찰의 눈을 피하기엔 아이들이 안성맞춤이었기 때문이다. 그러는 사이 아이들은 비밀 도서실에서 민족 의식과 자유 의지를 키우는 책들을 빌려다 읽곤 했다. 윤이상은 이와 같은 민족적 분위기 속에서 자랐다. 일본 사람들의 눈을 피해 읽은 이순신 장군의 전기, 쥐도 새도 모르게 누군가 끌려갔다는 슬픈 소식을 들으며 이 세상에서 가장 중요한 것은 조국이라는 것을 배웠던 것이다.

이상에게 조국의 소중함을 알려 주는 데에는 통영의 전통 문화도 한몫 했다. 통영 사람들은 드러내 놓고 일본에게 저항할 수는 없었기에 우리의 문화를 지키는 데 힘을 모았다. 통영에선 명절마다 행해지는 연날리기— 이것은 마지막 한 개의 연만이 남을 때까지 계속되었는데 열흘 동안 계속된 적도 있었다— 와 석가 탄신일의 연등제 같은 것에 큰 의미를 두었다. 이런 행사들은 단순한 놀이나 축제가 아니었다. 연날리기나 연등제가 있는 날이면, 사람들은 침묵과 복종을 강요당하던 현실에서 벗어나 민족의 뿌리를 생각했다. 그리고 자신들이 결코 버림받은 존재가 아니라는 것을 확인했다. 등불을 들고 함께 걷는 사람들, 연을 날리며 경쟁하는 사람들은 모두 하나가 되었다. 조선인이라는 한 마음으로.

이 밖에도 판소리나 오광대 가면극 같은 민속놀이가 끊임없이 공연되었다. 일본의 지배를 받고 있지만, 우리 나라만의 문화는 그 맥을 잃지 않고 있었던 것이다. 전통에 대한 사랑은 민족적 자부심으로 이어졌다. 이처럼 누구에게도 지지 않는 우리 것에 대한 강한 사랑을 간직한 고장이 바로 통영이었다.

후에 이상이 자신의 음악에 동양적 요소를 결합하고 서양 문화 속에 우리 문화만의 특성을 조화시킬 수 있었던 것도 이런 통영의 분위기가 그대로 반영된 결과라 할 수 있다. 소극적인 저항이었지만, 문화가 가진 힘을 알고 있었던 통영 사람들은 어떤 상황 아래에서도 우리 문화를 잃지 않으려 노력했다. 그 정신은 윤이상의 삶과 예술 속에 짙은 피로 흐르고 있었다.

최초의 반항

극장에서 자신의 곡이 연주되는 것을 본 후, 이상에겐 음악을 하고 싶다는 생각이 더욱 간절해졌다. 물론 그것은 아버지가 바라던 바와는 정반대의 길이었다.

"깽깽이 같은 것은 배워 봤자 남의 구경거리밖에 못 되느니라."

"그렇지 않아요. 훌륭한 음악가가 얼마나 많은데요."

"허어, 안 된다는데 자꾸 그러는구나. 넌 상업 학교에 가서 이 집안을 이끌어 나가야 해."

아버지는 자신의 고집을 꺾지 않았다. 당시 이상의 집은 경제적으로 몹시 궁핍한 처지에 놓여 있었다. 아버지는 어장이나 목수일에 손을 댔지만 모두 실패했다.

돈에 신경을 쓰는 것은 양반이 할 일이 아니라고 굳게 믿고 있었던 아버지에겐 애초부터 사업이 무리였다.

직접 나서서 이것저것 챙겨도 이익이 남을까 말까 한 일을 남에게 맡겨 둔 채 책이나 보고 시나 쓰는 것으로 소일했으니, 무슨 일이 됐든 성공할 수는 없었을 것이다.

아버지는 이상에게 많은 기대를 걸었다. 경제적으로 무능력했던 자신을 대신해 집안을 일으켜 주리라 굳게 믿었다. 그런데 이상이 상업 학교를 가지 않고 음악을 공부하고 싶다니, 안 될 말이었다.

천한 사람들과 몰려다니면서 극장 앞에서 바이올린을 켜는 아들의 모습은 상상하기도 싫었다. 광대패를 쫓아다닐 때 녀석을 좀더 호되게 나무랐어야 되는데…….

"장남이라는 녀석이 무조건 제 맘대로 하려 드니, 장차 이 일을 어쩌면 좋단 말이냐?"

아버지는 방바닥이 꺼지게 한숨을 내쉬었다. 야단을 쳐서 안 된다면 다른 방법을 찾는 수밖에 없었다.

"그 깽깽이 좀 들고 일어나 보거라."

"이건 왜요?"

혹시 부숴 버리지나 않을까 하여 이상의 눈이 공포에 질린다.

"가 볼 데가 있어서 그러니까 깽깽인지 바이올린인지 들고 일어서."

"예."

이상은 군말 없이 조용히 일어났다. 아버지는 벽에 걸린 두루마기를 챙겨 입더니 대문을 나섰다. 이상은 몇 발짝 떨어져서 아버지를 따르기 시작했다.

아버지가 아들을 데리고 간 곳은 취미로 바이올린을 배우고 있는 아저씨의 집이었다. 아버지가 그분을 어떻게 알게 되었는지는 이상도 알 길이 없었다.

"이분이 네 바이올린 솜씨가 어느 정도인지 알고 싶어하시니까, 한 번 연주해 보거라."

"아무거나요?"

바이올린을 켜 보라는 아버지의 말이 너무 반가워 이상은 활짝 웃으며 자신을 평가해 주겠다는 아저씨의 얼굴을 바라보았다.

"그래, 네가 가장 잘 켤 수 있는 걸로 한 곡 연주해 보렴."

아저씨는 아버지에게 고개를 두어 번 끄덕이면서 대답했다.

여기서 잘만 하면 아버지도 내게 음악 공부를 할 기회를 주실 거야. 이상은 꿈에 부풀어 입술을 꼭 다문 채 바이올린을 잡았다. 잠시 후 가슴 떨리는 선율들이 방을 메우기 시작했다.

'아버지께서는 좋아하실까? 저 아저씨는 내 이야기를 잘 해 줄 수 있을까?'

이상은 긴장된 얼굴로 연주를 마쳤다. 그런데 아버지의 표정엔 변화가 없었다. 그렇더라도 저 아저씨가 말만 잘 해 준다면 이해해 주실지도 몰라.

이상은 물에 빠진 사람이 지푸라기라도 움켜잡는다는 마음으로 바이올린 연주자를 바라보았다. 말없이 듣고 있던 아저씨는 한참이 지나서야 입을 떼었다.

"저어……."

말을 꺼내기가 몹시 힘든 모양이었다. 이상은 입에 침이 말랐다. 너무 긴장을 하고 있어서 그런지 손바닥에 땀이 찼다.

"음악을 직업으로 삼기엔 부족한 것 같구나?"

"네?"

"음악은 남들을 능가하는 무엇인가가 필요한 법인데, 네겐 그게 없어."

"아니예요, 저도 잘 할 수 있어요."

이상은 너무 속이 상해 울먹거렸다. 음악만은 자신 있었는데, 정말로 자신 있었는데…….

"그러지 말고 아버지 말씀대로 상업 학교에 진학하렴. 그게 네 장래를 위해선 가장 좋은 일이야."

"이상아! 아저씨 말씀 잘 들었지? 이젠 딴 생각하면 안 돼. 알겠지?"

아버지는 기다렸다는 듯이 이상에게 다짐을 받으려 했다.

그 때야 비로소 알 수 있었다. 이 자리가 아버지의 각본에 의해 만들어진 것임을.

그래서 아까 아버지와 아저씨는 서로 고개를 끄덕였었구나. 아버지는 아들로부터 음악을 떼어 내기 위해, 바이올린을 잘 켜는 아저씨를 찾아 거짓말까지 부탁한 것이다.

아버지는 이상에게 음악가로서의 소질이 있는지 없는지가 궁금했던 것이 아니다.

이제 이상은 음악을 하겠다는 고집을 꺾을 수밖에 없었다. 결국 아버지의 뜻에 따라 상업 학교에 진학했다.

"진작 그럴 것이지. 요즘 깽깽이 소리 안 들으니 속이 다 시원하구나."

아들이 정신을 차렸다고 생각한 아버지는 한시름 놓은 듯했다. 음악에 소질이 없다는 말을 들은 이상은 바이올린을 켜지 않았다. 아무리 아버지와 짜고 한 말이었다 하더라도, 음악적 재능이 없다는 말은 오랫동안 그를 가슴 아프게 했던 것이다.

사실, 아버지는 아들의 재능에 대해서는 관심조차 없었다. 음악을 포기시키기 위해서, 자신의 뜻대로 상업 학교에 보내기 위해서 이런 자리를 마련한 게 틀림없었다.

그렇지만 작곡만은 그만둘 수 없었다.

걸어다니면서도, 상업 학교에서 지겨운 공부들을 하면서도 늘 머릿속을 헤엄치는 음들을 느꼈기 때문이다.

이상은 이 우주에 떠다니는 음들 중에서 자신의 머릿속으로 공간 이동을 한 음들을 오선지에 하나씩 옮겨 적었다.

누가 알아 주지 않아도 좋았다.

아버지가 미친 짓이라고 해도 어쩔 수 없었다.

책상에 앉아 음표들과 씨름하는 순간의 행복만은 그 누구도 빼앗을 수 없는 것 아니겠는가.

일단 음악에 대한 생각들이 가슴을 꽉 채우게 되자, 학교는 아무 의미가 없는 곳이 되어 버렸다.

어떻게 이익을 내는가, 숫자를 얼마나 빨리 계산하는가는 음악과는 너무나 거리가 먼 이야기들이었다.

이런 것들을 배울 시간에 음악을 할 수 있다면 얼마나 좋을까?

이상은 상업 학교의 담장을

넘어 더 넓은 음의 세계로 나가고 싶었다. 그래서 언젠가 기회가 주어진
다면 꼭 그렇게 하리라고 굳게 결심했다.

식민지 조국의 하늘 아래

자신만의 길 찾기

자동 인형처럼 상업 학교에 다닌 지 일 년, 이상은 어느덧 열여섯 살이 되었다. 그는 자신의 인생에 대해 고민하기 시작했다. 아버지의 기대, 어머니의 소망, 자신을 희망처럼 바라보는 동생들, 이 모두를 배신하면서 음악을 택한다는 것은 쉬운 일이 아니었다. 처음엔 자꾸만 음악을 향해 치닫는 마음을 잘 다스리기만 한다면 아버지의 뜻대로 살아질 줄 알았다. 그러나 아무리 해도 안 되는 일이 있었다. 지우려 지우려 노력해도 지워지지 않는 게 있었다. 음악을 하고 싶다는 생각, 마음 속에 맴도는 음들에게 자리를 찾아 주고 싶다는 열망.

그 즈음 이상에게 큰 불행이 닥친다. 평생 노동에 시달리던 어머니가 아이를 낳다가 세상을 뜨고 만 것이다. 천한 신분이라는 이유로 남들 앞에 떳떳하게 나서지도 못했던 어머니였다. 집안 살림이 기울었을 때, 아

윤이상은 교향곡 4번 「암흑 속에서 노래하다」라는 작품 속에 동양의 불행한 여성의 삶을 담았는데, 고생만 하다가 돌아가신 어머니에 대한 생각이 그 작품의 근본이 되었다고 밝힌 바 있다.

들이 보리밥 도시락이 싫다고 학교로 달아나 버리면 그 밥이 식을세라 가슴에 품고 운동장 모서리에 서 있던 어머니, 모내기를 할 때마다 맑고 고운 목소리로 노래를 불러 주었던 그 어머니는 양반 가문의 두 번째 부인으로 들어와 아들 둘과 딸 셋만을 남긴 채 한많은 일생을 마쳤다.

어머니가 돌아가신 후 이상은 마음 붙일 곳이 없어졌다. 학교에서 배우는 과목들은 하나같이 따분하기 그지없었다. 이제 자신만의 길을 찾아야 한다. 더 이상 견딜 수 없어 어느 날 새벽 집을 나와 버렸다. 말로만 듣던 가출이었다. 서울로 가면 서양 음악을 제대로 공부한 사람이 있을 것이라 생각했기에 그의 발길은 서울을 향하고 있었다. 낯선 도시에 대한 두려움 같은 것은 전혀 없었다. 그런 것을 품고 있기엔 그를 부르는 음악의 힘이 너무 컸던 것이다.

서울에 도착하자 당시 작곡가 겸 바이올리니스트로 명성을 얻고 있는 최호영이란 사람을 찾아갔다. 군악대의 일을 맡아 보다가 방송국 일을 맡고 있던 최호영은 이상의 재능을 알아보고 쾌히 제자로 맞아 주었다. 이 일로 아버지는 부자의 정을 끊겠다는 편지를 보내 왔다. 마음은 아팠지만 이미 엎질러진 물이었다. 자신이 훌륭한 음악가가 되면 아버지도 모든 것을 용서해 주리라. 이상은 잡화점 점원으로 일하면서 틈틈이 음악의 기초들을 배워 나갔다.

음악을 향한 이상의 열정은 끝이 없었다. 처음으로 배우는 화성학에 빠져 밤을 지새기 일쑤였다. 총보 공부를 하는 틈틈이 도서관에 들르는 것도 잊지 않았다. 도서관에는 고전 음악가들뿐 아니라 리하르트 슈트라우스나 파울 힌데미트 같은 현대 음악가들에 대한 자료가 많이 보관되어 있었다. 그것을 찾아보면서 숨어 있는 음의 신비를 캐 가는 일이 쉼없이 반복되었다. 그러는 사이 어느덧 2년이 흘렀다.

스승인 최호영은 어느 날 심각한 얼굴로 제자를 불렀다.

"난 네게 아는 이론은 다 가르쳐 주었다. 여기 더 있어 봤자 얻을 게 없을 거야. 네겐 여기가 너무 좁은 것 같으니 넓은 세상을 찾아보는 게 좋겠다."

스승은 이상의 재능이 더 넓은 곳까지 뻗어나가기를 원했다.

"그 동안 감사했습니다."

이상은 짐을 꾸렸다. 어느 새 그의 가슴엔 더 많이 배울 수 있는 곳을 찾고 싶다는 소망이 자리잡고 있었다.

한국의 서양 음악

한국에 최초로 서양 음악을 소개한 사람은 프란츠 에케르트라는 독일인으로, 원래 일본 군악대를 지휘하기 위해 일왕이 초청한 사람이었다고 한다. 그는 서양의 음계를 동양에 최초로 소개했는데, 실제로 일본의 국가를 작곡하기도 했다.

에케르트가 퇴직한다는 소식을 들은 한국 정부가 그를 초대한 것은 20세기 초엽이었다. 군악대 창설을 위해 조선에 온 에케르트는, 1916년 서울에서 사망할 때까지 한국 속에 서양 음악을 옮겨 오기 위해 노력했다. 변변한 악기도 없는 한국에서 그는 악기 연주법을 가르쳤다.

제대로 배울 기회가 없었던 사람들에게는 바른 연주법을 알려 주고 음감을 읽히게 하는 일이 무엇보다도 중요했다. 다음으로는 서양의 화성학과 대위법을 가르쳤는데, 이 때 에케르트의 제자였던 이들이 훗날 조선의 서양 음악계를 이끌어 가는 중추로 자라게 된다.

윤이상의 스승은 바로 에케르트의 수제자였는데, 이상이 그를 만났을 때는 군내 음악에는 관계하지 않고 방송계에서 일하고 있었다.

음악회를 열 기회가 거의 없었던 당시의 직업 음악가들에겐 방송국이 가장 좋은 일자리였다. 사실, 서양 음악에 대한 인식들이 거의 없는 상황이었기 때문에, 음악회를 연다 해도 관객들을 끌어 모으지는 못했을 것이다.

이런 상황에서 보면, 윤이상은 독일인 에케르트의 영향을 받았다고 할 수 있다. 결과론적인 이야기이지만― 독일에서 음악 활동을 한 윤이상의 행적을 살펴볼 때― '독일' 이라는 나라는 윤이상 음악의 출발점이요, 종착점으로서의 의미를 갖는 곳이었다.

넓은 세계를 찾아서 – 첫 번째 일본 유학

2년 동안의 서울 생활을 정리하고 돌아온 이상을 반갑게 맞아 준 것은 큰어머니와 동생들이었다. 아버지는 아들이 인사를 하는 순간에도 돌아앉아 있었다. 마치 이상과 한 마디도 하지 않기로 굳게 결심한 사람 같았다. 몹시 답답하고 가슴 아픈 날이 계속되었다. 하지만 언제까지 그렇게 지낼 수는 없었다. 이상은 일본에 가서 좀더 깊이 있는 음악 공부를 하고 싶었는데, 그러기 위해선 아버지의 도움이 절실히 필요했다. 어떻게 해서든 아버지에게 자신의 뜻을 전해야 했다. 몇 날을 망설인 끝에 일본에 가고 싶다고 하자 아버지의 입에서는 한숨이 새어나왔다.

"또 집을 떠나겠다고?"

"좀더 배우고 싶습니다."

이상의 눈빛은 간절했다.

"그래, 좋다. 네 뜻이 정 그렇다면 넓은 곳에 가서 더 많은 지식을 얻어 보도록 해라. 그렇지만 거기에서 넌 상업 학교에 입학해야 한다. 그러면서 음악 공부를 하겠다면 굳이 반대하지 않겠다."

"예."

이상은 어떻게든 떠나야 한다는 생각에 고분고분 대답했다. 우선은 아버지를 안심시킬 수밖에 없었다. 일본에만 가면 아버지도 간섭할 수 없을 테니까. 결과적으로 이상은 아버지에게 거짓말을 한 셈이었다. 어쩌면 아들의 대답이 거짓이라는 것을 잘 알면서도 아버지는 일부러 모른 척했을지도 모른다. 아버지만큼 아들을 잘 아는 사람은 없다고 했으니 말이다.

일본에 간 이상은 먼저 오사카 음악 학교에 입학했다. 그 동안 작곡한 작품 몇 편을 제출했더니 쉽게 입학이 허락되었다. 이상은 음악 학교에서 음악 이론과 작곡, 첼로 등을 배웠다.

생활은 몹시 어려웠다. 집에서 보내 주는 돈으로는 학비를 모두 충당할 수 없었기 때문에, 이곳 저곳을 돌아다니며 잡다한 일을 해야 했다. 일본에서 한국인들이 일자리를 구하는 것은 그리 쉬운 일이 아니었다. 그러므로 고철 장수를 소개받아, 넝마꾼들이 주어온 고철을 밤늦게까지 분류하는 일을 하게 된 이상은 운이 좋은 편에 속한 것이라 할 수 있다.

이상 또한 한국인이었기에 차별 대우를 받지 않을 수 없었다. 그가 차별 대우의 벽을 실감한 것은 동경에 가서 방을 구할 때였다. 그 일은 이상이 고향 친구인 최상한과 함께 방을 얻어 음악 공부를 계속하기로 하

일본에 온 한국인들은 극빈자 생활을 하고 있었다. 일본인에게 무시당하고 짓밟히는 동포들을 바라보면 가슴이 아팠다. 일본에 온 한국인들은 도로 청소, 넝마주이 같은 천한 일들을 도맡아 했다. 아이들은 일본인이 다니는 상급 학교에 진학할 수 없어 교육의 혜택을 받지 못했다. 그뿐만 아니라 한국인 학교의 설립까지 일본이 막고 있었다. 일본인과 결혼할 수도 없었으며 더 나은 생활 환경으로 이사갈 수도 없었다. 일본은 한국인들을 가난과 무지라는 보이지 않는 끈으로 꽁꽁 묶어 두려 했다. 이상은 동포들의 비참한 삶을 목격하고 충격을 받았다. 단지 한국인이라는 이유로 법률적인 보호조차 해 주지 않는 일본 정부의 악랄함에 어찌 분개하지 않을 수 있겠는가.

고, 오사카의 짐을 동경으로 옮기게 되었을 때 생겼다. 방을 구하는 일은 생각보다 훨씬 어려웠다. 어디를 가든 '방 빌려 줌. 조선인 사절' 이라는 문구가 붙어 있었기 때문이다. 결국 한국인이라는 것을 숨기고 방을 얻기로 했다. 자신의 뿌리를 부정해야 하는 서러움에 목이 메었지만 달리 뾰족한 수가 없었다.

그런데 윤이상과 최상한이 빌린 방의 주인은 공교롭게도 조선인을 아주 싫어하는 순사부장이었다. 그 곳에서 사는 일은 공중 줄타기를 하는 것처럼 위태로웠다. 서로 이야기를 할 때에는 한국말을 하지 않도록 각별히 조심하지 않으면 안 되었다. 이 모두가 나라 잃은 민족이 감당해야 할 고통이었다.

"저들은 우리 나라에서 어깨 펴고 지내는데, 우리는 저들의 나라에서 숨도 제대로 쉴 수 없다니."

"조금만 참자. 우리가 훌륭한 사람이 되면 나라를 꼭 찾을 수 있을 거야."

이상과 상한은 서로를 위로하며 일본인 행세를 해야 하는 굴욕을 견뎠다. 하지만 언제까지나 속아 줄 사람은 없었다. 집주인과 우연히 술자리를 같이하게 되었는데, 술에 취한 상한이 무심코 뱉은 한국말 때문에 거짓말이 들통나고 말았다.

"오호, 조선인이었군."

비웃는 듯한 눈초리로 이상과 상한을 훑어본 집주인은 아내에게 버럭 화를 냈다.

"도대체 정신을 어다다 두고 있길래, 조센징을 집에다 들여. 내일 당장 내쫓아."

"제가 알고 그랬어요? 규슈에서 왔다고 하기에 속은 거죠."

"그러니까 잘 알아봤어야지."

쫓기듯 방에 돌아온 이상과 상한의 귀에 주인집 부부의 말다툼 소리가 손에 잡힐 듯 가깝게 들려왔다. 새삼스럽게 힘없는 나라의 백성이라는 설움이 밀려들었다. 대체 우리가 저들에게 무엇을 잘못했다고 이토록 박대하는가? 통영에서도 좋은 자리는 다 차지하고 토박이들을 변두리 쪽으로 내몬 사람들이 아닌가? 그런데 여긴 제나라라고 텃세로구나.

"상한아, 이젠 어떡하지?"

"어떻게 하긴? 내일 다시 집을 알아봐야지."

"이런 대우를 받으면서까지 꼭 일본에 있어야 하니?"

이상의 얼굴에 강한 분노가 지나갔다.

"참아야지. 언젠가 복수할 날이 있을 거야. 그 때 한 방 멋지게 날리면 되는 거라구."

상한의 주먹이 허공을 갈랐다.

"아냐, 난 그냥 통영에 돌아가겠어. 이런 굴욕적인 기분을 더 참을 자신이 없어."

"음악 공부는 어떻게 하고?"

"일단 혼자서 해 봐야지. 나중에 또 기회가 있겠지, 뭐."

상한은 이상을 말리지 못했다. 친구의 가슴에 못으로 박힌 슬픔을 이해할 수 있었기 때문이다.

며칠 후, 음악 학원을 정리한 이상은 조국으로 가는 배에 몸을 실었다. 말없이 뱃전에 서서 현해탄을 바라보는 그의 가슴엔 일본에 대한 분노와 마치지 못한 음악 공부에 대한 아쉬움이 뒤섞이고 있었다. 세찬 파도 속에서 부서지는 물결이 거칠었다. 고통받는 조국의 현실을 상징하는 것은 아닐는지.

햇병아리 교사

이상이 일본에 가 있는 동안 집안 형편은 더욱 어려워져 있었다. 가족들에겐 그가 희망의 전부였다. 공부를 많이 한 장남이니 무엇인가 해낼 것이라고 모두들 믿고 있는 눈치였다. 이제 그가 집안을 이끌어 가야 했다. 이상은 지체없이 일자리를 알아보았다. 다행히 선배의 도움으로 산양면에 위치한 화양 학원이라는 소학교의 음악 교사 자리를 얻을 수 있었다.

화양 학원은 민족 교육을 목표로 세워진 사립 학교로, 교사들의 월급도 주민들이 돈을 거두어 지급하는 곳이었다. 반일 의식이 강한 사람들은 자신의 자녀를 일본인이 세운 학교에 보내려 하지 않았다. 그래서 세워진 것이 사립 학교였는데, 화양 학원도 바로 그런 곳 중의 하나였다.

물론 아버지는 섭섭한 마음을 감추지 못했다. 집에서 너무 멀어 학교 사택에서 살아야 한다는 것이 이유였다.

"네가 돌아와서 집안이 꽉 찬 것 같아 좋았는데……."

아버지는 무언가 할 말이 남은 것 같은데도 삼켜 버리듯 입을 다물었다. 이제 아버지에게선 아들을 향해 쩌렁쩌렁 소리를 지르던 예전의 모습을 찾을 수 없었다.

'아버지도 이젠 많이 늙으셨구나. 내게 기대려 하시다니.'

이상은 서글퍼지는 마음을 애써 추스렸다. 아버지의 약한 모습이 마음에 걸리긴 했지만, 초롱초롱한 눈망울을 가진 아이들을 가르칠 수 있다는 것으로 위로를 삼기로 했다.

화양 학원의 교장은 이제야 제대로 된 음악 교육을 시킬 수 있게 되었다고 기뻐했다. 이상은 아이들을 가르치는 일에 최선을 다했다. 아이들도 새로 온 음악 선생을 잘 따랐다. 물론 악보를 그려서 읽는 법을 가르치려고 하면 좀 지겨워하기도 했다. 그렇지만 그것은 음악 선생이 싫어서가 아니라 한 번도 배우지 못한 낯선 음표들 때문이라는 것을 이상은 잘 알고 있었다.

"선생님, 이순신 장군 이야기 해 주세요."

"그건 지난번에 해 줬잖아."

"그래도 또 해 주세요."

아이들이 소리를 지르면 그는 못 이기는 체하며 나라를 지킨 훌륭한 사람들의 이야기를 해 주었다. 너희들도 열심히 공부해서 그분들처럼 되어야 한다며, 금지된 우리말로 수업을 하기도 했다.

당시 일본은 민족 말살 정책의 하나로 우리말의 사용을 금지하고 있었다. 그 때문에 우리말로 수업을 하는 것은 매우 위험한 행동이었지만 이상은 신경쓰지 않았다. 일본에서 보낸 2년 동안의 세월을 돌이켜보니 아이들에게 가장 먼저 가르쳐야 하는 것은 바로 조국애였던 것이다. 나라 잃은 백성의 위치가 얼마나 비참해질 수 있는지 아이들에게 알려 주어야 했다. 나중에 이 아이들이 자라서는 독립된 국가의 주인으로 우뚝 설 수 있도록.

수업을 끝내고 남은 시간엔 작곡을 했다. 음악은 늘 이상의 삶을 지배하는 큰 기둥이었다. 만들어진 몇 곡을 모아 동요집을 출판하기도 했는데, 이 때 그의 나이는 19세였다. 그런데 동요집을 본 어느 평론가가 이상의 작품을 비판하는 내용의 글을 잡지에 실었다. 이상은 몹시 상심하여 어쩔 줄 몰랐다.

어떤 일에 몹시 지쳤을 땐 누구에게나 휴식이 필요하다. 이상도 자신에게 휴식이 필요하다고 생각했다. 그래서 작은 천막 하나를 들고 조국 산천을 돌아보는 무전 여행을 시작했다. 배가 고프면 농가에 들어가 장

작을 패 주거나, 밭을 매 주면서 밥을 얻어먹었다. 그렇게 몇 개월을 보냈다.

조선 팔도를 돌아 신의주까지 답사하면서 이상은 많은 사람들을 만났다. 그들은 대부분 땀방울을 흘리며 열심히 일하는 평범한 어머니, 아버지, 그리고 아이들이었다. 가난한 나그네에게 따뜻한 밥 한 끼를 웃으면서 대접할 수 있는 인정을 지니고 사는 그들이 바로 조국을 지탱하고 있는 힘일지도 모른다.

이제야 이상은 조국과 조국의 흙을 지키는 사람들을 진정으로 사랑할 수 있을 것 같았다.

여행을 끝내고 돌아온 이상을 기다리고 있었던 것은 신문 귀퉁이에 실린 기사 한 토막이었다. 그는 이케노우치 도모지로오라는 일본 작곡가가 파리 국립 고등 음악 학원에서 공부하고 돌아와 작품 연주에서 대성공을 거두고 있다는 내용의 글을 읽는 순간 충격을 받았다. 누군가는 끊임없이 발전하고 있는데 난 그냥 고여 있는 물이 되어 썩는구나 하는 생각에 마음이 급해졌다.

한동안 가라앉아 있었던 열의가 다시 끓어올랐다. 아쉽지만 정든 아이들과 이별해야 할 때가 온 것이다. 이상은 마지막 수업이 있기 전날 밤, 평소에 자주 오르던 언덕에 올라가 한 농가를 내려다보았다. 그 곳에는 소, 돼지, 닭을 키우며 오순도순 살아가는 한 가족이 있었다. 할아버

피문어 한 마리와 함께 기억되는 산양면은 이상에겐 늘 웃음으로 다가오는 곳이었다. 그래서 그는 훗날 조국에 돌아갈 수 없는 처지가 되었을 때도 산양면을 자주 회상했다. 거기에 살고 있는 아름다운 사람들이 보여 주었던 따뜻한 인정을 기억하며 타국에 있다는 외로움을 달래곤 했다.

지, 할머니, 아버지, 어머니, 아들, 손자가 작은 왕국을 이루고 늘 풍성한 웃음을 잃지 않는 집이었다. 이상은 그 가족들을 바라보면 기분이 좋았다. 보는 사람의 기분까지 들뜨게 만드는 저 평화스러움을 다시 만날 날이 있을까? 떠나야 한다는 생각에 코끝이 찡해졌다.

음악 선생이 학교를 떠나게 되었다는 말을 들은 아이들은 실망을 감추지 못했다. 세상의 모든 것을 담을 것 같은 맑은 눈망울을 가진 아이들 곁을 떠나는 것은 이상에게도 섭섭한 일이었다.

오랫동안 이 아이들을 잊지 못하리라. 이상은 어렵게 아이들과 작별을 했다. 그 때 한 아이가 아이들의 눈을 피해 핫바지 속에서 피문어 한 마리를 꺼내 쓱 내밀었다.

"어머니가 선생님께 드리라고 했어요. 가시는 길에 심심풀이로 드시라고요."

"그래, 고맙구나. 잘 먹겠다고 꼭 말씀 드리렴."

이상은 그 소박한 인정에 감격했다. 아주 짧은 시간 동안이었다 해도, 누군가가 자신을 기억해 준다는 것은 기분 좋은 일이다.

다시 일본으로

아버지는 다시 음악을 공부하러 가겠다는 아들을 말리지 못했다. 어쩌면 말려도 소용이 없다는 것을 잘 알고 있었을지도 모른다. 음악에 관한 한 이상의 고집을 꺾을 사람은 이 세상 어디에도 존재하지 않았다. 아버지는 아들과의 대립을 통해 늦게나마 그런 진리를 터득한 것일까?

이상은 즉시 이케노우치 선생을 찾아갔다. 선생은 그가 작곡한 몇 개의 곡을 살펴보더니 두말 없이 제자로 받아 주었다. 이제 본격적인 공부가 시작되었다. 이케노우치 선생에게 서양 음악의 기본을 다시 배우면서 이상은 음에 숙달되기 시작했다. 비로소 음악의 한가운데에 들어섰다는 느낌이 밀려 왔다. 이렇게 조금씩 나아가다 보면 언젠가는 훌륭한 곡을 쓸 수 있으리라. 우선 그의 목표는 음악 콩쿠르에 낼 첼로 협주곡을 완성하는 것이었다.

그런데 음악에 대한 열정만으로 생활의 어려움이 해결되는 것은 아니었다. 이상은 공부를 하지 않는 시간엔 일을 해야 했다. 그러나 당시 일본은 전쟁 준비로 국내 상황이 좋지 않아서 일자리를 구하기가 어려웠다. 이상은 어렵게 노트를 대필하는 자리를 얻어 힘겨운 타국 생활을 이

어갔다.

　일본엔 고향 친구들이 만든 모임이 있었는데 이상은 특별한 사정이 없는 한, 그 모임에 꼭 참석했다. 그 모임의 회원은 대부분 고향 선후배들로 김홍석, 백남옥, 이정한, 박재성, 최상한, 윤문현, 김세준 등이 중요 인물이었다. 그들이 주로 모이는 장소는 동경에서 멀리 떨어져 있으면서 인적이 거의 없는 무사시노라는 곳이었다.

　"일본은 전쟁을 일으켜 망하게 될 거야."

　"당연하지, 미국을 습격한다는 소문이 사실이라면 미국이 일본을 가만둘 리 없지."

　"맞아. 미국이 틀림없이 우리를 구해 줄 거야."

"그렇더라도 미국만을 믿고 앉아 있을 순 없어."

토론은 늘 밤늦게까지 계속되었다. 모임에 참여한 사람들은 한결같이 조국을 위해 무엇인가를 하고 싶어했다. 그들은 일본인들이 우리 해안을 따라 북쪽으로 밀려갈 경우, 육지를 방어하는 일을 자신들이 맡아야 한다고 생각했다.

"자, 이젠 때가 됐어. 고향에 돌아가 준비를 하자구."

누군가의 입에서 이런 말이 나오자 너도나도 망설임 없이 고향에 돌아가는 일에 찬성했다. 나중에 미국이 일본과 싸워 이겼을 때, 협상의 자리에 나가 유리한 고지를 차지하려면 우리 국민 스스로가 자유를 위해 얼마나 노력했는가를 보여 주어야 하지 않을까? 그렇다. 한국인들도 독립을 위해 피나는 노력을 다했다는 것을 보여 주어야 한다.

이상은 콩쿠르에 대한 아쉬움을 접기로 했다. 밤을 새가면서 작곡했던 악보를 보면 마음이 아팠지만, 두 달 후의 콩쿠르를 기다리며 앉아 있기엔 그의 젊은 피가 너무 뜨거웠다.

더 늦기 전에 조국을 위해 무엇인가를 해야 한다. 그 순간만은 음악보다 조국이 더 소중했다.

조국이여, 우리를 지켜 달라

다시 밟은 통영은 활기가 가득하던 예전의 분위기를 완전히 잃어버린 고장이었다. 선창가나 상점이 있는 시내엔 싸늘한 냉기가 흘렀다. 무엇에 눌린 듯한 사람들의 표정에서 일본의 탄압이 더욱 심해지고 있음을 짐작할 수 있었다. 어딜 가나 일본 헌병과 순사가 보였다. 전쟁 준비에 광분한 일본은 제기로 쓰는 놋그릇까지 징발해 간다고 했다. 그러니 물가가 안정될 리 없었다. 한 섬에 1원 하던 쌀이 3원으로 올랐다. 게다가 고무신 같은 물건은 군수 물자라는 이유로 거둬가 버려서 돈이 있어도 살 수 없는 입장이었다. 조국은 일본의 착취 앞에 신음하고 있었다. 그리고 젊은이들에게 외치고 있었다. 일어나 행동하라고.

일본의 탄압은 젊은이들이라고 해서 피해 갈 수 있는 게 아니었다. 이상은 병기창에 배치되어 일본인들이 하는 일을 도와야 했다. 전쟁터로 끌려가는 사람도 있는데, 그나마 다행인 셈이었다. 하지만 가난한 농민들을 찾아가서 강제로 거둬들이는 쌀을 관리하는 일은 늘 무거운 돌덩이처럼 그의 가슴을 짓눌렀다.

'우리 나라에 힘이 있었다면 이런 일은 절대로 없었을 텐데.'

며칠 뒤가 아버님 제사이니 쌀 한 줌만 남겨 달라고 사정하는 가난한 농민들을 볼 때마다 이상은 괴로웠다.

이상과 그의 친구들은 힘을 길러야 한다는 생각을 행동으로 옮길 때가 왔다고 생각했다. 무기를 제조하기로 한 것이다.

그들은 조국을 구하겠다는 생각으로 고향에 왔기 때문에 무엇인가 해야 한다는 의욕에 불타 있었다. 우선 가장 큰 문제는 일본의 감시를 피할 장소를 구하는 것이었는데, 이백유에게 아버지 소유의 무인도가 있다고 했다. 사람들이 없는 곳이라면 사격 연습도 할 수 있을 것이니 그보다 좋은 장소도 없다.

"좋아, 내일부터 당장 시작하자."

누가 먼저라고 할 것도 없이 서로의 손을 맞잡았다. 모두들 무엇인가 할 수 있다는 생각에 상기된 표정을 감추지 못하고 있었다.

시간이 날 때마다 회원들은 무인도로 몰려들었다. 그들은 화약을 구해다가 총과 폭탄을 만들었다. 처음 만들어 본 것치고는 성능이 우수한 편이었다.

"이제 이 무인도에 무기를 생산할 지하 탄약 공장을 지으면 돼."

"맞아, 그러면 모두들 무기를 가질 수 있을 거야."

"쉿! 목소리가 너무 크잖아."

회원들은 서로를 격려하면서 독립의 꿈을 키워갔다. 그들은 일본이 곧 망할 것이라는 사실을 의심치 않았는데, 거기엔 의석이와 삼성이가 몰래 청취한 미국의 단파 송신이 한몫을 했다.

라디오 전파를 통해 들어온 소식들은 거의가 일본에 불리한 내용들이라 했다.

모임 때문에, 근로 동원 때문에 정신없이 움직이는 사이에 이상은 아버지의 죽음을 맞이하게 된다. 장남이라는 이유로 그에겐 늘 엄한 모습만을 보여 주셨던 아버지. 하지만 돌아가시는 순간의 아버지는 마른 낙엽처럼 기운이 없었다.

"이상아, 난 너만 믿는다. 네가 이젠 이 집안의 가장인 거야. 큰어머니 잘 모시고 동생들도 잘 거두거라."

이것이 아버지가 남긴 마지막 말이었다.

이상은 이제야말로 실질적인 한 집안의 가장이 되었다. 이젠 그가 앞장서서 집안을 이끌어야 하는 것이다. 하지만 친구들과의 계획을 모른 척할 수는 없었다. 아버지가 자신에게 맡긴 장남으로서의 책임도 중요했지만, 한 나라의 국민으로서의 역할도 중요했기 때문이다. 어쨌든 일본에 대항하는 일을 멈출 수는 없었다.

그러나 일본은 모두의 소망대로 쉽게 망하지는 않았다. 이상과 친구들이 무인도에서 만든 무기는 써 보지도 못했다. 아니, 정확히 말하자면 써 볼 기회가 없었다.

얼마 지나지 않아 회원들이 일본 경찰에 연행되었던 것이다. 삼성이가 미국의 단파 송신을 청취하다가 일본 경찰에 들켜 버렸기 때문에 벌어진 일이었다. 일본 경찰은 삼성이와 친한 사람들의 집을 모두 수색했다. 물론 이상의 집도 수색당했다. 그는 근로 동원령에 의해 맡은 병기창 일을 하고 있는 도중에 수갑이 채워진 채 경찰서로 끌려갔다.

이상은 거제도에 있는 창신포 감옥 안에서 이틀 밤낮을 보낸 후에 다른 섬에 위치한 경찰관구로 보내졌다.

감옥 안은 어둡고 지저분했다. '철커덕', 감옥 문을 닫는 소리를 듣는 순간까지도 컴컴하다는 것 외에 다른 아무 생각도 나지 않았다. 한참을 그렇게 서 있자, 눈이 어둠에 조금씩 익숙해지기 시작했다. 이상은 몸을 누일 만한 곳을 찾기 위해 감옥 안을 둘러보았다. 바닥에 쌀알이 흩어져 있었다. 웬 쌀알이 여기에 있을까? 어쨌든 발걸음을 내딛을 땐 조심해야 했다. 귀한 쌀알을 밟을 수는 없기 때문이었다.

애써 피해 간 그 하얀 가루가 사실은 쌀알이 아니라, 사람이 들어오면 가루가 되는 벌레였다는 사실을 알게 된 것은 날이 밝은 후였다. 너무 놀란 이상의 등줄기에 소름이 돋았다. 온몸이 오싹해질 만큼 불결한 감옥이었다.

'혹시 무기를 생산하려던 계획이 적발된 것은 아닐까?'

이상은 불안했다. 다른 동지들이 어떻게 되었는지 알 길이 없어 답답하기 그지없었다. 그렇게 이틀이 지나자 일본 경찰은 그를 꽁꽁 묶어 통영의 감옥으로 데리고 갔다. 감옥 안엔 젊은 사람들이 가득했다. 그들이 잡혀온 이유는 저마다 달랐다. 그러나 일본을 향한 분노에 불타고 있다는 사실만은 모두 똑같았다.

감옥에 갇힌 사람들은 한 명씩 불려나가 피멍이 든 채 돌아오곤 했다. 눈이 붓고 손톱이 빠지는 고문을 견디어 내면서도 동지의 이름을 말하지 않고 묵묵히 버티는 젊은이들이 감옥 안을 채우고 있었다. 이 모든 고통을 견디게 하는 것은 조국이구나. 그렇다, 우리에겐 조국이 있다. 무슨 일이 있어도 절대로 굴하지 말자. 동지를 팔지 말자.

심문이 시작된 것은 일 주일 후였다.

"네가 들어 있는 단체 이름을 말해 봐."

"단체라니요?"

"너희 젊은 놈들끼리 모여서 무슨 작당을 했는지 불란 말이야."

"그런 적 없는데요."

이상은 담당 형사의 눈을 똑바로 쳐다보며 단호한 목소리로 대답했다.

"뭐야? 이 자식 좋은 말로 해서는 안 되겠구만."

형사의 눈에 퍼런 불꽃이 일었다. 다음 순간 이상은 바닥에 내동댕이 쳐졌다. 너무 놀라서 비명도 나오지 않았다. 이것이 말로만 듣던 고문이라는 것이로구나. 방안에 있던 서너 명의 형사들이 모두 방망이를 들고 이상에게 다가왔다. 그들의 눈은 먹이를 찾아낸 굶주린 맹수처럼 활활 타오르고 있었다.

"으윽……."

장딴지와 종아리를 마구 쳐대는 바람에 이상의 입에선 신음 소리가 새어 나왔다.

"너희들이 만나서 한 일을 전부 밝히란 말이야."

"말 안 하면 네 몸만 망가진다는 것을 알아야지."

유들유들한 웃음기를 띤 채 다가오는 순사가 벌레처럼 싫었다. 하지만 친구들과 하고자 했던 일을 절대로 말해선 안 된다. 그렇게 된다면 이상도 친구들도 살아남기 힘들어질 테니까. 옆방에서도 누군가 고문을 받는지 날카로운 비명 소리가 들려왔다.

'어, 저 목소리는?'

틀림없이 귀에 익은 목소리였는데, 명확하게 기억해 낼 수가 없었다. 친구들 중의 한 명이라는 사실밖에는.

"너, 자꾸 그렇게 발뺌하면 정말 쓴맛을 보게 될 거야."

소매를 걷어붙이는 형사의 이마에 핏대가 섰다. 이상은 고개를 저었다. 말할 기운도 없었던 것이다. 하지만 고문은 여기서 끝나지 않았다.

"그거, 이리 가져오고 이 녀석 엎드리게 해."

또 뭐가 남아 있나 보다. 온몸을 바늘로 콕콕 쑤셔대듯 만들어 놓고도 아직도 괴롭힐 일이 남아 있나 보다. 이상은 눈을 질끈 감았다. 어떤 고통이 있어도 참아내어야 한다. 잠시 후 본격적인 고문이 시작되었다. 형사가 가져오라고 명령한 고문 기구는 통나무였다. 그는 그것을 이상의 다리 위에 올려 놓고 직접 그 위에 올라가 굴리기 시작했다. 정강이뼈가 부서질 듯 아팠다.

"이래도 말 못하겠나?"

"전 모…모릅니…다. 으흑……."

이상은 마지막 힘을 짜내어 견디고 있었다. 온몸을 가루로 만들어 버리겠다는 듯 자신의 몸 위를 구르는 형사의 얼굴에 맺힌 땀방울이 보였다. 차라리 죽는 게 나을 것 같았다. 목에서 불덩이가 치밀고 온몸이 쪼개지는 아픔을 겪어 보지 않은 사람은 모른다. 하지만 이상은 어떤 고문 앞에서도 굳건히 모르쇠로 일관했다.

"자식, 잘도 버티는군. 앞으로 다시 이런 곡을 썼다간 네 목숨이 열 개라도 소용이 없을 줄 알아."

이상의 몸에서 내려와 이마의 땀을 닦던 형사가 내민 것은 서랍 속에 잘 넣어 두었던 악보였다. 그제야 자신이 이 곳에 끌려온 이유가 우리말 가사에 곡을 붙인 노래 때문이었다는 것을 알 수 있었다. 우리말 사용을 금하고 있는 상황이었으니, 일본 경찰의 눈으로 보면 그것도 큰 죄였던 것이다. 아직 무기 제조 계획은 들통나지 않은 모양이니 그나마 다행이었다.

나중에 이상은 친구들이 자신보다 더 심한 고문을 당했다는 것을 알게 된다. 손발을 불에 지지고 도살당하는 짐승처럼 기둥에 매달고 얼굴 위에 두툼한 수건 하나를 덮고서 그 위에다 물을 붓는 물고문. 계속 그런 고문을 당하다 숨이 막혀 기절했다는 친구도 있었다. 손톱 밑을 찌르는 고문, 잠을 못 자게 하는 고문 등 반일 감정을 가진 젊은이들을 괴롭히는 일본 경찰의 수법은 참으로 다양했다.

때는 1944년, 2차 대전이 막바지로 치닫고 있던 때라 공습도 잦았다. 고문실에서 고통과 싸울 때도 폭탄 소리와 사이렌 소리가 들려왔다. 폭탄이 감옥 위로 떨어지지 않는다고 자신 있게 말할 수 있는 사람이 있을까? 그럴 때면 죽음의 공포가 서서히 밀려들었다. 이렇게 고문당한 걸로 부족해 폭격까지 당한다면 정말 억울할 거야.

죽음의 공포를 가슴에 얹은 채 이상은 두 달 동안을 감옥에서 견뎠다. 그가 풀려 나온 때는 1944년 9월 17일, 마침 그의 생일날이었다. 이상을 위해 보석금을 지불하고 보증을 서 준 사람은 그가 일하던 군량미 집결소의 일본인 대장이었다.

그는 딸린 식구가 많아 늘 마음 고생을 하는 이상을 동정하고 있었다. 그래서 이상을 풀려 나오게 하는 일에 선뜻 나섰던 모양이다. 언제 어떤 상황에서든 나를 도와 줄 사람은 존재하는구나. 이상이 이 사건을 통해 얻은 교훈은 사람에 대한 굳은 믿음, 그것이었다.

집에 돌아와 보니 이상을 당황하게 하는 일이 벌어져 있었다. 그가 감옥에 있는 동안에 두 누이가 결혼을 했다는 것이다. 자유로운 남녀 교제가 허락되지 않는 시대였기 때문에 대부분의 혼인은 집안의 어른이 결정하는 게 일반적인 관습이었다. 아버지가 안 계시니, 이상이 그 일을 맡아야 했으나 그에겐 미처 그것까지 신경쓸 여유가 없었다. 그 와중에 이상이 감옥에 갇히게 되자 큰어머니는 누이들의 결혼을 서두를 수밖에 없었다고 했다. 하긴 아들이 언제 나올지도 모르는 상황에서 무작정 기다리고 있을 수만은 없었을 것이다.

급히 서두른 탓인지 두 누이의 결혼 생활은 몹시 불행했다. 결국 피붙이 하나 남기지 못한 채 외롭게 살다가 일찍 세상을 떠나는 비극을 맞이하게 되는데, 훗날 이상은 누이들에게 미안한 마음을 감추지 못했다. 누이들의 불행이 장남으로서의 역할을 다하지 못한 자신 때문에 생겼다는 죄책감이 늘 그를 괴롭히고 있었다.

감옥에서 만신창이가 되어 가지고 온 이상을 정성껏 돌본 사람은 큰어머니였다. 생모가 돌아가신 후 이상은 큰어머니를 많이 의지했다.

"못된 놈들, 사람을 이렇게 패다니……."

평소엔 남에게 싫은 소리 한 마디 못하는 큰어머니였는데, 이상이 감옥에서 돌아온 날만은 거침없이 욕을 해댔다.

"괜찮아요. 며칠 푹 쉬면 나을 거예요."

이상은 큰어머니를 안심시키기 위해 아무렇지도 않은 척 애를 썼다.

"제대로 걷지도 못하면서 괜찮다고?"

큰어머니는 방에 이부자리를 깔면서도 계속 일본 형사들을 향해 분통을 터뜨렸다. 그것을 보고 있으려니 정말로 집에 왔구나 하는 생각에 마음이 놓였다. 이제 눈을 떠도 끌려가 고문을 당하지나 않을까 겁먹을 필요가 없는 것이다.

"우선, 밥부터 먹어라. 생일날에라도 내보내 주니 그나마 다행이지 뭐냐?"

큰어머니는 미역국과 흰 쌀밥이 올려진 밥상을 차렸다. 순간 이상의 눈시울이 뜨거워졌다. 내가 오늘 나올 것이라는 확신이 없었는데도 생일상을 마련해 놓으신 거야. 난 아무것도 해 드린 게 없는데, 큰어머니는 내게 너무 많은 것을 베푸시는구나. 문득 아버지께서 돌아가시던 날 밤에 있었던 일이 떠올랐다. 그 때 큰어머니는 참 섧게 우셨다.

"여보, 이 많은 식구들은 어찌 살라고 혼자서 가십니까?"

의식이 희미해지는 아버지를 붙들고 큰어머니는 흐느꼈다. 그 때 아버지는 가쁜 숨을 몰아쉬며 큰어머니를 위로했었다.

"당신에게는 당신의 아들이 있지 않소."

'당신의 아들', 그것은 틀림없이 이상을 가리키는 말이었다. 아버지의 유언 때문이었을까? 큰어머니는 이상을 집안의 가장으로 굳게 믿고 의지했다. 큰어머니에게 이상은 마지막까지 자신을 지켜줄 버팀목이었던 것이다.

'늘 걱정이 많으시지만, 내가 잘 모시면 편안해지실 거야.'

큰어머니의 정성으로 이상의 몸은 조금씩 회복되어 갔다. 언젠가 큰어머니의 정성에 보답할 날이 오겠지. 장남으로서 한 집안의 기둥으로서 자신의 역할 안엔 늘 큰어머니가 존재해 있어야 할 것이다.

몸이 어느 정도 회복되자 다시 공출을 걷으러 다녀야 했다. 처음 그 일을 맡았을 때와 달라진 점이 있다면 그를 감시하는 사람이 한 명 생겼다는 것이다. 일본 경찰은 이상을 풀어 주기는 했지만 완전히 마음을 놓지는 않았다. 언제 어디서 무슨 일을 벌일지 알 수 없었기 때문이다. 이상이 근무하는 건물은 2층이었는데, 감시원은 2층 입구에 있는 방에서 그의 행동 하나하나를 지켜봤다. 모임을 만들려는 젊은이들이 하나둘 이상의 곁으로 몰려들 때마다 감시원의 눈빛은 더 날카로워졌다. 그렇더라도 자신이 하고자 하는 일을 그만둘 수가 없었다. 나라 잃은 백성의 설움을 온몸으로 느껴야 했던 감옥에서의 경험이 그를 자꾸만 채찍질했기 때문이다.

하지만 그는 이 때 마음 속으로 다짐했던 약속들을 지키지 못했다. 큰어머니가 천식에 걸려 돌아가실 때조차 곁을 지켜 주지 못했다. 때마침 부산에 전근 나가 있었던 것이 화근이었다. 자신의 뱃속에서 나온 친아들은 아니었지만, 아무 내색 없이 그를 의지했던 큰어머니는 아마 무척 섭섭했으리라. 이상은 큰어머니의 임종을 지켜보지 못한 것을 오랫동안 마음에 걸려했다.

이상은 감시원의 눈을 피해 친구들을 하나 둘씩 끌어모으기 시작했다. 이렇게 하여 다시 새로운 모임이 꾸려졌다. 다시 한 번 일본에 대항할 방법을 찾자는 것이 새로운 모임의 목표였다.

하지만 이번 모임도 애초에 품었던 계획을 실행하는 데는 실패했다. 일본 경찰이 미리 낌새를 눈치챘기 때문이다. 경찰이 무언가 수상하다고 느꼈다면, 머지않아 위험이 닥치리라. 그리고 그 날은 생각보다 일찍 다가왔다.

1945년 초 어느 날, 이상은 쿵쿵거리며 급히 계단을 올라오는 발소리를 듣게 된다. 밤 늦은 시간에 누굴까? 깜짝 놀라 일어서는 순간 벌컥 문이 열렸다.

"선생님, 위험해요. 도망치셔야 해요. 내일 아침에 선생님을 체포하러 헌병들이 몰려올 거예요."

이마에 땀이 송골송골 맺힌 채, 숨 돌릴 사이도 없이 말을 토해 낸 사람은 일본 헌병이었다. 그제야 윤이상은 그 어린 헌병이 낯선 얼굴이 아님을 깨닫는다. 화양 학원에서 음악을 가르쳤던 제자. 윤이상은 뛰어오느라 얼굴이 벌게진 제자의 얼굴에서 사태의 심각성을 깨달았다. 머뭇거릴 시간이 없었다.

"고맙다. 여기 일은 내가 알아서 할 테니, 넌 어서 가 보는 게 좋겠다. 괜히 남의 눈에 띄게 되면 큰일이잖니?"

"그럼, 몸 조심하세요."

제자는 꾸벅 인사를 하더니 급히 방에서 나갔다. 이상은 마음이 다급해졌다. 자신 있게 알아서 하겠다고 말은 해 놓았으나 어떻게 도망을 친단 말인가? 감시를 받고 있는데…….

혼잣몸이라면 창문을 타고서라도 빠져 나갈 수 있을 것이다. 그러나 그에겐 분신과 같은 첼로가 있었다. 아무리 생각해도 첼로를 두고 갈 수는 없는 일이었다. 악기를 두고 간다는 것은 음악을 버리고 간다는 것과 같지 않은가? 이상은 방을 왔다갔다하며 고민에 고민을 거듭했다. 아무래도 한 가지 방법밖에 없었다. 감시인에게 사정을 이야기하고 도움을 받는 것.

이상은 어떤 경우에도 사람에 대한 믿음을 버리지 않았다. 아무리 어려운 상황이 닥쳐도 이 세상 어디엔가는 자신을 도와 줄 사람이 있다는 것을 믿었다. 자신을 감시하는 역할을 맡은 사람이라고 해서 도움을 주지 않을 것이라고 단정할 수는 없는 것이다. 결국 이런 이상의 믿음은 보답을 받는다. 감시인이 두말없이 창문 밑에 서서 첼로를 받아 주는 일을 맡아 주었기 때문이다. 첼로를 내려 보낸 이상은 달빛이 구름에 가려지기를 기다렸다. 달 밝은 밤엔 다른 사람들 눈에 띄기 쉬우므로 특별히 조심하지 않으면 안 되었다.

감시인은 이상을 시 경계에 있는 자신의 집으로 데리고 갔다. 어차피 차편이 없으니 하룻밤 묵고 내일 아침에 떠나라는 것이었다. 이상은 그날 밤 자신을 감시하던 사람과 많은 이야기를 나누었다. 나라 잃은 백성의 서러움과 독립을 위해 젊은이가 해야 할 일, 통영의 젊은이들이 만든 모임 등등.

"그렇게 열심히 사는 사람들이 있었군요. 전 그것도 모르고 저놈들이 시키는 대로만 하고 있었으니, 참 한심하지요?"

감시인은 스스로가 마음에 들지 않는다는 듯 눈살을 찌푸렸다.

"그런 말씀 마세요. 지금이라도 늦지 않았어요. 같이 일하고 싶다면 받아 줄 모임이 있으니까요. 통영엔 독립을 꿈꾸는 젊은이들이 많아요."

"글쎄요, 나 같은 사람도 받아 줄는지……."

"받아 주고 말고요. 한 사람의 힘이라도 더 보태야 독립의 날이 앞당겨질 텐데, 안 받아 줄 리가 있겠어요?"

"정말이죠?"

"그럼요."

날이 밝자 이상은 6킬로미터나 떨어져 있는 기차역으로 발길을 옮겼다. 빨리 기차를 타고 통영을 빠져 나가야만 마음을 놓을 수 있다. 그런데 문제가 있었다. 당시 모든 한국인은 일본의 명령에 따라 이름표를 지참 하고 다녀야 했는 데, 이상은 자신 의 이름표를 내밀 수가 없 었 다.

그의 이름을 보자마자 끌고 갈 경찰이 역 주변에 쫙 깔려 있지 않은가. 이상은 가짜 이름표를 하나 만들었다. 일본식 성명 강요에 의한 이상의 이름은 '이하라' 였다. 그 이름을 피해 무어라 쓸까? 궁리 끝에 '가나모토' 라는 흔한 이름을 가명으로 택했다. 깨끗한 헝겊에 '가나모토' 라고 써서 옷 위에 달았다. 하지만 마음이 놓이지 않았다. 통영엔 그를 아는 사람들이 너무 많았기 때문이다.

기차역은 사람들로 붐비고 있었다. 되도록 사람들의 눈에 띄지 않으려고 노력했지만, 부피가 큰 첼로 때문에 쉽지가 않았다. 결국 개찰구 앞에서 경찰과 눈이 마주치고 말았다.

"이하라……."

이상을 잘 알고 있는 그 경찰은 이상의 이름표를 보더니 입을 다물고 말았다. 무언가 짐작이 된다는 표정이었다. 이상은 사람들의 눈을 피해 그에게 다가갔다.

"쉿, 아무 말도 하지 맙시다."

순간 경찰의 눈이 잠시 흔들렸다. 그 사이 이상은 급히 발길을 옮겨 기차에 올라탔다. 창문 너머 보이는 고향이 아스라이 멀어지고 있었다. 언제까지 제 나라에서 숨 죽이고 살아야 하는 이 현실이 계속될 것인지. 그는 무너져 내리는 가슴을 어쩌지 못했다.

그런데 기차는 역마다 쉬게 되어 있어서 다시 검열이 시작되었다. 그때마다 이상은 첼로를 들고 화장실에 숨어 있을 수밖에 없었다. 부피가 큰 첼로는 '윤이상, 여기 있소!' 하는 광고판과 같았다. 그렇다고 이제 와서 첼로를 버릴 수는 없었다. 첼로는 자신이 이 세상에서 소유하고 싶은 유일한 물건이었으며, 위험을 무릅쓰면서도 함께 하고자 했던 친구였다.

'이렇게 서울까지 계속 가다가는 잡히고 말겠다.'

무엇인가 다른 방법을 생각해 내야 했다. 기차가 멈출 때마다 맘을 졸이느라 몹시 피곤했다. 너무 불안해지자 삼랑진에서는 기차를 바꿔 탔다. 그런데도 검문은 그치지 않고 계속되었다. 초조한 그의 마음을 아는지 모르는지, 기차는 신나게 달리기만 했다.

또 새로운 역이 나타났다. 여기서도 검문을 잘 피할 수 있을지. 이상은 첼로를 메고 있던 오른쪽 어깨에 힘을 줬다. 그 순간 '대구역'이라는 푯말이 눈에 들어왔다.

호랑이에게 물려가도 정신만 차리면 산다고 했던가. 이상은 대구에서 조개탄 공장을 하고 있는 친구를 떠올렸다. 자신과 뜻을 같이하는 친구니, 틀림없이 숨겨 줄 것이다. 그렇게 며칠이라도 숨어 있는 편이 지금 이대로 서울까지 치달리는 것보다는 훨씬 안전할 것 같았다. 이상은 얼른 기차에서 뛰어내렸다.

그런데 어렵게 찾아간 친구의 사정도 그다지 좋은 편은 아니었다.

"나도 감시를 받고 있어서 편하게 숨겨 줄 수는 없어."

"숨는 데 편하고 불편하고가 어디 있어. 아무 데나 괜찮으니 한 이틀 정도만 숨었으면 좋겠는데. 그 때쯤이면 검문도 좀 풀릴 것 같거든."

"그럼, 할 수 없지. 우리 공장에 숨는 수밖에."

친구가 그를 데리고 간 곳은 석탄이 산처럼 쌓여 있는 곳에 지붕만 덩그러니 없는 공장이었다. 석탄 사이까지 뒤질 사람은 없으니, 그 곳이라면 들킬 염려는 없었다. 어찌 됐든 몸을 숨길 곳을 찾았으니 정말 다행이었다.

이상은 석탄더미 속에서 비옷 한 장을 덮은 채 이틀을 보냈다. 석탄가루 때문에 목이 아팠지만 견디는 수밖에 없었다. 안전하게 서울로 가야 하고, 조국의 독립을 기다려야 할 것 아닌가. 절대로 일본 경찰에게 잡혀서는 안 된다.

대구를 떠나 서울에 도착한 이상은, 자신을 도와 주었던 감시인이 통영의 젊은이들이 만든 지하 조직에 가입했다는 소식을 듣게 된다. 물론 감시인이 모임에 참가하게 된 것이, 첼로를 목숨처럼 아끼던 젊은이와 밤새 나눈 대화 덕분이었음을 아는 사람은 없었다.

광복을 기다리며

이상에겐 두 번째 서울행이었다. 처음엔 음악 공부를 위하여, 두 번째
는 생명의 위협을 느껴 찾아든 곳.

하지만 서울은 여전히 낯설었다. 값싼 방을 하나 얻고 자리를 잡았지
만 그에겐 돈이 없었다. 돈이 없다는 것은 곧 굶주림에 시달려야 함을 의
미했다. 사람들은 모두 배급표를 가지고 식사를 해결했는데, 이상에겐
배급표마저 없었다. 그는 도망자의 신분이었기 때문에 제대로 된 식사를
배급받는 게 불가능했다.

하는 수 없이 여행 증명서를 가지고 있지 않은 사람들이 모이는 식당
에 줄을 섰다. 하지만 그런 곳은 이름만 식당이었지, 전쟁 중에 세운 비
상용 부엌에 지나지 않았다.

음식을 만드는 재료는 가축용 사료여서 삼키는 것조차 힘들 정도로 질
이 나빴다. 그마저도 배부르게 먹을 수는 없었다. 고양이 눈물만큼씩 나
오는 음식으로는 허기가 채워지지 않았다. 늘 배고픔에 시달린 사람들은
숟가락을 놓기가 바쁘게 다른 배급소를 찾아가 줄을 서는 부지런을 떨었
다.

이상이라고 사정이 다를 리 없었다. 굶지 않으려면 눈을 뜨자마자 식당 앞으로 달려가 줄을 서야 했다.

증명서가 없다는 것으로 식사만 불편해진 것이 아니었다. 더 큰 문제는 수시로 이루어지는 경찰의 검열이었다. 이상이 머물고 있는 곳으로도 경찰이 검열을 나올 때가 있었는데, 그 때마다 숨거나 도망쳐야 했다. 언제 잡힐지 모르는 불안한 생활이어서 하루하루가 살얼음판에 올라선 것처럼 위태로웠다.

경찰의 검열은 점점 더 심해지고 있었다. 언제까지 경찰의 눈을 피할 수 있을지 알 수 없었다. 일 주일에 한 번에서 나흘에 한 번, 그리고 이틀에 한 번으로 그물망은 점점 촘촘하게 그를 조여 왔다.

견딜 수 없게 된 이상은 통영에 있는 상용이에게 도움을 요청했다.

상용이는 징용을 피하기 위해 산양면에 있는 면사무소에 들어가 행정 사무를 보고 있었다. 그러면 증명서를 구해 줄 수 있으리라는 생각이 들었다.

이상의 편지를 받은 친구는 급히 증명서를 보내 주었다.

"이 증명서에 있는 가나모토란 사람은 일본에서 죽었는데 아직 사망 신고가 되지 않아서, 경찰에게 들킬 염려는 없을 거야. 객지니까 건강에 유의해라. 집 떠나면 아플 때가 제일 서럽다더라. 넌 그런 일이 없길 바란다."

라는 따뜻한 당부의 말과 함께.

상용이의 도움으로 검열과 식사 문제는 대충 해결할 수 있었다. 그렇다고 그의 모든 문제가 해결된 것은 아니다.

어쨌든 방값과 생활비는 무슨 일을 해서라도 벌어야 했던 것이다. 이상은 사람을 구한다는 신문 광고를 보고 사설 인쇄소를 찾아갔다. 인쇄소의 주인은 아주 친절하게 일거리를 나눠 주었다. 그는 열심히 일했다. 하지만 가끔씩은 몰래 빠져 나가 식사를 해결해야 했다. 식당에서 배급 받는 식사는 증명서가 없을 때 찾아가던 곳에서 주는 것보다는 나았으나, 그래도 늘 허기가 느껴졌다. 김치 하나를 놓고 먹더라도 집에서 먹던 밥은 잘 먹었다는 뿌듯함으로 상을 물릴 수 있었는데, 배급을 받는 식당에서는 그런 기분을 느낄 수가 없었다.

이상은 인쇄소에 일자리를 얻을 때 상용이가 보내 준 증명서를 냈다.

그런데 고향 친구가 찾아오는 바람에 주인이 그의 신분을 의심하게 되었다. 상용이를 통해 소식을 알았다며 인쇄소 문을 열고 들어온 동수가 무심코 이상의 본명을 불러 버렸기 때문에 벌어진 일이었다.

그 순간, 곁에 있던 주인의 얼굴이 돌덩이처럼 굳는 것 같았다. 가슴이 철렁했다. 이제까지 잘 버텼는데 여기서 잡히는가 하는 생각 때문에 눈앞이 캄캄했다. 하지만 진실은 어디서나 통하게 마련이다. 이상은 언제 어디서나 진실의 힘을 믿었다. 무엇보다도 사람의 마음을 믿었다. 그래서 조용히 주인에게 다가가 사정 이야기를 했다.

그의 이야기를 말없이 듣고 있던 주인은 화를 내기는커녕 오히려 이상을 감싸 주었다.

"걱정하지 말게. 내 곁에 있으면 안전할 테니."

"고맙습니다."

이상은 주인의 따뜻한 말에 감격했다.

"사실은 나도 자네처럼 감시를 받는 처지야."

"예에?"

이상은 느닷없는 주인의 말에 깜짝 놀랐다. 알고 보니 주인은 이상과 같은 고향 사람이었다. 그는 통영 근처의 보통 학교 선생이었는데 반일 사상 때문에 경찰에 끌려가 고문을 당한 뒤 3년 간 옥살이를 했다고 했다. 고향에 있다가는 또 무슨 변을 당할지 몰라 서울로 올라왔다는 것이다.

"결국 나도 자네와 같은 처지라 할 수 있지. 하하하"

이후 인쇄소에서의 생활은 훨씬 편해졌다. 그런데 마음이 편해지니 몸이 말썽이었다.

밤마다 열이 오르는 날이 며칠씩 계속되었다. 아무래도 영양 실조 같았다. 그렇지 않아도 못 먹어서 여윈 몸이 날마다 기운을 잃어 갔다. 그래도 어떻게든 버티리라 마음먹었다. 여기서 무너지면 너무 억울할 것 같았다.

하지만 세상 일이 어디 뜻대로만 되던가? 머리에 물수건을 얹으며 버텼지만 너무 어지러워 견딜 수가 없었다.

이상은 결국 정신을 잃은 채 쓰러지고 말았다. 친구 동수가 그를 들쳐업고 병원으로 뛰었다. 친구의 등에 업혀 바라본 하늘은 뱅글뱅글 돌고 있었다.

이상의 병은 폐결핵이라 했다. 의사는 영양이 풍부한 음식을 먹고 병원에서 지속적인 치료를 받는 것이 좋다며 입원을 권했다. 하지만 이상에겐 입원 수속을 할 만한 돈이 없었다.

"입원은 못 하더라도 여기 있는 게 좋겠어. 어쨌든 밥은 줄 테니까."

동수는 이상이 또 영양가 없는 식당 밥 때문에 건강을 해칠까 봐 걱정인 모양이었다. 그에겐 걸어서 병원을 나갈 힘도 남아 있지 않았다. 결국 동수의 의견대로 우선 병원에 눌러 있기로 했다. 병원에서 쫓아내지 않는 한 버티기로 한 것이다. 동수 말처럼 밥이라도 편안한 마음으로 먹으면 병이 나을지도 모른다.

이상이 병원에서 보낸 기간은 모두 3주였다. 돈이 없기 때문에 치료는 받을 수 없었지만 식사만은 잘 챙겨 먹을 수 있었다. 이상은 병원에서 주는 음식을 남김없이 잘 먹었다. 배급소에서 줄을 서서 먹던 밥보다는 훨씬 부드러워서 소화도 잘 됐다.

그는 식사가 끝나면 복도를 어슬렁거렸다. 갇혀 있는 듯한 병원에서 좀 벗어났다는 느낌을 갖고 싶어서였다.

1945년 8월 15일─그 날도 이상은 복도를 어슬렁거리며 고향 생각을 하고 있었다. 여름의 태양이 병원 복도를 뜨겁게 달구고 있었다.

병원에서 라디오를 크게 틀어 놓았는지 웅웅거리는 스피커 소리가 복도까지 새어나왔다. 그런데 이상하게도, 스피커 앞에 사람들이 몰려서 웅성거리고 있지 않은가. 라디오에서 무엇인가 중요한 소식이 나오는 것 같았다. 이상도 덩달아 그 쪽으로 발길을 옮겼다. 그리고 다른 사람들처럼 숨을 죽인 채 라디오에서 흘러나오는 소리에 귀를 기울였다. 끊어질 듯 이어지는 목소리의 주인공은 일왕 히로히토였다.

이상의 귀엔 다른 소리는 하나도 들리지 않았다. 항복한다는 소리밖에는.

일본이 항복한단다, 항복! 이제 일본은 이 나라에서 물러나게 된 것이다. 온 나라가 숨죽인 채 오랫동안 간절히 소망했던 일이 눈앞에서 이루어지고 있었다.

"만세! 독립이다."

누가 먼저라 할 것도 없이 사람들은 거리로 뛰어나갔다. 그토록 간절히 원하던 소원이 이루어졌다는 사실이 모두들 믿기지 않는 듯 서로에게 확인하고 또 확인했다. 이상도 사람들 속에 섞여 밖으로 나갔다. 마음껏 불러 보고 싶었던 독립 만세, 그리고 광복. 그는 몸이 아프다는 사실도

잊은 채 이 거리에
서 저 거리를 누비며
독립 만세를 외쳐댔다.
'대한 독립 만세'는 이
제까지 저항 운동을 하는
사람들만의 암호였다. 하
지만 이제 모두들 소리내
어 독립 만세를 외칠 수
있는 날이 찾아 온 것이
다. 하늘이여, 이제야
우리에게도 빛을 주는

가! 어디에 숨어 있다가 뛰쳐나온 것일까? 어디에 숨겨 놓았던 태극기들일까?

거리는 사람들과 태극기의 물결로 홍수를 이루고 있었다. 이상은 주체할 수 없는 기쁨에 달리고 또 달렸다. 그리고 치욕스럽게 자신의 이름을 숨기고 살아야 했던 세월에 마침표를 찍듯 옷에 붙은 이름표를 떼어냈다.

36년 만에 찾아온 자유, 쉽게 믿어지지 않는 그 기쁨 속에서 이상은 사흘을 보냈다. 병원으로 돌아가는 것도 잊은 채 식사 시간도 잊은 채 오직 광복의 기쁨에 취해 보낸 날들이었다.

사흘이 지나고 나서야 짐을 챙기러 간 이상에게 의사는 몹시 걱정스러운 얼굴을 했다.

"병이 완쾌된 것도 아닌데 그렇게 무리하다가는 정말 큰일 치릅니다. 푹 쉬면서 잘 조리해야 한다고 그렇게 말씀드렸는데 벌써 잊으신 건 아니겠지요?"

하지만 의사의 충고는 이상의 발길을 붙들 수 없었다.

"물론 잘 기억하고 있습니다. 하지만 독립된 조국은 제게 해야 할 일이 있다고 말합니다. 병을 치료하는 것보다 더 중요한 것은 우리 나라가 독립했다는 사실입니다. 저는 나가서 제가 할 일을 찾아야 합니다."

"자꾸 그렇게 무리를 하면 평생을 병석에 누워 지내야 할지도 모릅니다."

"그렇더라도 죽지는 않겠지요. 하지만 나라가 없으면 죽어도 하소연할 곳이 없답니다. 살아도 산 것이 아니고요."

이상은 의사의 만류를 뿌리치고 병원을 나섰다.

유난히 따가운 8월의 햇살이 길을 뚫을 듯 내리비치고 있었다. 하지만 두렵지 않았다. 나라를 찾았다는데 무엇이 걸리랴. 더 이상의 설움도 압박도 불안도 없을 텐데…….

일제 강점기

36년에 걸친 일본의 식민지 정책은 시대 상황의 변화에 따라 그 색깔을 조금씩 달리했는데 정책 방향을 기준으로 하면 세 단계로 구분할 수 있다.

그 첫번째 단계는 무단 정치기로 1910~1919년에 이르는 기간을 말한다. 1910년 8월 29일 한일 합병을 단행한 일본은 식민 통치 체제의 기초를 다지기 위해 강력한 헌병 경찰력을 배경으로 무단 강압 정책을 폈다. 정치적인 결사 · 집회를 금지하고 한글 신문을 폐간시킴으로써 민족 정신의 뿌리를 뽑아 버리려는 시도도 이 때 행해졌다. 일본에 대한 절대 복종을 강요하기 위해 관리나 교원까지 제복을 입고 칼을 차는 등 공포 분위기를 조성했다. 이 시기의 한국인들은 법적 보호를 전혀 받을 수 없었다. 재판 없이도 즉결 처분을 단행할 수 있는 권한이 헌병 경찰에게 주어졌기 때문이다. 이로 인해 수많은 애국 지사들이 투옥되어 고문을 당한 뒤 죽어 갔다.

그런데 일본의 정책은 정치적인 부분에만 국한되어 있었던 게 아니었다. 일본의 탄압은 철도 · 항만 · 도로 · 통신 등 기초적 건설 사업 등의 경제적인 부분으로 이어졌다. 한국의 발전을 꾀한다는 명분 아래 행해진 사회 간접 자본의 구축에는 한국을 식량 · 원료 기지로 삼으려는 일본의 제국주의적 음모가 숨어 있었다. 그것으로도 부족해 본격적인 강제 수탈을 위해 동양 척식 주식 회사(동척)를 설립하였다. 동척은 토지 조사 사업이라는 명목으로 많은 농민들의 농토를 빼앗는 데 앞장섰다. 동척의 음모 때문에 많은 농민들이 영문도 모른 채 땅을 빼앗기고 소작농으로 전락했다. 결국 조선 경제의 중심이었던 농촌은 이 때부터 서서히 붕괴되어 가고 있었던 것이다.

이런 과정 속에서 커진 반일 감정이 국민적 힘으로 나타난 것이 3 · 1 운동이다.

3 · 1 운동으로 드러난 한국인의 강한 저항에 위기감을 느낀 일본은 정책적 변화를 꾀할 수밖에 없었는데, 1919~1931년에 걸쳐 행해진 문화 정치가 바로 그것이다. 이 시기의 일본은 겉으로는 부드러운 태도를 보이면서 보이지 않는 곳에서는 민족 지사에 대한 탄압

을 강화하는 야비한 통치술을 썼다. 이 때문에 좀더 조직적인 독립 운동이 절실히 필요해졌고, 중국을 비롯한 해외에서 독립 운동을 펼치던 애국 지사들이 중심이 되어 상해 임시 정부가 탄생하게 되었다.

문화 정치기의 일본은 한 마디로 겉과 속이 달랐다고 할 수 있다. ≪동아 일보≫·≪조선 일보≫ 등의 민족 신문 발행을 허가했으나, 검열이 심해 일본의 식민지 정책에 반대하는 내용의 글은 실을 수가 없었다. 또한 헌병 경찰 제도를 보통 경찰제로 변경한다고 발표했으나 탄압의 강도는 더욱 강해졌으니, 실질적으로 변한 것은 하나도 없었다. 관리나 교원이 제복 위에 칼을 차는 제도를 폐지했지만 이것도 일본의 통치 태도 자체가 부드러워졌다는 것을 의미하는 것은 아니었다. 이 모두가 분노한 한국인들을 달래려는 눈속임에 지나지 않았기 때문이다.

경제적인 수탈은 앞 시기보다 더욱 심해졌다. 일본은 산미 증산 계획을 세워 일본 내의 식량 문제를 한국에서의 식량 착취로 해결하려 했는데, 이로 인해 한국의 농촌은 완전히 파괴되었다. 거듭되는 수탈을 견딜 수 없게 된 농민들은 화전민이나 노동자가 되어 만주나 일본 등지로 이주해 갔다.

이 시기 항일 운동은 소작 쟁의·노동 쟁의·학생 운동·사상 운동 등의 형태로 나타났는데 1927년에 조직된 신간회는 민족주의자들이 총집합한 단체였다. 이 단체를 중심으로 민족주의 운동이 전개되었는데, 신간회는 광주 학생 항일 운동이 일어났을 때 진상 조사단을 파견하기도 했다.

세 번째 단계는 병참 기지화 및 전시 동원기로 1931~1945년에 이르는 기간을 말한다. 만주 사변·중일 전쟁을 치르던 일본은 한국을 대륙 진출의 거점으로 삼으려 했다. 이런 일본의 야욕이 직접적으로 드러난 것은 만주 사변이 일어나면서부터였다. 군수 공업을 중심으로 하는 경제 체제 개편이 실시되었고, 전쟁 물자 수송을 위해 교통·통신 시설이 확충되었다. 1938년에는 황국 신민화를 꾀하기 위한 정책들이 발표되었는데, 조선어 과목의 폐지, 조선어 학회 해산, 한글 신문의 폐간, 신사참배, 일본식 성명 강요 등의 탄압적인 내용들뿐이었다.

이 시기 일본의 수탈은 물질적인 부분에만 그친 것이 아니었다. 1937년에는 육군 지원 병제를 통해 징집한 한국 청년을 침략 전쟁의 총알받이로 내보냈으며, 근로 보국대라는 이름으로 군사 시설 건설과 중공업 분야에 초등 학교 학생까지 동원했다. 1944년에는 청년들에 대한 징병 제도보다 한술 더 뜬 여자 정신대 근무령이 공포되었다. 이 법령 때문에 12세에서 20세까지의 한국인 처녀 수십만 명이 일본과 한국 내의 군수 공장 및 중국과 동남아 지역의 전선에 위안부로 끌려가야 하는 비극이 벌어졌다.

일본의 탄압이 나날이 그 강도를 더해갈 즈음, 상해 임시 정부는 1940년에 자주적인 독립을 목표로 광복군을 창설하고 1941년 일본에 선전 포고를 하기에 이르렀다. 광복군은 중국군과 합세하여 항일전에 참여하면서 국내 침투 작전을 세우기도 했다. 그러나 미국에 의해 단행된 원자 폭탄의 투하로 전쟁이 빨리 끝나 버려 계획을 실행에 옮길 기회를 갖지는 못했다. 히로시마와 나가사키에 원자 폭탄이 투하되고, 얄타 협정으로 소련이 참전하게 되자 일본은 무조건 항복을 발표했다.

작은 씨앗이 나무가 되기까지

독립된 조국

독립으로 한국의 모든 문제가 해결된 것은 아니었다. 김구를 비롯한 상해 임시 정부 요인들이 돌아오고, 미국에 망명했던 이승만, 항일 전선에서 활약했던 공산주의 계열의 인사들도 고국의 땅을 밟게 되었다. 문제는 이들이 추구하는 정치의 방향이 서로 달랐다는 것에 있었다. 그 때문에 수많은 정치 단체들이 대립하면서 사회는 혼란에 빠져들게 되었으니까.

통영에 돌아온 윤이상은 그 혼란의 소용돌이 속에서 자신이 해야 할 일을 결정해야 했다. 다른 지역에 비해 문화에 대한 관심이 높았던 통영에는 「통영 문화 협회」가 결성되어 있었기 때문에 우선 거기에 합류하기로 했다. 이 단체는 세 분과로 나누어졌는데, 문학에는 유치환, 김상옥, 김춘수, 박재성, 미술에는 전혁림, 음악에는 최상한, 탁혁수, 박기영, 이용중, 정운주 등이 활동하고 있었다.

통영에서도 광복 직후 사회가 아직 안정되지 않아 여기저기서 싸움이 계속되고 있었다. 어쩌면 이렇게 혼란스러운 시기엔 문화를 논한다는 것 자체가 사치였을지도 모른다. 이름은 걸어 놓았지만 「통영 문화 협회」의 활동이 미미할 수밖에 없었던 것도 이러한 시대 상황 때문이다. 이상은 다른 일을 찾고 싶었다. 조국엔 분명히 자신이 담당해야 할 일이 있으리라 생각한 것이다. 조국은 광복 전과 크게 달라진 게 없었다. 너무나 많이 달라져야 함에도 불구하고 이전과 비교해서 무엇이 달라졌는지 알 수 없었다.

광복 이
후 달라진
게 없다고
생각한 사
람 은 비 단
윤이상만이 아
니었을 것이다. 통

영 경찰서 안엔 여전히 일본
경찰이 주둔하고 있었고, 한국인들을 위한 자치
기구가 세워지지도 않은 상태였다. 일본 경찰들은 아직 소환 명령을 받
지 못했기 때문에 경찰서에 모여 기다리고 있는 것이라 했다. 물론 일본
인들에게 협력했던 한국 사람들은 모두 도망을 친 이후였다. 어디를 가
든 그런 기회주의자들은 있게 마련이니까. 어쨌든 일본 경찰의 주둔은
통영 사람들의 자존심에 상처를 주었다. 광복 이후에도 저들을 몰아 내
지 못한다는 것은 정말로 굴욕적인 일이라는 생각들이 퍼져나갔다. 우
리 손으로 만든 행정 기구, 우리가 원하는 시장, 우리의 경찰 서장을 갖
고 싶다는 통영 사람들의 소망은 결국 무력 충돌로 이어지게 된다.

"아직까지 걸려 있는 일장기를 가만 둘 수 없어."

"맞아, 저렇게들 태연히 앉아 있게 해서는 안 돼."

흥분한 몇몇 젊은이들은 경찰서로 몰려갔다.

"여기가 어디라고? 저희들 때문에 죽은 사람이 얼마나 많은데, 끌려가
서 돌아오지 못하고 있는 사람들은 또 어떻고."

"그러니까 우리가 몰아 내야지. 경찰서에 뻔뻔스럽게 들어앉아 있는
것을 보고만 있는 것은 바보들이나 하는 일이야."

사람들은 누가 먼저랄 것도 없이 경찰서로 몰려갔다. 그렇게 많은 사람들이 몰려오리라고는 예상하지 못했기 때문에 일본 경찰은 몹시 당황했다. 너무 놀란 일본 경찰은 총을 쏘며 저항했는데, 그 총알을 맞은 한 젊은이가 쓰러지고 말았다. 통영 사람들은 모두 분노했다. 독립이 된 이후에도 일본인의 총알에 누군가 쓰러졌다는 사실은 평화적으로 일을 해결하고 싶었던 사람들의 마음에 분노의 불을 당기기에 충분했다.

"빨리 향병대에 연락해."

총에 맞아 쓰러진 젊은이를 둘러싸며 누군가가 소리쳤다. 잠시 후, 경찰서에서 발생한 총격 사건은 「통영 문화 협회」의 2층에 위치한 향병대에까지 전해졌다.

독립 이후 통영이 해결해야 할 가장 큰 문제 중의 하나는 치안 유지였다. 경찰이 없고, 통솔하는 우두머리가 없으니 누군가 피해를 당해도 보호해 줄 법적인 근거가 없었던 것이다.

"큰일이군. 잘못하다가는 걷잡을 수 없게 될 거야."

향병대의 대장은 더 큰 폭력 사태로 번지지나 않을까 염려했다. 분노한 통영 사람들이 남아 있는 일본인을 죽이기라도 하면 정말 큰일이었다. 일본이 항복한 이상, 일본인들의 안전은 보장되어야 한다는 것이 국

향병대는 학병에서 돌아온 사람과 군출신자들로 이루어졌는데 모두 82명이었다. 비록 숫자는 적었지만, 체계적인 통솔을 위해 대장, 중대장, 소대장을 뽑고 소대 부서까지 나누어 조직적으로 관리되고 있었다. 그러나 그들에겐 군복도 총도 없었다. 하는 수 없이 일본에서 돌아올 때 입은 일본 군복을 그대로 입었고, 모자는 챙을 떼어 내어 쓰게 했다. 총은 나무를 깎아 만들 수밖에 없었다. 목총을 들고 낡은 일본 군복을 입은 어설픈 형태의 향병대였지만, 통영 사람들은 그들을 중심으로 자치의 세계에 한 걸음씩 다가가고 있었다. 그러니 경찰서에서 일어난 사건이 향병대에 제일 먼저 전해진 것은 너무나 당연한 일이었는지도 모른다.

제법상의 관례였기 때문이다. 더 큰 일이 벌어지기 전에 수습을 해야 한다고 생각한 향병대는 즉각 출동하여 일본 경찰을 무장 해제시켰다.

"전원 유치장으로 데려가! 폭력은 금물이니 명심하고."

대장의 명령에 따라 일본인들은 유치장으로 보내졌다. 그것은 일본인들을 보호하기 위해 취한 조처였다. 그들을 경찰서 밖으로 내보낸다면 성난 군중들이 가만히 둘 리가 없었다.

"사람을 죽인 놈들을 내놓아라."

"내 동생도 저놈들 고문 때문에 죽었어. 내가 당장 놈들을 죽이고 말겠어."

흥분한 군중들은 일본인들이 있는 유치장 쪽으로 밀려 들어왔다. 숨죽인 채 가슴 졸이며 살아야 했던 36년 동안의 설움이 한꺼번에 쏟아지고 있었다.

"여러분, 진정하십시오. 만약 우리가 저들에게 지금 폭력을 가한다면 걷잡을 수 없는 국제 문제가 일어날지도 모릅니다."

대장은 밀려 들어오는 사람들을 막아서며 목소리를 높였다.

"당신 도대체 누구 편이야?"

사람들의 기세는 누그러들 기미가 보이지 않았다.

"처벌을 원하신다면, 내일 아침 재판을 통해 결정하겠습니다. 하지만 폭력은 안 됩니다. 우리가 지금 저들에게 폭력을 쓴다면, 과거에 짐승만도 못한 놈들이라고 욕했던 저들과 다를 게 없지 않습니까?"

대장은 사람들을 설득하기 위해 최선을 다하고 있었다. 물론 그 중에는 주먹으로 벽을 치며 억지를 부리는 사람들도 있었다. 그러나 대부분의 사람들은 대장의 말이 옳다는 것을 인정했다. 폭력은 또 다른 폭력을 부른다. 사람들은 이제 어떤 형태로 행해지든 폭력만은 보고 싶지 않았다. 그 동안 보고 느낀 걸로도 폭력은 충분했던 것이다.

사람들이 하나둘씩 집으로 돌아가자 향병대는 회의를 열었다. 하마터면 무질서의 소용돌이 속에 휘말려들 뻔했던 통영엔 질서 유지를 위한 대책이 마련되어야만 했다. 경찰서는 접수했으나 앞으로 어떻게 통제해 나가느냐가 문제였다. 향병대의 간부들은 밤새 이 사태를 어떻게 수습할 것인가에 대한 논의를 계속했다. 새벽녘이 되어서야 회의는 끝났다. 그러나 회의가 채 끝나기도 전에 급박한 소식이 날아들었다.

"일본 헌병들이 쳐들어온답니다."

노크도 없이 회의실 문을 열어젖힌 마을 감찰병의 다급한 목소리였다.

"뭐라고?"

밤새 회의를 해서 피곤했던 사람들은 잠이 확 깬 듯한 표정으로 소리를 질렀다.

"여기 억류되어 있는 동포들을 구하기 위해 통영 경찰서를 습격한다는 소문이 돌고 있습니다."

감찰병은 숨돌릴 틈도 없이 가지고 온 정보를 쏟아 냈다. 그 말이 정말이라면 큰일이 아닐 수 없었다. 향병대에겐 무기가 넉넉하지 않았다. 경찰서에 남아 있는 무기는 소총 60정, 권총 몇 정, 칼 50여 자루 정도가 전부였다. 그나마도 구식이어서 제 기능을 발휘하리라는 확신이 없는 것들이었다. 그렇더라도 고향을 적들의 손에 넘겨 줄 수는 없었다. 목검으로 싸우거나 맨주먹으로 대항해야 하는 상황이 오더라도 후퇴는 있을 수 없다.

"전원 전투 위치로!"

경찰서 안은 다시 분주해지기 시작했다. 이 소식은 스피커를 통해 집에 있던 통영 사람들에게까지 전해졌다.

"여러분은 외출을 삼가시고 집안에서 다음 소식을 기다려 주십시오."

향병대의 방송이 나가자 사람들은 다시 불안에 휩싸였다.

일본이 다시 쳐들어오는 것은 아닌가 하는 공포가 사람들의 마음을 훑고 지나갔다.

불안하기는 향병대도 마찬가지였다. 그들은 정규 군인이 아니었다. 전투력 면에서 본다면 일본 헌병들과 상대할 처지가 못 되었던 것이다. 그렇더라도 마을을 지킬 사람들은 향병대밖에 없는 현실을 어찌 하겠는가. 그들은 마을 입구에 진지를 마련하고 잠복했다. 잘못하면 헌병들의 총에 맞아 죽을 수도 있다. 전쟁터에서도 살아온 목숨인데, 독립한 조국에 와서 총알밥이 된다는 것은 너무나 황당한 일이리라. 모두들 씁쓸한 기분이었다. 그러는 사이에도 시간은 천천히 흐르고 있었다. 새벽부터 숨어서 일본군을 기다리는 대원들의 이마에 땀이 맺히기 시작했다. 하지만 일본군은 나타나지 않았다. 겁에 질린 사람들이 모두들 집안에 틀어박혀 거리는 고요했다. 정적과 긴장 속에 하루가 지나갔다.

"모두 헛소문이었군."

해가 뉘엿뉘엿 지기 시작하자 사람들은 앉았던 자리에서 몸을 일으켰다.

"괜히 고생만 했잖아."

긴장이 풀어진 사람들은 크게 속은 것 같아 몹시 허탈했다.

"전원 철수!"

대장의 명령에 따라 향병대는 경찰서로 돌아갔다.

다음 날 향병대의 감독 아래 재판이 행해졌다. 죄가 있는 사람을 가려낼 수는 있었으나 처벌을 할 수는 없는 재판이었다. 곧 미국에서 감독관을 보낼 테니, 그 때까지 일본인들을 철저히 보호하라는 지시가 내려왔기 때문이다. 정말 이상한 일이었다. 우리에게 죄를 지은 일본인을 처벌하는데 미국의 허락이 있어야 한다니.

하지만 이상한 일은 여기에서 그치지 않았다. 미군정에서 나왔다는 장교는 일본인의 안전한 대피에만 신경을 썼다. 아무리 큰 피해를 준 사람이라 할지라도 그를 처벌할 권리가 한국인에겐 없었다.

"이상하지? 분명히 독립이 되었는데, 우리는 여전히 누군가의 지배를 받고 있어. 미국이 우리를 대하는 태도도 일본하고 별로 다르지가 않고 말이야. 시대가 바뀌었다는 것 믿어도 되는 거니?"

상한이는 미군정의 오만한 태도에 분개했다. 명령을 내리고 무조건 따라야 하는 것은 일제 시대와 똑같았다. 명령권자가 일본에서 미국으로 바뀌었을 뿐.

"처음이라 그렇겠지. 조금씩 자리를 잡아 가면 나아질 거야."

이상은 애써 상한이를 위로했다.

"아니야. 정말 뭔가 잘못됐어. 난 더 이상 참을 수가 없어. 여기에서 미군정이 하는 꼴을 지켜보다가는 머리가 돌아버릴 것 같아."

"그렇다고 뭐 뾰족한 수가 있는 것도 아니잖니?"

이상은 한숨을 내쉬었다. 이 모두가 힘없는 민족이기에 겪어야 하는 슬픔이었다. 일본 헌병들이 몰려온다고 잔뜩 겁을 집어먹었던 며칠 전의 일이 떠올랐다. 우리에게 힘이 있었다면 그런 헛소문은 어디에도 발을 붙이지 못했을 것이다. 독립이 되었는데도 다른 나라의 힘을 빌려야 하는 현실도 없었을 것이다.

"난 이 곳을 뜰 테야. 서울에 가서 다른 방법을 찾아보겠어. 외세의 도움을 받지 않고 홀로 서는 나라를 건설할 수 있는 방법을."

눈에 핏발이 선 채 분노하던 상한이는 서울로 가 버렸다. 공산주의 단체에 가입했다는 소문이 돌았다. 이상은 상한이의 마음을 이해할 수 있었다. 날마다 약소국의 비애를 되살려야 하는 현실을 좋아할 사람은 아무도 없었다.

'참아야 하는 때야. 지금은 참아야지. 훗날 먼 훗날 우리 자손들은 내가 맛보았던 설움을 경험하지 않아도 되겠지.'

이상은 미래에 희망을 걸기로 했다. 현실의 아픔을 딛고 일어선다면 미래의 어느 날엔가는 조국의 힘찬 모습을 볼 수 있을 것이다. 미래, 미래의 주인공은 아이들이다. 지금은 아주 작지만 나중엔 큰 힘이 되어 이 나라를 지탱해 갈 아이들. 그래, 그 아이들을 돌보는 일을 하자. 어차피 「통영 문화 협회」는 제 기능을 발휘하지 못하고 있는 상태였기 때문에, 다른 일을 찾아보려던 참이었다. 눈을 크게 뜨고 세상을 보는 자에겐 늘 기회가 주어진다. 그러기에 이상도 그를 필요로 하는 일을 금방 찾아낼 수 있었다.

버려진 아이들의 아버지로

전쟁이든 자연 재해든 무슨 큰 사건이 발생했을 때 가장 큰 피해를 보는 이들은 늘 어린애들이다. 전쟁 고아라는 말이 낯설지 않은 이유를 생각해 본 적이 있는가. 전쟁 뒤엔 늘 버려진 아이들이 존재한다는 사실이 너무나 당연하기 때문이라는 것을.

이상은 그 아이들을 돌보기로 결심했다. 신문에 난 기사를 보니, 자신이 할 일이 바로 그것이라는 확신이 섰다. 뜻을 같이하는 상용이와 함께 곧 부산으로 갔다. 집안 일을 남동생에게만 맡겨 놓는 것 같아 미안한 마

광복 이후 우리 나라엔 고아 아닌 고아들이 많이 생겨났다. 대부분이 일본에서 돌아온 아이들이었다. 그 아이들은 일본에서 자랐기 때문에 모국어를 몰랐다. 전쟁 중에 부모를 잃었기 때문에 보살펴 줄 보호자도 없었다. 그 상태에서 부산 부두에 내팽개쳐지듯 내려진 아이들이 할 수 있는 일은 하나도 없었다. 일본에서는 도시 곳곳을 헤매며 구걸을 하기도 했다. 익숙한 환경이었기에 그럭저럭 삶을 유지할 수 있었던 것이다. 하지만 한국은 그들에게 너무 낯선 곳이었다. 말이 통하지 않아 구걸조차도 힘들었다. 아이들은 굶주림을 해결하기 위해 도둑질을 하고 폭력을 휘둘렀다. 아무도 전쟁 고아들에게 관심을 쏟지 않았다. 그대로 둔다면 아이들은 범죄자가 되거나 병으로 죽어 갈 것이다. 그렇게 되면 그들에겐 미래가 없는 셈이다. 아이들에게 미래가 없다면 한국에도 미래가 없는 것이다.

음이 없지는 않았다. 장남으로서의 역할을 제대로 해내지 못하고 있다는 것은 여전히 그의 마음에 올려진 무거운 짐이었다. 하지만 조국의 미래를 위해 무엇인가 해낸다는 것이 중요했다. 조국이 있고서야 가족이 존재하는 것이니.

부산에 도착한 이상은 부산의 행정을 담당하고 있는 미군정의 장교를 찾아갔다. 우선 고아들을 돌보는 일을 맡겨 달라는 말을 통역을 통해 전했다.

"보수를 바랍니까?"

미군이 이상과 상용에게 던진 첫번째 질문이었다. 혹시 돈을 바라고 이 일에 덤비는 사람이 아닌가 하는 의심이 들었던 모양이다.

"아닙니다. 내 나라의 아이들을 돌보는 일에 보수라니요?"

이상은 고개를 절레절레 저었다.

"그렇다면 좋습니다. 우린 당신 같은 사람을 기다리고 있었습니다. 시내를 활보하고 다니면서 좀도둑질을 하는 아이들 때문에 시민들이 항의하는 일이 점점 잦아지고 있거든요. 지체하지 말고 지금 나가서 고아들을 모아 보기로 하지요."

미군 장교는 필요한 지원을 아끼지 않겠다고 약속했다. 이상은 아이들을 찾으러 나가는 길에 군대 주둔지 곁에 옹기종기 모여 있는 몇 개의 텐트를 발견했다. 그 곳에 아이들을 수용한다고 했다.

"언제까지 텐트 생활을 할 수는 없을 텐데요. 좀더 안정된 장소가 필요하지 않을까요?"

이상의 얼굴에 근심이 어렸다. 떠돌이 생활을 해 오던 아이들에게 떠돌이 같은 천막집. 아무리 생각해도 좋은 방법은 아닌 것 같다.

"저희도 잘 알고 있습니다. 그래서 일을 맡길 만한 사람이 나타나면 장소를 옮길 생각이었어요. 가덕도에 빈집이 마련되어 있으니, 아이들 숫자만 채워지면 그 곳으로 옮기게 될 것입니다."

장교의 대답에 힘을 얻은 이상과 상용은 미군이 협조해 준 트럭을 타고 아이들을 찾아다녔다. 전국을 돌아다니면서 길에서 헤매고 있거나 굶주림에 지친 아이들을 모았다. 그 일은 며칠 동안이나 계속되어 몹시 힘들었다. 그러나 이상과 상용에겐 꿈이 있었다. 가덕도에 아이들의 낙원을 만들겠다는 것. 남의 나라에서 천대만 받다가 돌아왔는데도, 제 나라에서는 뿌리 내릴 자리조차 찾지 못한 불쌍한 아이들에게 가정의 따뜻함을 맛보게 해 주겠다는 것.

물론 세상 모든 일이 생각했던 것처럼 쉽게 이루어지지는 않는다. 아이들을 모으는 일은 생각보다 훨씬 어려웠다. 며칠씩 굶주린 아이도 트럭에는 올라타려 하질 않았다. 아이들은 누군가의 감독을 받는 것을 싫어했다. 굶더라도 자유롭게 거리를 활보하고 다니길 원했던 것이다. 멀리서 트럭이 보이기만 해도 도망치는 아이들도 있었다. 일본에서부터 자유롭게 거리에서 자라난 아이들이니, 굶주림이 특별히 두렵진 않았을 것이다. 할 수 없이 강제로 아이들을 끌어왔다. 자율 의지로 따라 나서면 더 바랄 것이 없었겠지만, 오지 않겠다는 아이들이 많으니 어쩔 수 없었다.

이상은 아버지와 같은 사랑으로 아이들을 보살피려 했다. 더러운 아이들을 씻기고 따뜻한 음식을 먹였으며, 한국말을 가르쳤다. 상용이 외엔 도와 주는 사람이 없었기 때문에 일은 새벽부터 밤중까지 해도 끝이 나지 않았다. 몸이 몹시 쇠약해지고 있었다. 그러나 그런 것은 문제되지 않았다.

정말로 큰 문제는 정성을 다해 돌봐 주는데도 아이들이 자꾸만 섬 밖으로 도망을 친다는 사실에 있었다. 아이들은 한국말에 관심도 없었다. 군이 따분하게 앉아서 공부할 필요가 있을까? 나가서 돌아다니다가 배고프면 얻어먹고, 그것도 부족하면 적당히 훔치면 되는데. 섬의 규칙적인 생활이 싫었던 아이들은 바다를 헤엄쳐 달아났다. 아이들은 도시의 분위기를 좋아했다. 그들은 도시 속에서 태어나 거리에서 자랐으므로 화려하고 복잡한 분위기에 익숙했다. 그러므로 배불리 먹을 수 있다는 것을 내세워 고립된 섬 생활을 견뎌야 한다고 강요할 수는 없는 일이었다.

무조건 정성을 다해 주면 통할 줄 알았던 그의 생각은 실현되지 못할 꿈이었을까? 적응을 하지 못하는 아이들이 점점 늘어났다.

"선생님, 여긴 너무 답답해요."

이상은 아이들의 하소연에 귀를 기울여야 했다. 이젠 방법을 달리해야 할 때다. 어떻게 하지? 어떻게 하는 게 아이들에게 가장 좋은 방법일까? 그는 일 주일 내내 아이들 일로 고민했다. 그리고 결정을 내렸다. 미련 없이 섬에서의 꿈을 접기로 한 것이다. 아이들이 원하지 않는 낙원은 이미 낙원일 수가 없다는 사실을 받아들일 수밖에 없었다. 그것을 인정하지 않는다면 아이들도 자신도 불행해질 것이다.

이상은 아이들을 데리고 부산으로 나왔다. 부산에는 시립 수용소, 기숙사가 있는 학교, 고아원 등이 있었다. 그는 고아원 관리를 맡아 아이들을 돌보았다. 이상에게 주어진 일은 참으로 다양했다. 고아원을 관리하는 일, 교사로서 가르치는 일, 아이들을 양육하는 일 등등. 그가 돌보는 아이들은 6세에서 18세까지 꽤 넓은 연령층에 분포되어 있었다. 그 많은 아이들을 제대로 돌보는 일은 쉽지 않았다. 더욱이 아이들은 새로운 생활에 대한 거부 반응이 심했고, 행동들이 단정치 못했다. 사회에서 흔히 불량 학생이라고 불리던 아이들이 전부 모였으니, 오죽했겠는가. 이런

아이들이 가장 싫어하는 말은 '하지 말아라' 였다.

이상은 아이들을 한 사람의 인격체로 대하려 노력했다.

"오늘은 저쪽 숲에 진달래 구경가자."

"벌써 진달래가 피었어요?"

"그럼, 활짝 피어서 금방이라도 쏟아질 것 같던걸."

"그럼, 어서 가요. 선생님!"

"빨리요. 선생님, 빨리 서두르세요. 이렇게 꾸물대다간 캄캄해져서 아무것도 못 본단 말이에요."

일단 가기로 결정을 하면 아이들은 안달을 했다. 아이들에겐 꾸짖는 한 마디 말보다 함께 숲을 거니는 따뜻함이 더 필요했던 것일까? 숲을 한 바퀴 쭉 돌고 오는 사이에 아이들은 굳게 닫아 두었던 마음의 창을 하나씩 열었다.

그리고 종달새처럼 이런저런 이야기를 털어놓았다. 이상은 짧은 산책을 통해서 민호가 무엇을 좋아하는지, 영재의 엄마는 언제 돌아가셨는지, 길남이가 앞으로 하고 싶은 일이 무엇인지를 알게 되었다. 아이들과 선생님을 가로막고 있던 벽들은 그렇게 조금씩 허물어지고 있었다.

밤이 되어 바람이 불어오면 고아원 건물은 신비에 쌓인 성처럼 아이들을 품어 주었다. 그런 날 밤이면 아이들은 이상에게 옛날 이야기를 해 달라고 조르기 일쑤였다.

"무서운 걸로 해 주세요."

"그러다가 지난번처럼 울려고?"

"아니에요. 겁쟁이 길남이는 지금 자고 있으니 울 사람 없단 말이에요."

아이들은 막무가내로 졸랐다. 이상은 얼굴 표정까지 무섭게 일그러뜨

려가며 아이들에게 귀신 이야기를 해 주었다. 바람이 창을 치고 어둠이
방안까지 밀려오면 아이들은 금방이라도 울음을 터뜨릴 것 같은 얼굴로
무서움에 떨었다. 그러나 그만두라고 말하는 아이는 한 명도 없었다. 아
이들은 어떤 무서움이 온다 해도 두렵지 않았던 것이다. 그들에겐 자신
들을 지켜 주는 선생님이 있었다. 귀신 이야기이든, 전쟁 이야기이든, 요
정 이야기이든 상관하지 않았다. 이야기에 귀를 기울일 때의 아이들의
표정을 보라. 얼마나 아름답고 숭고한가. 햇빛 속에서, 아이들에게 들
려 주는 이야기 속에서, 떨어진 나뭇잎을 줍는 작은 행복 속에서 젊은 선
생님과 아이들은 서로에게 한 걸음씩 다가서는 법을 배우고 있었다.

시 당국의 보조가 넉넉한 편은 아니었지만, 기본적인 생활용품은 미국
인들이 대주었기 때문에 고아원 살림은 그럭저럭 꾸려갈 수 있었다. 이
상은 아이들과 똑같이 생활했다. 밤에는 아이들 틈에 섞여 맨바닥에서
잤다. 아이들은 딱딱한 마룻바닥에서 자는데, 자신만 편안한 잠자리를
찾아갈 수는 없었다. 어느 아버지가 아들보다 더 편한 잠자리를 원하겠
는가.

그는 아이들을 자식처럼 돌보려고 애썼다. 그래서 병원에 보내야 하
는 아이들이 생겼을 땐 몹시 가슴이 아팠다. 몇몇 아이들이 나병 증세를
보이는 바람에 격리시켜야 했을 때는, 피붙이를 떼 보낸 것처럼 고통스

미국인들이 가져오는 물품은 봉봉이나, 사탕, 그리고 가루우유 같은 것이어서, 들고 나가 물물 교환
을 하지 않으면 안 되었다. 아이들에게 정말로 필요한 것은 사탕이 아니라 생선이나 쌀이었다. 창고에
쌓인 물건들을 분류하여 기록하고 다른 것과 바꾸어 아이들을 먹이는 일도 이상에게 주어진 일이었다.
좀 번거롭긴 했지만, 아이들이 배불리 먹는 모습을 보면 미군들이 가져오는 물건들이 여간 고마운 게
아니었다.

러워했다. 좀더 잘 돌봐 주었으면 아이들이 병에 걸리지 않았을 텐데 하는 죄책감까지 들었다. 이 아이들을 끝까지 지켜 주리라 이상은 굳게 마음먹고 있었다.

누구나 살아가는 동안 예기치 않은 일들과 만나게 된다. 그리고 때론 그 일들이 삶의 방향을 바꾸는 계기가 되는 경험을 하기도 한다. 아이들의 보호자로서 오래도록 남아 있고 싶었던 이상에게도 그런 일이 발생한다. 아이들 곁을 떠날 수밖에 없는 상황을 만든 이는 멀리 있는 사람이 아니었다. 바로 곁에서 그를 도와 주던 교사였다. 그는 시 행정직에 있는 친척의 소개로 들어온 사람이었는데, 아이들에게 글과 셈본을 가르치는 일을 맡았다. 혼자서 여기저기 뛰어다니느라 정신이 없었던 이상은 새로 들어온 교사에게 고마운 마음을 가졌었다.

그러나 그 교사는 겉과 속이 다른 사람이었다. 이상이 그 사실을 깨닫는 데는 그리 오랜 시간이 필요하지 않았다. 새 교사가 온 지 얼마 되지 않아 시 당국으로부터 급히 들어오라는 연락을 받았으니까.

"윤 선생이 미군들이 보내 준 물품들을 뒤로 빼돌리고 있다면서요?"

바쁜 일을 제쳐놓고 달려간 이상이 교사의 친척이라는 사람에게 들은 첫마디는 이렇게 황당했다.

그는 고아원 관리를 담당하고 있는 공무원이었다. 이상의 어려움을 누구보다도 잘 알고 있는 사람, 그런 사람이 어떻게 저런 말을 할 수 있을까?

"무슨 말씀이십니까?"

"시침떼지 마십시오. 우리도 다 정보를 얻고 있으니까요. 엊그제 들어온 분유는 어디로 싣고 간 겁니까?"

"도대체 무슨 정보가 있다는 말입니까? 우유는 쌀로 바꾸기 위해서 가지고 나간 건데요. 못 믿겠다면 지금 장부와 물건들을 확인시켜 드리겠습니다."

이상은 항상 들고 다니는 가방에서 노트 한 권을 꺼내 놓았다. 담당자는 노트를 훑어본 후 돌려 주었다. 사과의 말도 없었다. 무엇인가 꼬투리를 잡고 싶었는데 증거가 없어 안타깝다는 표정이었다. 이상은 새로 온 교사의 얼굴을 떠올렸다.

'그가 고아원의 관리를 맡고 싶어서 나에 대해 나쁜 말을 지어냈구나.'

가슴을 짓누르는 배신감이 밀려왔다. 오늘 아침까지도 어려움을 함께 나눌 수 있는 좋은 동지라고 생각했는데, 아이들이 좋아해서 학교 일도 훨씬 수월해질 것이라 생각했는데.

시청에서 돌아오는 이상의 머릿속은 터질 듯이 복잡했다. 이런 모함을 견디면서까지 고아원 운영을 계속 맡아야 하는가라는 생각, 아이들을 끝까지 돌보겠다는 약속을 지키고 싶다는 생각이 번갈아 가면서 머릿속에 가지를 치고 있었다. 그 엉킨 가지들을 풀지 못한 채 걷고 있는데 어느 새 고아원 건물이 눈에 들어왔다. 왼쪽 입구에 있는 창고—거기엔 미군이 보내 준 물품들이 저장되어 있었다. 그를 모함할 구실이 되었던 물건들이. 이상은 곧장 창고 쪽으로 발길을 돌렸다. 빼돌렸다는 모함을 들어야 했던 물품들을 한 번 확인해 보고 싶었다.

'삐그덕!'

창고는 이상의 눈앞에 모습을 드러냈다. 왼편에 차곡차곡 쌓여 있는 설탕과 분유……. 이것들은 우리 나라에서는 거의 생산되지 않았기 때문에 시장에 나가면 아주 비싼 값을 받을 수 있었다. 창고의 중간 부분엔 비스킷과 사탕이 포장도 뜯어지지 않은 채 자리를 차지하고 있었다. 이 모두가 아이들에게 필요한 것들을 제공해 주는 물품들이었다. 당장이라도 시장에 들고 나가면 돈이 될 수 있는 물건들. 정말로 나쁜 마음을 먹는다면 언제든지 돈으로 바꾸어 빼돌릴 수 있을 것이다.

'맞아, 이 물건들은 나쁜 마음을 품게 만들어 버릴지도 몰라. 나도 어느 순간엔가 욕심이 생길지도 모르지. 지금까지는 정직하게 살아왔지만, 앞으로도 그러리라는 보장이 어디 있어?

이상은 스스로에게 많은 질문을 던졌다. 집안에 큰일이 생겼다거나 큰어머니가 아프시다는 연락이 와서 당장 돈이 필요하다고 해도 저 물건들에 손을 대지 않을 수 있을까? 나중에 갚으면 된다고, 또는 내가 여기에서 일하는데 이 정도쯤이야 하는 생각으로 스스로를 합리화시켜 물건을 빼돌리지 않을까? 몇 번을 물어 보아도 '아니다' 라고 자신 있게 답할 수가 없었다. 이상은 더럭 겁이 났다. 언젠가 시청의 담당관의 귀에 들어갔던 자신에 대한 모함이 사실이 되어 나타날지도 모른다. 이젠 어떻게 해야 하는가?

이상은 고민을 하느라 밤을 꼬박 새웠다. 그리고 새벽닭의 울음소리가 들릴 무렵 새로운 결정을 내렸다. 자신을 망칠지도 모르는 유혹이 숨어 있는 고아원을 떠나기로 한 것이다. 아이들에겐 미안한 일이지만, 누군가 다른 사람이 자신의 일을 잘 맡아 해줄 것이다. 꼭 '나' 여야만 한다는 욕심을 버리자.

며칠 동안 주변을 정리한 이상은 아이들 몰래 사표를 냈다. 그리고 아이들이 잠든 새벽을 틈타 고아원에 작별을 고했다. 아이들과 헤어지는 것이 너무 힘들 것 같아 간단한 편지를 써 놓은 후 빠져 나온 것이다. 아이들은 다른 누군가의 지도 아래서 자라날 것이다. 나중에 씩씩한 젊은 이가 된 모습을 다시 보게 될지도 모르지.

이상은 새벽의 찬 공기를 마시며 터벅터벅 걷기 시작했다. 일단은 고향에 돌아가서 앞으로의 일을 계획할 생각이었다. 아, 통영! 바닷물 소리가 귓가로 밀려드는 것 같았다. 자신의 이익을 채우기 위해 다른 사람을 몰아세우는 현실에서 지쳐 돌아온 그를 받아 줄 따뜻한 고향. 고향이 있다는 것은 얼마나 좋은 일인가? 지친 마음을 이끌고 돌아가면 한 마디 말이 없어도 내 마음을 그대로 알아 주는 고향. 이상은 그 곳에서 새로운 삶의 목표를 찾을 수 있을 것이다. 고향은 늘 그에게 생명력을 심어 주는 곳이었으니까. 언제라도 달려가면 따뜻하게 품어 줄 수 있는 곳이니까.

이상은 나중에야 고아원의 책임을 시 행정 담당관의 조카가 맡게 되었다는 소식을 듣게 된다. 어쨌든 그는 목적대로 고아원의 관리권을 얻은 셈이다.

삶과 죽음의 갈림길에서

통영에 돌아온 이상의 몸은 몹시 쇠약해져 있었다. 고아들과 같이 찬 마룻바닥에서 잔 것 때문에 좌골 신경통이 생겼던 것이다. 심할 때는 움직이기 힘들 정도의 통증이 찾아왔다. 거기에다 폐결핵까지 겹쳐서 몸을 더 힘들게 만들었다. 집에서 푹 쉬면서 병을 치료해야 한다는 것은 이상 자신이 누구보다 잘 알고 있었다. 그러나 현실은 그를 편하게 내버려 두지 않았다. 장남이 부산에서 고아들을 돌보고 있는 동안 집안 살림은 말이 아니었다. 동생 길상이 농사를 지어 겨우겨우 식구들의 생활을 이끌어 가고 있는 처지였던 것이다.

이젠 더 이상 동생에게만 집안 일을 맡겨 놓을 수가 없었다. 이상은 아픈 몸을 이끌고 일자리를 구했다. 생활을 위해서는 그가 직접 나서야만 했다. 마침 통영 여자 고등 학교에서 음악 교사를 구하고 있어 쉽게 일자리를 얻었다. 그의 나이 30세 때의 일이었다. 이 때 윤이상의 생활을 알수 있게 하는 제자의 글이 있다. 지난 1995년 윤이상의 죽음이 알려지자 서울 민족 예술인 총연합 4층 사무실에서 조촐하게 그의 분향소를 마련했는데, 그 때 방문한 통영 여고 대표가 남긴 글이다.

윤이상 선생님!

예나 지금이나 입 속에 맴돌던 이름이다. 지금부터 꼭 50년 전의 일이다. 광복 직후 철없고 꿈 많던 우리들 앞에 살며시 다가오신 음악 선생님은 30세의 노총각이었다. 여학교의 총각 선생님답지 않게 성품이 과묵하시고 수업 시간에는 엄격하셔서 우리들에게 농담 한번 건네볼 기회도 주지 않으셨다.

겨울이면 늘 즐겨 입으시는 '홈스펀'지 양복에 손으로 쓸어넘기시는 머리가 너무나 잘 어울려 우리는 그저 멋있는 음악 선생님으로 바라볼 뿐이었다.

자그마한 시골 학교의 음악실이라야 강당으로 사용했던 조금 낙낙한 교실에 피아노 한 대가 고작이었지만, 선생님께서 뿜어 내시는 열정은 철없는 우리들을 사로잡기에 충분했다. 학생들이 정확한 음정을 낼 수 있을 때까지 수업이 반복되었으며…… 과묵하신 성격 탓인지 언제나 조금 우울해 보이는 표정으로 먼 곳을 바라보곤 하시던 모습이 기억에 남는다.

이상이 통영에서 교사 생활을 한 기간은 아주 짧았다. 얼마 되지 않아 부산 사범 학교로 자리를 옮겼기 때문이다. 음악 활동을 하는 데는 아무래도 통영보다는 문화가 발달한 부산이 더 나을 것 같아 내린 결정이었다.

부산에서의 생활은 음악과 관련된 일로 채워졌다. 이상은 음악 주임 교사가 되어 합창단과 소규모 오케스트라를 조직했다. 그가 조직한 오케스트라는 하이든, 모차르트, 슈베르트, 베토벤의 4중주를 연주하는 단계에서부터 시작하여 교향곡 연주를 준비하는 높은 수준에까지 이른다. 물론 처음 시작하는 일이라 다소 유치하긴 했지만, 음악적 열의로 부족한 부분들을 채워 갔다. 이제야말로 자신만의 길을 찾았다는 생각에 이상은 하루하루를 정말 열심히 살았다.

한동안 잊고 있었던 작곡에 다시 손을 대기 시작한 것도 이 때였다. 노래와 현악 4중주를 만들며 이상은 마냥 행복했다. 몸에 무리가 된다는 생각을 안 한 것은 아니지만, 한 번 음악에 몰입하면 모든 것을 잊어버리는 게 그의 성격이었다. 쉬어야 한다는 것도, 밥을 먹어야 한다는 것도, 나중엔 자신의 몸 속에서 병이 자라고 있다는 사실마저도 까맣게 잊었다. 그의 머릿속엔 음악 외의 다른 것이 들어설 자리가 없었던 것이다.

이상은 철인이 아니었다. 병든 몸을 무리하게 쓰면서도 아무렇지 않을 수 있는 무쇠 인간도 아니었다. 그럼에도 불구하고 그는 일을 멈추지 않았다. 이런 상황이었으니 피를 토하며 병원에 실려 가지 않을 수 있었겠는가?

"극도로 쇠약해져 있는 상태라 소생한다

고 자신할 수 없습니다."

병원에서는 위독한 상태라

며 이상을 받아 주지 않으려 했다. 본인은 의식을 잃은 상태였기 때문에 그 사실을 알 리 없었겠지만.

"그런 법이 어디 있습니까? 어차피 죽을 거라면 병원에서나 죽게 해 줘야 하는 것 아닙니까?"

이상의 친구들은 억지를 써서 그를 병원에 입원시켰다. <u>폐결핵이 도 진 상태라 언제 죽을지 모른다는 의사의 진단이 내려졌다.</u> 이상은 눈을 뜨고 있었지만, 몸을 움직일 수는 없었다. 마음은 금방이라도 벌떡 일어 날 것 같은데, 몸이 천근이나 되는 짐에 눌린 것처럼 무거웠다. 이렇게 죽을 수도 있구나. 책상에 놓여 있는 오선지를 채우지도 못했는데…….

살고 싶었다. 그에겐 살아서 해야 할 일이 너무 많이 남아 있었다. 날 개도 펴보지 못한 채 죽어 간다는 것은 얼마나 슬픈 일이랴!

"하느님, 도와 주세요. 저를 낫게 하는 일! 당신은 할 수 있습니다. 제 목숨을 구해 주신다면 남은 생은 남에게 선을 베푸는 일에 바치겠습니 다."

이상은 몸에 남아 있는 마지막 힘을 모아 기도했다. 친구들이 폐결핵 치료제인 스트렙토마이신을 구해 올 때까지 그의 기도는 계속되었다. 이 상의 간절한 기도를 하느님이 들어 주기로 한 것일까? 언제 죽을지 모른 다는 의사의 진단을 비웃듯 몸은 빨리 회복되어 갔다. ― 훗날 그 의사는

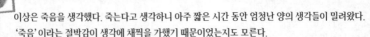

이상은 죽음을 생각했다. 죽는다고 생각하니 아주 짧은 시간 동안 엄청난 양의 생각들이 밀려왔다. '죽음'이라는 절박감이 생각에 채찍을 가했기 때문이었는지도 모른다.

이상은 이제까지 자신이 살아온 날들을 떠올렸다. 고향의 바다, 가족들, 일본에서의 생활, 부산 고 아원에서 만났던 아이들, 그리고 절대로 잊을 수 없는 음악. 그가 죽어서는 안 될 이유는 너무 많았다. 누구에게든 사정하고 싶었다. 살려 달라고, 죽고 싶지 않다고.

윤이상이 독일에서 유명한 작곡가가 되었다는 소문을 듣고, 자신이 살려 낸 사람이라며 자랑을 하고 다녔다고 한다.

2주 동안의 병원 생활을 마친 후에 이상은 통영 집으로 돌아갔다. 무엇보다도 휴식이 필요했기에 아무 생각도 하지 않고 푹 쉬기로 했다. 물론 오랫동안 집에서 쉬고 있을 형편은 아니었다. 집안은 여전히 어려워서 병원비나 약값을 대기도 힘들었다. 그렇지만 가족들은 아무도 불평하지 않았다. 단지 이상의 회복을 위해 정성을 다할 뿐이었다. 아버지가 없는 지금, 그는 집안의 어른이나 다름없었다. 이상은 그런 가족들에게 미안했다. 장남 구실 한 번 제대로 한 적이 없는 자신을 기둥처럼 바라보고 있는 가족들을 위해서라도 건강을 되찾아야 했다. 그렇게 3개월이 흘렀다. 완전한 것은 아니었지만, 가벼운 활동 정도는 할 수 있었다. 그러자 음악에 대한 열정들이 다시 그를 일으켜 세웠다. 이상은 다시 부산에 돌아갈 준비를 했다. 학교로 돌아가 새로운 마음으로 음악을 하리라. 건강한 몸으로 세상 속으로 나아가리라.

아름다운 그녀

1948년은 우리 나라 역사에서 아주 중요한 해이다. 헌법이 만들어지고 비록 반쪽인 남한만의 것이었지만, 대한 민국 정부가 들어선 해였다. 그리고 윤이상에게도 잊을 수 없는 해였다. 그의 생에서 가장 귀한 인연을 만났기 때문이다.

이상이 그녀를 처음 만난 것은 부산에서 서울 고려 심포니의 공연이 있었던 1948년의 어느 날이었다. 며칠 있으면 학교에 복직을 하기로 되어 있었기 때문에 그는 서둘러 극장을 향했다. 학교에 나가면 수업이니, 오케스트라 연습이니 해서 바쁠 테니 지금 공연이 있는 게 얼마나 다행인가 하는 생각을 했다. 그녀는 극장 앞에서 만난 제자들 틈에 끼여 있었다.

"선생님! 저기 계신 분이 우리 학교 음악 선생님이세요. 몸이 아파 고향에 가 계셨는데, 내일부턴 학교에 나오실 수 있다는데요. 아직도 총각이세요."

장난기 어린 말을 하면서 이상에게 와르르 몰려오는 아이들을 그녀는 웃으며 바라보고 있었다. 같은 학교 선생님인가?

다음 날 학교에 출근하고 나서야 그녀에 대해 알 수 있었다. 새로 온 국어 선생이라고 했다. 이화 학교를 마치고 바로 부임한 스물두 살의 젊은 여선생이었다. 이름은 이수자.

어느 날부터인가 이상은 학교에 가는 발걸음이 훨씬 가벼워지고 있다는 것을 깨닫게 된다. 그는 교무실에 들어서면 이수자 선생 자리를 먼저 살폈다. 그녀를 지켜보는 것은 아주 기분 좋은 일이었다. 남자 선생들의 농담도 척척 받아넘기는 쾌활함, 아무 걱정도 없는 듯한 해맑은 웃음. 쓸데없는 말을 별로 하지 않았던 이상은 이 젊은 여선생과 말할 기회가 거의 없었다. 그래도 자꾸만 그녀 쪽으로 향하는 마음을 다잡을 수가 없었다. 아, 이런 게 사랑이구나.

'마음에 때가 없고, 순수한 바탕에 정서와 품위를 갖춘 여자, 이 여자를 내 인생의 반려자로 삼고 싶다.'

이수자는 부유한 환경에서 걱정 없이 성장한 여자였다. 은행원이었던 아버지가 돌아가신 후, 오빠가 집안을 돌보고 있었으나, 경제적으로는 넉넉한 편이었다. 그녀는 이상을 능력 있고 몸이 약한 음악 선생님 정도로 생각하고 있었다. 나이 차이도 있었기 때문에 그 사람의 아내가 되어 평생을 같이 하게 되리라는 것은 꿈에도 생각하지 않았다. 그런데도 이상이 진실한 마음으로 사랑을 고백하자, 마음이 조금씩 흔들렸다. 이상에겐 다른 사람이 갖지 못한 순수한 열정이 있었다. 음악에 대한, 사람들

이수자는 윤이상의 첫사랑이었다. 그렇지만 이상은 그녀에게 쉽게 손을 내밀지 못했다. 보수적인 성격 탓이기도 했고, 건강에 자신이 없어서이기도 했다. 그러던 어느 일요일, 이상은 일직을 하러 나온 그녀와 우연히 동행하게 된다. 같이 식사를 하면서 많은 이야기를 나누는 동안, 이상은 그녀를 인생의 반려자로 삼고 싶다는 생각을 갖게 되었다.

에 대한, 그리고 수자 자신에 대한 사랑, 그 정도면 아무리 어려운 일이 생기더라도 무난히 헤쳐 나갈 수 있으리라는 생각이 드는 것이었다.

하지만 둘의 사랑은 곧 벽에 부딪히게 된다. 그녀의 오빠가 이상이 폐병을 앓았다는 사실을 알게 되어 심하게 반대했기 때문이다. 어머니의 반대도 만만치 않았다.

"이것아, 네가 뭐가 부족해서 그런 폐병쟁이한테 시집가겠다는 게야. "

귀하게 기른 자식이 가난한 집으로 그것도 폐병까지 있는 사람에게 시집가겠다니, 어느 어머니인들 좋아하겠는가. 집안의 반대가 생각보다 심하자, 그녀의 마음도 흔들리기 시작했다. 무엇보다도 그의 건강을 믿을 수가 없었다. 당시만 해도 폐결핵은 죽는 병으로 알려져 있었다. 한 번 폐병에 걸린 사람은 머지않아 죽게 된다는 게 사람들이 갖고 있는 일반적인 생각이었다. 결혼 후에 그의 병이 도지면 어떻게 하지? 수자는 점점 자신이 없어졌다. 나중에 그를 잃으면 얼마나 큰 상처가 될까? 차라리 이쯤에서 끝내는 게 좋겠어.

수자는 이상에게 집안에 혼처가 생겼다는 핑계를 대며 헤어지려 한다. 가슴이 아픈 일이었지만, 나중에 더 큰 아픔을 겪는 것보다는 나으리라 생각한 것이다.

"수자씨, 내게 왜 그런 말을 하십니까?"

이상은 그녀의 거짓말을 눈치챘다. 수자는 더 이상 자신의 마음을 숨길 수가 없어 모든 것을 털어놓기로 한다.

"사실은 선생님하고의 결혼에 자신이 없었습니다."

수자는 마음 속에만 담아 두었던 말들을 쏟아 냈다.

"당신의 병이 도지면 난 어떻게 하지요? 무슨 방법으로 치료를 하며 어디서 돈이 생겨 뒷바라지를 하겠어요?"

"그것 때문이었나요?"

이상의 표정이 환해졌다.

"그런 이유 같으면 걱정할 것 없습니다. 내 몸은 일 년 내에 튼튼하게 될 것입니다. 약속할게요."

그의 말엔 힘이 있었다. 평생을 맡겨도 좋을 것 같은 그 패기를 보고 수자는 이상의 사랑을 받아들였다. 윤이상이라는 남자를 사랑하므로, 그와 결혼할 것이다. 가족들이 반대할지라도 나의 결심은 변하지 않을 것이다. 나는 평생 그를 지킬 것이다. 그를 곁에서 돌보며 그의 앞길을 밝히는 등불이 될 것이다. 나로 인해 그의 삶이 더욱 환해지게 할 것이다. 아름다운 그녀, 이수자는 이 때 품었던 마음을 평생 동안 간직했다.

집안의 반대를 무릅쓴 결혼은 1950년 1월 30일 부산의 최고급 호텔에서 거행되었다. 1년 동안 건강 관리를 해 혈색이 좋아진 신랑과 새초롬한 신부를 보기 위해 많은 사람들이 모여들었다. 400명이 넘는 축하객이 모여든 결혼식은 마치 소음악회와 같은 분위기로 진행되었다. 이상의 친구들이 현악 4중주를 연주해 주었고 김호민은 조지훈의 시에 윤이상이 곡을 붙인 「고풍 의상」을 멋지게 불렀다.

먼 훗날 독일에서 자리를 잡고 살게 되었을 때 이수자는 남편과 다음과 같은 대화를 나눈 적이 있다고 한다.

"당신은 운이 나빴어. 나같이 돈 없고 미인도 아니고 머리도 똑똑하지

> 결혼은 이상에게 안식과 평화를 가져다 주었다. 결혼엔 오랫동안 험한 바다를 헤매다 쉴 곳을 찾은 듯한 편안함이 있었다. 아무 조건도 따지지 않고 자신을 사랑해 준 여인, 그녀와 함께라면 무엇이든 해 낼 수 있을 것 같았다. 앞으로 그의 삶은 달라지리라. 더 힘차고 굳건해지리라. 아내의 사랑과 믿음에 의해.

않은 여자를 만났으니 안 됐어요."

스위스의 지휘자 파울 자허의 부인이 엄청난 부자여서 자기 남편을 위해 오케스트라를 만들고, 지휘자로서 필요한 조건을 모두 돈으로 해결해 주었다는 말을 듣고 남편을 떠보기 위해서 한 말이었다.

"돈 많이 있을 필요도 없고, 미인도 필요 없고, 머리도 더 똑똑할 필요 없고, 나에게는 당신이 제일 맞아."

윤이상의 대답이었다. 여기엔 아내를 대하는 그의 마음이 그대로 드러나 있다. 그는 자신에게 꼭 맞다고 생각하는 여인을 평생의 반려자로 선택했으며 마음을 다해 그녀를 사랑했다. 그는 아내에 대한 사랑을 표현하는 일에 인색하지 않았다.

대부분의 한국 남자들이 아내를 사랑한다는 말을 아끼는 것과는 달리, 아내를 얼마나 사랑하는가를 말로 또는 글로 표현하는 것을 좋아했다. 겉치레를 한다거나 일부러 감정을 감추는 것은 그가 체질적으로 싫어하는 일이었다. 사랑한다는 말을 아껴야 할 이유는 없다. 세상에서 가장 가까운 여인에게 그런 말을 아낄 필요는 더더욱 없었다. 이상의 가정은 사랑으로 만들어졌고, 그 속에서 이상은 행복했다.

전쟁의 소용돌이 속에서

이상이 신혼의 단꿈에 젖어 있는 동안에도 국내 정세는 여전히 어지러웠다. 3·8선 주변에서 남북간의 충돌이 일어나고 있다는 소식들이 왔지만, 사람들은 전쟁이 일어날지도 모른다는 생각은 하지 않았다. 전쟁이 일어난다 하더라도 남한이 하루 아침에 남으로 남으로 밀려나는 상황이 벌어지리라는 것은 상상할 수조차 없는 일이었다.

이승만 대통령은 시간만 나면 북진 통일을 부르짖었으며, 점심은 평양에서 저녁은 신의주에서 먹겠노라고 큰소리를 쳤다. 국민들은 대통령의 말을 믿었다. 북쪽이 남쪽을 넘볼 수는 없으며, 언제든지 북을 칠 수 있는 군사력을 남쪽이 갖고 있으리라 믿었다. 한 나라의 대통령이 거짓말을 할 리는 없으니. 그러나 대통령의 말은 모두 허세에 지나지 않았음이 곧 밝혀졌다. 1950년 6월 25일 새벽, 북한은 남쪽을 향해 총부리를 겨누

전쟁은 보통 사람들의 삶을 전혀 다른 방향으로 몰고 간다. 그 동안 가꾸어 왔던 삶의 터전이 하루 아침에 폐허가 되는 것을 목격해야 하며, 때로는 해 보지 않았던 일도 하지 않으면 안 되는 상황을 만든다. 전쟁 전과 똑같은 상태를 유지하고 있는 것은 거의 없다.

었다. 말로만 듣던 전쟁이 일어난 것이다. 단숨에 밀려오는 인민군을 피해 국군은 대구에서 낙동강까지 후퇴했다. 이승만 정권은 급히 부산으로 수도를 옮겼다.

서울은 인민군의 손에 들어갔으며, 사람들은 피난길에 나서야 했다. 남으로 남으로 이어지는 행렬들은 부산을 향하고 있었다. 정부가 있는 곳엔 국군과 미군이 있을 테니 안전하리라는 생각에서 사람들은 자꾸 부산으로 밀려들 수밖에 없었던 것이다.

행복했던 이상의 가정에도 어두운 그림자가 찾아왔다. 우선 학교가 문을 닫는 바람에 수입이 전혀 없는 생활이 몇 달간 계속되어야 했다. 임신 중인 아내는 잘 먹어야 함에도 불구하고 제대로 된 식사를 구경할 수도 없었다.

아내는 돈이 될 만한 물건을 들고 나가 식량을 사가지고 왔다. 이것 저것 다 처분하고 마지막엔 결혼 반지까지 남의 손에 넘겨 주었다. 그것을 본 이상은 일본 경찰에 쫓기는 순간에도 포기할 수 없었던 첼로를 내놓았다.

가슴의 한쪽을 떼어 내는 것처럼 허전했지만, 아내를 굶주리게 할 수는 없었다. 더욱이 아내는 홑몸이 아니지 않은가.

전쟁은 갑자기 일어났다. 그것을 대비할 시간이 전혀 없었다. 마음을 푹 놓고 있었던 정치가들은 그제야 당황하여 군인들을 모집하기 시작하였다. 거리를 거닐고 있는 젊은 사람들은 모두 데리고 가서 군복을 입히려 했다. 그러나 동족끼리 싸우는 전쟁터가 싫었던 많은 사람들은 집에 틀어박혀 바깥 출입을 하지 않았다.

결국 정부에서 내놓은 해결책은 밤중에 집을 덮쳐서 젊은 남자를 찾아내는 것이었다.

윤이상의 집에도 한 무리의 군인들이 몰아닥쳤다. 군인들은 깜깜한 밤중에 아무것도 묻지 않은 채 다짜고짜 그를 데려갔다. 이상은 급히 나가느라 정신이 없는 상황에서도 현관에 있던 보릿짚모자를 챙겼다. 한낮의 더위에 미리 대비하기 위한 것이었다. 자신의 몸이 다른 사람들처럼 건강한 상태가 아니라는 것을 잘 알고 있었기 때문에, 그는 아주 사소한 것에도 신경을 썼다.

그가 군인들을 따라간 후, 아내는 불안에 떨며 하루를 보냈다.

'몸도 안 좋은 사람인데, 잘못되기라도 하면 어쩌지?'

모자를 챙겨가던 남편의 모습을 떠올리니 온갖 불길한 생각들이 꼬리에 꼬리를 물고 일어났다.

'제발 무사히 돌아왔으면……'

이상은 다음 날 오후가 되서야 돌아왔다.

"모두 세워 놓고 달음질을 시켰는데, 제대로 뛸 수가 있어야지. 폐와 심장이 약하니 몇 걸음 떼어 놓지도 못했는데 곧 숨이 넘어갈 듯이 힘들더군. 결국 나 같은 사람 데려갔다가는 큰일나겠다는 생각을 했는지 어서 돌아가라더군. 난 군인도 못 되나 봐. 허허허."

그는 무사히 돌아온 남편을 보고 기뻐하는 아내에게 아무렇지도 않은 듯 웃었다. 그러나 전쟁터에 가서 총을 들지 않았다고 해서 편안한 마음으로 살 수 있었던 것은 아니다. 생활은 여전히 어려웠으며, 밖은 피난 온 사람들 때문에 발 디딜 틈도 없을 만큼 혼잡했다. 이상과 아내

는 마당을 일구어 밭을 만들었다. 그 조그만 밭에 심은 상추와 쑥갓은 전쟁 동안 귀한 반찬거리의 역할을 톡톡히 했다. 하루를 살면 다음 날을 걱정해야 하는 어려움이 계속되었고, 언제 끝날지 알 수 없는 전쟁이었지만 땅 속에 뿌린 씨앗만은 제 시간에 파릇파릇한 잎으로 인사를 건넸다. 땅은 정직한 것이다. 인간이 땅만큼만 정직할 수 있었다면, 전쟁이나 폭력은 없었을 것을.

그 무렵 이상은 군악 대장을 하고 있는 친구의 소개로 일자리를 얻게 되었다. 군의 취주 악대와 합창단을 지도하는 일이었다. 이곳 저곳을 순회하는 피곤한 일이었지만, 아내와 앞으로 태어날 아이를 편안하게 해 줄 수 있다는 생각에 기꺼이 맡았다. 군악대 일을 봐주고 얻어 온 식료품

이상은 겁이 났다. 벌써 11월, 아내의 해산날이 다가오고 있었다. 아이를 위해 이불 하나, 기저귀 하나 준비하지 못했는데, 먹을 것도 약도, 석유도, 양초도, 물을 데우고 방을 따뜻하게 할 땔감 하나 없었다. 병원은 부상당한 군인들로 가득 차서 일반인들이 들어갈 수가 없었다. 갈 수 있다 하더라도 병원비를 낼 형편도 못 되는 상황이었지만. 아가, 이 무능한 아빠를 용서하렴.

을 아내에게 갖다 줄 수 있다는 것만도 얼마나 다행스러운 일인지 몰랐다. 그렇지만 전쟁이 남한 쪽에 불리하게 전개되자 군악대도 해산되었다. 악기를 든 군인 열 명보다는 총을 든 군인 한 명이 필요한 시기였던 것이다.

11월 29일 저녁, 아내와 이상은 깜깜한 방을 지키고 있었다. 불이 없다는 것, 아이가 처음 보는 세상이 어둠이어야 한다는 것이 이상의 마음을 아프게 했다. 어떻게든 먹을 것과 땔감을 구하려고 친구를 찾아갔지만 허탕만 치고 돌아왔다. 그는 탯줄을 자르기 위해 가위를 마련했다. 그것이 아빠가 아이를 위해 해 줄 수 있는 유일한 일이었다.

다행히 아이는 어둠 속에서 태어나지는 않았다. 다음 날 산파를 데리고 찾아온 외할머니 덕분에 아이는 무사히 밝은 세상을 보게 되었다. 친정에서 가져온 쌀로 밥을 짓고, 딸 아이 '정'을 돌보는 아내를 보면서 이상은 이 세상 모든 것에 감사했다. 이제야 비로소 어둡고 긴 터널을 빠져나온 기분이 들었다.

전쟁은 3년이나 계속되었다. 금방 끝날 것 같던 전쟁이 장기전으로 치닫자 생활은 점차 정상적인 모습을 찾기 시작했다. 우선 굳게 닫혔던 학교의 문이 열렸다. 이상은 다시 교육 대학의 음악 교사 자리를 얻게 된다. 그가 맡은 것은 유럽 음악사 강의였다.

서울에서의 3년

1953년, 길고 지루했던 전쟁이 끝났다. 피난민들은 하나둘 전쟁 전의 자기 자리를 찾아가기 시작했다. 이상은 새로운 음악 활동을 위해 서울로 자리를 옮기기로 했다.

윤이상이 새로운 보금자리로 선택한 곳은 성북동에 위치한 한옥이었다. 그 집에서 길을 하나 건넌 곳에 시인 조지훈이 살고 있었는데, 이상은 그를 좋아했다. 선비와 같은 기개를 갖고 있는 시인과 술을 한 잔 마신 뒤, 노래를 부르면서 집에 돌아오는 여유를 즐길 수 있다는 사실만으로도 마음이 흡족해지곤 했다. 실개천을 따라 산책을 하며 문학과 음악을 논할 수 있는 벗이 있었던 곳, 자연과 가까이 있어 마음이 풍요로워질 수 있었던 곳, 그 곳에서 이상은 자신만의 음악 세계를 열어 가기 시작했다.

서울은 완전히 파괴되어 있었지만, 급속히 복구되었고 곧 일상의 활동들이 자리잡기 시작했다. 이상은 몇몇 대학의 강사 자리를 얻어 생계를 꾸려 나갔다. 둘째 아이 우경이가 태어난 후로 생활비가 더 많이 필요했기 때문에 생활은 넉넉하지 못했다. 그가 이 때 영화 음악에 손을 댄 것은 생활비를 벌기 위해서였다. 그러나 그가 가장 좋아한 것은 역시 자신만의 색깔을 가진 음악을 만드는 것이었다.

이상은 늘 자신만의 색깔을 잃지 않으려 노력했다. 그것은 한국 작곡가 연맹의 상임 위원으로 활동하는 바쁜 상황 속에서도 작곡을 멈추지 않았던 것에서도 잘 알 수 있다.

당시 우리 나라는 성악곡을 만드는 사람들은 많았으나 기악곡을 만드는 작곡가는 드물었다. 그가 작곡한 피아노 3중주곡과 현악 4중주곡이 출판되어 많은 관심을 모으게 된 것도 이런 사회적 분위기가 반영된 것이다.

같은 길을 걷는 사람이 없어서 힘들었던 일을 이상은 묵묵히 해나갔다. 그리고 이런 노고가 인정되어 당시 최고의 권위를 자랑하던 서울시 문화상을 받게 되었다. 서울시 문화상은 문화 공로자로 선발된 10명의 문화인들에게 수여하는 것이었는데, 1956년 음악 부분의 수상자가 윤이상이었다.

서울시 문화상의 수상으로 윤이상의 위치는 더욱 견고해졌다. 모두가 부러워하는 최고의 자리에 이른 것이다. 하지만 이상은 그를 인정해 주는 사람이 하나둘 늘 때마다 무엇인가 부족하다는 느낌에 시달리게 되었다. 아무리 생각해도 그가 만든 곡들은 무엇인가가 부족했다. 그 부족함이 채워지지 않는 한 늘 괴로울 것 같았다.

'이건 혼자만의 노력으로 채워질 수 있는 부분이 아니야.'

이 날 문화상을 받은 인사들은 인문의 이승녕, 자연 과학 윤일선, 문학 이무영, 미술 김용진, 연극 김동원, 영화 이규환, 공예 강창원, 건축 이균상, 체육 김용무 등으로 모두 각 분야에서 자신만의 확고한 위치를 차지한 사람들이었다.

그는 더 배워야 했다. 부족한 부분은 공부와 노력으로 채울 수밖에 없는 것이다. 이상은 다시 유학을 가고 싶었다. 서양 음악의 기초가 미약한 우리 나라에는 그의 부족함을 채워 줄 만한 선생님이 없었다. 어디로 갈까?

그런데 마침 프랑스에서 유학 생활을 하고 있던 바이올리니스트 박민종이 도와 줄 수 있다는 연락을 보내 왔다. 이상은 독일로 가고 싶었지만, 그 곳엔 자신을 초청해 줄 만한 친구가 없었기 때문에 포기했다. ─ 당시만 해도 외국에 나가려면 해외 관청의 초대가 필요했다.

프랑스, 가기만 할 수 있다면 유럽 음악의 진수를 배울 수 있는 곳이었다. 하지만 이상은 이제 혼잣몸이 아니었다. 한 집안의 가장으로서 돌봐야 할 식구가 셋이나 되었다. 그가 자신의 욕심만을 채우기 위해 훌쩍 유학을 가 버리면 두 아이들과 아내는 누가 돌볼 것인가? 가족들이 고생하고 있는 것을 뻔히 알면서도 자기 공부만 하겠다고 고집할 수는 없었다. 이상은 입안에서 뱅뱅 도는 소망을 애써 눌렀다.

아내는 이상의 고민을 눈치챘다. 그녀는 음악에 대한 남편의 욕심을 잘 알고 있기에, 어떻게 해서든 그의 소망을 들어 주고 싶었다. 경제적인 문제만 해결되면 남편은 훌훌 털고 더 나은 음악을 위해 노력하리라. 그에게 날개를 달아 주고 싶다.

"여보, 더 늦기 전에 떠나세요. 난 아이들을 데리고 고향에 돌아갈래요. 친정 근처에 살면 그리 염려하지 않아도 될 거예요. 일자리는 금방 구할 수 있어요. 어느 학교건 교사 자리를 구해 일할게요. 그럼 넉넉지는 않지만 생활비를 충당할 수 있을 테고, 당신 학비도 보탤 수 있을 거예요. 우선은 서울시 문화상을 수상할 때 받은 상금을 가지고 유학 준비를 하는 게 좋겠어요."

"정말 그렇게 해 주겠소?"

"그럼요, 전 당신을 믿어요. 언제든 자신의 자리에서 최고가 될 사람이라는 것을요."

아내의 말은 이상에게 큰 용기를 주었다. 그의 나이 사십. 보통 사람들 같으면 편안한 삶을 꿈꿀 나이였다. 무엇인가 새로운 것을 시작하고 배우겠다는 용기를 내기 어려운 나이이기도 했다. 하지만 이대로 주저앉아 있으면 후회만 늘 뿐이다. 어쨌든 최대한 힘껏 부딪쳐 보는 것만큼 좋은 것이 없다.

일단 결심을 하면 불도저처럼 밀고 나가는 게 이상의 성격이었다. 망설였던 시간들이 아까운 듯 그는 신속하게 유학 준비를 시작했다. 가장 먼저 할 일은 프랑스어를 배우는 것이었다. 서툰 언어들과의 싸움이 끝나야 외무부에서 실시하는 간단한 어학 시험을 통과할 수 있기 때문이었다. 아내는 살던 집을 처분한 돈에, 상금으로 받은 돈을 얹어 그의 손에 쥐어 주었다. 이상이 떠난 후 아내는 부산 영도에 있는 여자 학교에 국어 교사로 가기로 결정했다. 아이들은 돌봐 줄 사람을 구해 맡기기로 했다.

"한참 엄마의 손길을 필요로 할 너희들이 고생이겠구나. 하지만 조금만 참으렴. 아빠가 훌륭한 모습으로 돌아올 테니."

이상은 고사리 같은 아이들의 손을 쥐며 다짐했다.

드디어 이상이 떠나는 날.

그의 친구들은 남북장이라는 곳에 모여 환송회를 열었다. 떠나는 그를 축복해 주는 여러 선배와 동료들의 아름다운 모습에 이상은 감동을 받았다.

"불혹의 고개에 이르는 동안 요즘처럼 행복했던 때는 없는 것 같습니다. 그것은 오늘 선배 악우들로부터 일생을 두고 못 잊을 우정을 받음으로써 예술에 또는 음악에 정진한 보람을 느껴 마지않기 때문입니다.

이번 유학은 프랑스에 있는 박민종 씨의 초청으로 가능하게 된 것이나, 솔직히 많이 주저했었습니다. 인생의 내리막 고개에 몸과 마음이 모두 피곤할 것이라 염려한 때문이며, 가족을 걱정했기 때문입니다. 그러나 학생을 가르칠 때나 작곡할 때나 항시 자신의 미흡함을 통감했고, 또한 견문 세계가 좁은 것을 괴로워했었기에 결정을 내려야 했습니다. 괴로움을 털고 다시 희망을 가져 볼 수 있을까 하는 한 가닥의 희망 밑에 용기를 내기로 한 것이지요. 이제 파리에 발을 디딜 나는 마치 해변 백사장의 모래알과 같은 존재일 것입니다. 그러나 오로지 생리적으로 갖고 있는 한국적인 것을 살리며 조국에 대한 애정과 나라에 대한 책임감을 잊지 않고 한국의 음악도로서의 본분을 지켜 사명 의식에 충실하게 오직 성의와 노력으로 일관하겠습니다."

이상이 자신을 감격시킨 친구들에게 감사의 마음을 전했다. 모두들 기쁜 얼굴로 박수를 보내 주었다.

"윤형! 당신만은 헛된 세월 보내지 말고 이루고 돌아오시오. 우리는 믿고 기다리겠소."

친구들의 격려가 여기저기서 쏟아져 들어왔다. 이 날 이상에게 보여 준 친구들의 믿음은 낯선 땅에서 자신을 잃지 않게 하는 등불이 되었다. 힘들어 몹시 지쳤을 때 이상은 송별식장의 정경을 떠올렸다. 그러면 자신을 굳게 믿는다고 소리치던 친구들의 얼굴이 떠올랐다. 이상에겐 그들의 믿음이 헛되지 않았음을 증명해야 할 의무가 있었다.

완전해지기 위하여

지금부터 40년 전만 해도 유럽에 가려면 비행기로 2주일이 걸렸다. 그 긴 시간을 보내고 도착한 파리는 문화의 도시답게 번화한 모습을 보여 주고 있었다. 이상은 박물관, 극장, 음악회 등 많은 문화 행사에 흥미를 느꼈다. 하지만 그에겐 그런 화려함에 휩쓸릴 만한 시간도 돈도 없었다. 되도록 빨리 공부를 끝내고 한국에 돌아가 후진을 양성하고 싶다는 소망을 가진 가난한 유학생에겐 일 초가 아쉬웠다.

이상은 급히 숙소를 정한 뒤, 자신의 작품을 가지고 파리의 시립 음악 학교 교장이며 작곡가 교수였던 리옹꾸르를 찾아갔다. 한국에서는 제대로 평가해 줄 만한 사람이 없었기 때문에, 자신의 실력에 대한 객관적인 평가가 무엇보다도 궁금했던 것이다.

'이 사람은 우수한 소질이 있는 것으로 보인다. 생각과 분위기는 특수한 점이 있으며, 시상이 풍부하다. 구상은 상당히 명백하다.

결점으로 지적할 수 있는 것은 간혹 화성에 대한 연구가 부족해 보인다는 것이다. 어떤 경과구는 조화감이 부족하고 또 어떤 경과구는 매우 치밀한가 하면 어떤 데는 단순하여 연결이 느슨하다.

결정적인 경과구는 가끔 평탄한 색채를 부르는데, 부족한 부분은 바로 이것이다. 현악 4중주는 다분히 음악적 재질을 갖고 있다. 그리고 독창적이다. 그러나 우리가 말하는 현악 4중주와는 무엇인가 다르다.'

리옹꾸르의 친절한 지적은 이상에게 많은 도움을 주었다. 그는 자신의 부족한 점을 인정했으며, 공부할 방향을 선택할 때도 리옹꾸르의 의견을 참조했다.

이상은 파리 국립 음악원에 등록했다. 그는 주위 사람들이 놀라서 고개를 흔들 정도로 열심히 공부했다. 서양 음악 이론, 현대 음악, 무조 음악 등을 배우고 쉰베르크, 베버른, 그리고 빈 학파를 알고 싶어하는 이상의 열의는 학습 태도에 그대로 나타났다. 3년 동안 열심히 공부한 후에 한국으로 돌아가자. 파리에서 이상이 뇌고 또 되뇌었던 소망은 바로 이것뿐이었다.

토니 오벵에게서는 작곡을 배웠다.

물론 그의 수업은 흥미로웠다. 하지만 그가 분석하는 베토벤과 바그너는 이상이 공부하고 싶은 분야가 아니었다. 그는 현대 작곡 기법을 배우고 싶었던 것이다.

파리에서의 생활은 그의 생각처럼 쉬운 것이 아니었다. 우선 문제가 되는 것은 학비였다. 파리 음악원은 마흔이 넘은 사람을 정상적인 학생으로 취급하지 않았다. 그래서 남들보다 더 많은 학비를 지불해야 했는데, 경제적으로 넉넉하지 못했던 처지인지라 몹시 힘이 들었다. 이상은 학비를 아끼기 위해서 배우려고 했던 것을 집중적으로 빨리 끝내려고 노력했다.

이론을 담당한 피에르 레벨은 견실한 작곡가였다. 그는 수업을 집중적으로 진행하여 철저하게 마치려는 사람이었다. 이상은 레벨로부터 샬랑, 쟝 갈롱 등 현대 음악의 작곡 기법 이론을 배웠다. 그렇게 어느 정도의 수업이 진행되자, 파리 음악원의 순수 전통을 완전히 자신 속에 수용했다는 생각이 들었다. 하지만 이상의 이론 과제를 검토한 레벨은 좋은 평가를 해 주지 않았다.

"여기 당신이 써 놓은 것은 비난할 여지는 없지만 아주 이상해요."

이상의 작품을 연주해 본 레벨이 무엇인가에 찔린 사람처럼 의자에서 벌떡 일어나 한 말이다. 아마 그는 이렇게 말하고 싶었을지도 모른다. 아주 고상하지 못하다고.

어쨌든 이상은 레벨의 말이 옳다고 인정했다.

서양과는 아주 다른 음악 세계에서 온 사람이, 서양 음악의 기본이 되는 다성의 전통은 존재조차도 하지 않는 동아시아에서 자란 사람이 대위법과 하모니를 이용하여 작곡을 한다는 것은 어려운 일이었다. 그것을 뛰어넘기 위해서는 더욱 분발하여 공부하는 것 외에 다른 방법이 없었다.

이상은 항상 음악에 마음을 쏟았다. 그렇더라도 사회 활동을 게을리하는 일은 없었다. 작곡 공부로 바쁜 와중에 파리 한인회의 회장직을 맡은 것은 그런 이상의 성격을 잘 보여 준다. 그는 교민들의 소식과 함께 조국의 정치, 경제, 문화, 예술에 관한 소식을 일일이 써서 『파리 교우지』를 발간할 정도로 파리 한인회 활동에 적극적이었다. 이런 성격은 오랜 세월이 흐른 후까지도 변하지 않았다. 그는 자신의 분야만이 아니라 그가 속한 사회 자체에도 애정을 갖는 것이 진정한 예술가가 되는 길이라고 굳게 믿는 사람이었다.

그렇게 1년이 흘렀다. 그런데도 이상은 자신의 길을 확고하게 결정하지 못하고 있었다. 메시엥, 욜리베, 우띠외, 리비에, 땅스망, 쇼케, 미할로비치 등등의 새로운 현대 음악과 자신이 관심을 가졌던 동시대 작곡가들의 음악을 많이 들었지만 그에게는 너무 낯선 세계 같았다. 어떻게 해서든지 자신만의 길을 찾아야 한다는 조바심이 일어났다. 이상은 시선을 돌려 자신의 길을 찾아야 했다. 어쩌면 파리 음악원이 자신과 잘 맞지 않는지도 모른다. 그에겐 다른 선생이 필요했다.

새로운 세계 - 나만의 길

　파리의 생활을 정리하기로 한 이상은 새로운 스승으로 보리스 블라허를 선택한다. 블라허는 독일 서베를린 음악 대학의 학장이며 유명한 작곡가였는데, 이상은 한국에 있을 때부터 그의 음악에 대해 잘 알고 있었다. 독일은 생활비가 적게 들고 등록비도 필요 없다니 경제적인 문제도 크게 신경 쓸 필요가 없을 것 같았다.

　이상은 한국에서 작곡했던 실내악 작품들을 가지고 블라허를 찾아갔다. 파리에서는 특별한 것을 작곡하지 않았고 단지 선생님이 지정해 준 과제만 했을 뿐이어서, 보여 줄 만한 것은 한국에서 가져온 작품뿐이었다. 블라허는 굳게 입을 다문 채 그가 내민 악보를 쭉 훑어보았다. 어떤 평가를 받을지 알 수 없는 침묵의 시간이 조용히 흘렀다. 이상은 조금은 설레는 마음으로 블라허의 대답을 기다리고 있었다.

　"여기서 시작해도 좋아요."

　긴장하고 있는 이상에게 던져진 블라허의 대답은 의외로 짧았다.

　블라허의 학급은 특별 학급으로 외국에서 온 8~9명의 학생들로 이루어졌다. 그들은 이미 어느 정도의 수준에 이른 작곡가들이었으나 좀더 완성된 세계를 이루고 싶다는 생각들로 블라허 교수를 찾아왔다고 했다. 이상은 교수의 인정을 받았기 때문에 입학 시험 없이 특별 학급에 들어갈 수 있었다.

블라허는 급진적인 현대 음악가는 아니었다. 그의 교수법의 특징은 자신의 말을 아끼고 학생 각자의 재능을 살리는 데 힘을 기울인다는 점에 있었다. 학생들이 틀리게 쓴 것을 발견했을 때만 말을 했고, 함부로 평가하지 않는 것 또한 블라허만의 독특한 수업 방식이었다.

블라허 외에 이상의 음악적 성숙을 도와 준 사람으로는 요세프 루퍼와 라인하르트 슈바르츠 쉴링이 있다. 쉴링은 대위법과 돌림노래, 푸가를 가르쳤는데 이상에게 호감을 가지고 있었으며 아주 친절했다. 블라허는 대외적인 일을 너무 많이 맡고 있어서 이상과 인간적인 유대를 맺을 만한 시간적 여유가 없었던 데 비해 쉴링과의 관계는 깊은 인간적 신뢰로 묶여 오랫동안 이어졌다. 쉴링은 훗날 이상이 동베를린 사건으로 곤경에 처했을 때, 남아 있던 이상의 가족들을 보살펴 주는 따뜻함을 보여 주기도 했다.

"윤이 어찌나 열심히 공부했던지 각 과목마다 교수들이 모이면 '한국 사람 윤이 당신 학급에서도 그리 열심히 공부하느냐'고 화젯거리였단다."

실의에 빠진 그의 가족들을 위로하기 위해 학창 시절 이야기를 들려 주기도 했다. 훗날 이상은 쉴링의 권유를 받아들여 베를린 음대의 교수

해석가들을 고려하여야 하니 너무 어렵게 쓰지 말 것, 좀더 분명하게 쓸 것, 아시아적인 음악 개념을 더 분명하게 드러낼 것— 블라허의 이 짧은 가르침들은 이상이 곡을 만들어 나가는 데 많은 도움을 주었다.

직을 맡았다.

요세프 루퍼는 이론가였다. 이상은 루퍼의 저서 『12음 작곡』을 한국에 있을 때부터 혼자 읽고 배웠기 때문에, 그의 수업에 많은 흥미를 느끼고 있었다. 그의 초기 작품은 쉰베르크 학파였던 루퍼의 영향으로 12음을 바탕으로 한 것이었다. 〈피아노를 위한 5개의 악곡들〉과 〈7개의 악기를 위한 음악〉 등이 그것인데, 이런 경향이 계속 이어지지는 않았다. 훗날 그의 음악적 방향을 결정한 것은 12음이 아니었다. 이 두 작품 중 〈7개의 악기를 위한 음악〉은 다름슈타트에서 초연되었는데 결과는 아주 성공적이었다.

독일에서는 음악 공부 자체가 아주 즐거웠다. 무엇보다도 자신의 길을 조금씩 찾아낼 수 있어서 좋았다. 그러나 생활은 공부처럼 편하고 즐겁지 못했다. 그는 동독 출신의 남작 부인 집에 세를 들었는데, 그 곳에서의 생활은 괴로움 그 자체였다. 주인 여자는 욕심이 많아서 집을 구석구석 세를 주었다. 복도에도 부엌에도 심지어 식당에까지도 사람을 재웠다. 고양이가 많아서 여기저기 헤집고 다니는 것은 정말 질색할 노릇이었다. 그런데 괴로움은 여기에서 끝나지 않았다. 밤에 잠을 이루지 못하는 남작 부인은 라디오를 틀어놓았다. 문제는 그녀의 귀가 어둡다는 데에 있었는데, 소리가 너무 커서 다른 사람들의 수면을 방해해도 본인은 그것을 몰랐다. 세든 사람들은 그 소리를 듣지 않으려고 소리를 지르고 실로폰을 치기도 했다. 그 모든 소음들에 대항해서 이상이 할 수 있는 일은 첼로를 켜는 것이었다.

그토록 좋아하던 첼로를 겨우 소음을 막기 위한 방편으로 써야 하다니, 정말 끔찍한 일이 아닐 수 없었다.

우중충한 독일의 하늘은 조국의 맑은 하늘을 그리워하게 만들었다.

게다가 학생 식당에서 먹는 음식은 그가 싫어하는 감자만 나왔다. 음악 공부만 아니었다면 당장이라도 짐을 싸고 싶을 만큼 견디기 힘들었다. 그럴 때마다 그는 집에 돌아갈 날을 헤아려 보는 것이었다. 조금만 참으면 모든 어려움이 끝날 것이다.

"기악과나 성악과 같으면 그 전공만 가지고 시험 쳐서 졸업이 되지만 작곡과는 음악에 관계되는 모든 과목의 시험을 전부 치러야 해요. 작곡가면 됐지 졸업장은 무엇 하려고 그러는지 모르겠네요? 시험은 대학에서만 규정하는 것이 아니고 베를린 시교육청에서 인정해야 하는 것이라 매우 힘들 텐데……."

이상은 교수와의 대화를 통해 과거 7년 동안 작곡과에서는 단 한 사람의 졸업생을 낸 일도 없다는 사실을 알게 되었다. 그러나 주임 교수가 무어라고 하든 그에겐 졸업장이 필요했다. 그는 시험을 위해 무려 일곱 가지 부문을 준비했다. 그리고 마침내 서베를린 음대에서 7년 만에 나온 단 한 사람의 작곡과 졸업생이라는 기록을 만들어 냈다.

독일에서는 크리스마스 축제 때나 경축일에는 대규모 축제가 행해졌다. 이상이 서울로 돌아갈 준비를 하던 1958년에도 8월 11일부터 17일까지 가톨릭의 날 행사가 있었다. 신도 2만 5천여 명이 모이고 유럽에 있는 한국인도 약 30명 이상이 모인 대규모 축제였다. 이 때 국회 의사당 앞 무대에 윤이상의 작품이 올려졌다. 화려한 무대 정면은 꽃과 나무로 장

이상은 정말이지 지독하게 공부해야 했다. 한국으로 돌아가 교수가 되리라 생각했던 그에게는 무엇보다도 졸업장이 필요했기 때문이다. 그런데 다른 사람들은 졸업장에 관심이 없었다. 그가 졸업장에 대해 의논하기 위해 찾아간 주임 교수조차도 졸업장에 큰 의미를 두지 않았다.

식되어 있었는데 베를린 심포니 멤버 4인이 무대에서 그의 현악 4중주를 연주했다. 청중들은 팸플릿에 적힌 '윤이상의 현악 4중주 1번 유럽 초연' 이라는 글을 읽고는 호기심에 찬 눈으로 연주를 지켜봤다. 청중 앞에서 처음 연주되는 윤이상의 곡이었다. 사람들은 저 곡을 좋아할까?

현악 4중주는 조용하고 섬세하게 연주되었다. 모두들 숨을 죽인 채 감상에 몰입했다. 연주자들은 곡의 분위기를 잘 살리고 있었다. 이윽고 1악장이 끝났다. 다음엔 청중들의 뜨거운 박수가 이어졌다. 이상은 정신이 없었다. 생전 처음으로 경험하는 본격적인 연주였으며, 정식 무대였고, 열광적인 청중이었기 때문이다.

청중들의 열기는 생각보다 훨씬 높았다. 연주회가 끝나자 사람들은 이상을 가리키며 '저 사람이 작곡가야' 라고 수군거렸다.

"아름다웠소. 정말 감동적인 곡이었소. 이렇게까지 좋을 줄은 몰랐는데⋯⋯."

이상을 잘 아는 사람들은 그에게 다가와 찬사의 말을 건넸다. 한 독일 유학생은 이상에게 작곡가가 어디 있는지 아느냐고 묻기도 했다. 이상이 자신이 작곡가라고 밝히자 그의 얼굴이 환해졌다.

"아, 난 당신의 작품을 듣고 놀라움과 기쁨을 함께 느꼈어요."

연주를 지켜본 한국인들은 이상에게 다가와 감사의 말을 전했다. 한국의 체면을 세워 주어서 정말 고맙다고.

"제 친구인 독일인이 '너희들은 이제 자랑스러워해도 좋다. 이런 작곡가가 한국에 있다니 정말 놀라운 일이다' 라지 뭐예요? 수고하셨어요. 전 어깨가 으쓱할 만큼 기분이 좋아요."

한국인 유학생의 이 말은 이상에게 큰 힘을 주었다. 자신의 작품이 이국에 있는 동포들에게 힘을 심어 줄 수 있다니 얼마나 고마운 일인가. 이 날만은 모처럼만에 활짝 웃을 수 있었다.

이상은 독일에서의 일을 대충 마무리하고 한국으로 떠나려 했다. 그러나 귀국하기 전에 다름슈타트에서 열리는 현대 음악제에 참가해 보고 싶었다. 음악제에는 이 시대를 대표하는 전위적인 급진파 작곡가들ㅡ슈토크아우젠,

루이지 노노, 불레즈, 마테르나, 존 케이지 등이 참가했다. 이상은 그들의 광범위하고 새로운 음악 세계에 감동을 받았다. 그들의 작품 속에는 새로운 실험들을 과감하게 시도하는 모험 정신이 꿈틀거리고 있었다.

하지만 이상 자신의 작품들의 세계와는 무엇인가가 달랐다. 특히 존 케이지의 음악은 일종의 소음처럼 들리기까지 했다. 이상은 갑자기 혼란스러워져 자신만의 길을 결정하는 일이 무척 어렵게 느껴졌다. 나도 저들처럼 극단적인 작품을 써야 하는가, 그렇게 하면 전위 음악에서 하나의 위치를 차지할 수 있겠지. 하지만 동아시아적인 음악 전통과의 관계 속에서 나의 길을 찾아보는 게 낫지 않을까? 누군가 자신에게 정답을 알려 주면 좋을 것 같았다.

생각다 못한 이상은 슈타이네케 박사에게 의논했는데, 그는 다름슈타트 현대 음악제의 주최자였다. 슈타이네케는 이상의 곡을 한 번도 들어 본 적이 없는데도 1959년 다름슈타트 하기 강습회에서 그의 작품을 연주하자고 제안한다. 이상은 베를린으로 돌아가서 다름슈타트를 위하여 〈일곱 악기를 위한 음악〉을 작곡하여 블라허 교수에게 보여 주었다. 그 곡에 대한 평가는 만족할 만한 것이었다. 웬만해서는 칭찬을 하지 않는 블라허가 '좋습니다, 훌륭합니다' 라고 말했으니.

다름슈타트에서의 성공

다름슈타트는 세계에서 가장 진보적인 음악인들이 모이는 곳이었다. 일류 신문사의 음악 평론가, 또 각 방송국의 음악 책임자, 음악 학자 그리고 수많은 작곡가들이 한 자리에 모여 새로운 음악의 흐름을 만들어 냈다. 이상의 작품은 2개월 여의 심사를 거친 후에야 정식 연주곡으로 지정되었다.

그 소식이 베를린에 퍼지자 많은 사람들이 축하를 해 주었다. 유럽의 당당한 작곡가들도 그 기회를 얻기 어려운데, 전쟁 후 비참한 상태에 빠져 있는 불쌍한 코리아의 작곡가가 만든 작품이 '현대 음악을 위한 날'에 실려 있으니 얼마나 큰 영광이냐는 것이었다. 이상은 설렘과 불안이 뒤섞인 마음으로 연주일인 9월 4일을 기다렸다.

드디어 기다리던 날이 왔다. 이상은 함부르크에서 도착한 연주가들과 만나 인사를 나누고 지휘자인 프랜시스 트래비스와 작품에 대해 상의했다. 그리고 잔뜩 긴장한 얼굴로 연습 광경을 지켜봤다. 연주자들의 기량은 놀랄 만큼 훌륭했다. 그러나 이상이 의도했던 한국적인, 극히 세부적인 효과까지 이해하고 있는 것 같지는 않았다. 어쩌면 완벽하게 이해한다는 것 자체가 서양인에겐 무리일는지도 모른다. 오히려 서양인의 생각으로 연주하는 것이 유럽 관객들에겐 이해되기 쉬울 거라는 생각이 들기도 했다.

급기야 8시 30분이 되어 연주회가 시작되었다. 이 날은 모두 세 작품의 연주가 예정되어 있었다. 첫번째 연주곡은 윤이상의 곡이었고, 두 번째는 유고슬라비아인인 밀코 켈레멘의 작품, 마지막이 빌트베르거라는 스위스 작곡가의 작품이 선보일 예정이라 했다. 그런데 윤이상을 제외한 두 사람이 모두 유명한 작곡가였다. 이상은 자신이 없어졌다. 괜히 망신만 당하면 어쩌나 싶었다. 그 때 그의 작품 출판을 맡고 있던 편집인 하

랄드 쿤츠가 용기를 주었다. 어쨌든 도망가는 것보다는 부딪쳐 보는 것이 더 가치 있는 일일 것이다. 그는 작품 연주를 취소하려던 생각을 접었다. 객석에 앉아서 청중들의 반응을 살펴보기로 한 것이다.

이윽고 연주가 시작되었다. 청중들은 모두 조용히 연주에 귀를 기울였다. 우주 전체가 이상이 만들어 낸 음으로 채워지고 있었다. 1악장이 끝날 때까지 객석은 완전한 고요에 잠겨 있었다. 혹시 야유나 듣는 게 아닐까? 이상의 마음 속에선 두려움이 점점 더 커지고 있었다.

한참 후 섬세하고 세밀한 연주 솜씨로 3악장 연주가 끝났다. 이상은 숨을 크게 들이쉬었다. 그의 귓가엔 믿을 수 없을 만큼 큰 박수 소리가 울리고 있었다. 아, 성공이었다. 지휘자 프랜시스가 이상을 청중들에게 소개하자 박수 소리는 점점 더 커졌다. '브라보' '브라보' 하는 관중들의 환호 소리 때문에 두 번이나 더 무대에 올라가야 했다. 평가에 인색한 다름슈타트의 분위기에선 거의 기적이라고 할 정도의 환호였다. 이날 윤이상의 작품만큼 열광적인 지지를 얻은 작품은 없었다. 독일의 유명한 작곡가 헤르만 하이스는 두 손으로 이상의 손을 쥐며 이렇게 단언하기도 했다.

"오늘 저녁의 프로에서 제일 우수한 작품일 뿐 아니라 내가 여태까지 다름슈타트에서 들은 외국인의 작품 중에서 가장 훌륭했습니다. 물론

다름슈타트는 내노라 하는 음악인들이 다 모인 곳이라, 이 곳에서의 환호나 야유는 작품의 생사와 즉시 연결된다. 여기에서 실패하면 앞으로의 작품 활동이 힘들어질지도 모른다. 그렇게 마음 졸이고 있는 동안에 2악장의 연주가 시작되었다. 신비스러운 한국적 멜로디를 연주하는 오보에 독주가 연주회장을 채웠다. 그제야 이상에게도 청중들의 반응을 살펴볼 여유가 생겼다. 모두들 무엇에 깊이 빠진 듯 고요히 앉아 있었다. 그것을 보니 마음이 조금 놓였다. 적어도 야유를 보낼 표정들은 아니었던 것이다.

외국인이란 동양만을 말하는 것이 아니라 다른 모든 외국 사람을 가리
키는 것이지요.”

윤이상에 대한 긍정적인 평가는 《벨트지》를 비롯한 다른 언론에서도
대단했다.

이상은 더할 나위 없이 기뻤다. 독일에 온 지 3년이 채 되지 않아서 작
곡가로서의 자신의 위치를 굳히게 되었다는 사실에 가슴이 뿌듯했다. 그
의 작품은 힐베줌 방송의 전파를 통해 중계되기도 했다.

이 성공이 발판이 되어 네덜란드 음악 축제에도 참가하게 되었다. 네
덜란드에서의 그에 대한 평가는 가지각색이었다. 좋다는 사람이 있는가
하면, 이해할 수 없다는 나쁜 평가도 뒤따랐다. 그러나 피아노곡만은 여
러 작곡가들의 한결같은 칭찬을 받았다. 피아노 기술상·연주상의 효과
를 넓히는 작품으로 그 매력적이고 복잡한 리듬들이 교묘히 얽혀 듣는
이를 황홀하게 한다는 평가가 내려졌다. 이제 이상은 다른 사람이 무어
라 평가하든 자신의 길을 찾아갈 수 있을 것 같았다. 자신의 길을 찾는다
는 것, 그것만큼 어려운 일이 또 있을까? 고되고 힘든 일이었지만, 그는
자신만의 길을 찾아낸 것이다.

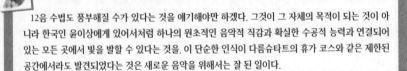

12음 수법도 풍부해질 수가 있다는 것을 얘기해야만 하겠다. 그것이 그 자체의 목적이 되는 것이 아
니라 한국인 윤이상에게 있어서처럼 하나의 원초적인 음악적 직감과 확실한 수공적 능력과 연결되어
있는 모든 곳에서 빛을 발할 수 있다는 것. 이 단순한 인식이 다름슈타트의 휴가 코스와 같은 제한된
공간에서라도 발견되었다는 것은 새로운 음악을 위해서는 잘 된 일이다.

선율로 그려 보는 조국

이국의 하늘 아래 둥지를 틀다

음악회에 초청을 받아 다니는 동안 이상은 귀국을 좀 미뤄야겠다는 생각을 갖게 되었다. 현대 음악의 불모지인 한국보다는 유럽이 자신의 꿈을 펼치기엔 더 좋으리라. 일 년쯤 더 머무르다 간다 해도 별 상관은 없겠지. 이상은 짐을 풀고 새로운 숙소를 구했다. 끔찍한 남작 부인의 집보다는 더 나은 곳에 살 수 있을 만큼의 여유가 생겼던 것이다.

귀국을 미루기로 결정하자 갑자기 할 일이 많아졌다. 먼저 새로운 4중주를 써서 쾰른에서 있을 세계 음악 페스티벌 참가를 위해 국제 신음악단체로 보냈다. 곧 채택되었다는 연락이 왔다. 이상의 작품이 연주될 때마다 사람들은 칭찬을 아끼지 않았다. 그는 이 기간 동안 불교적인 색채가 강한 관현악곡 「바라」와 대관현악을 위한 「교향악적 정경」 등의 작품을 써냈다.

이렇게 정신 없이 지내는 사이 유럽에 온 지도 어느덧 5년째로 접어들고 있었다. 청탁 받은 작품이 많아서 언제 고국에 돌아갈 수 있을는지 확신할 수 없을 만큼의 바쁜 날들이 계속되었다. 이상은 아내를 독일로 부르기로 했다. 무엇보다도 따뜻한 가정이 그리웠다. 아내의 사랑과 아이

들의 웃음이 있는 곳이면 창작의 샘이 마르지 않을 것이다.

당시 조국의 상황은 별로 좋지 않았다. 4·19 이후 들어선 내각이 5·16 군사 정변 때문에 무너진 후 사회 통제가 매우 심했다. 아이들을 친정에 맡겨 두고 먼저 독일로 나오려 했던 그의 아내는 출국 비자를 받지 못해 발만 동동 구르고 있었다.

이 소식을 들은 이상은 아내를 간절하게 기다리고 있던 터라 몹시 실망했다.

나라 안의 상황이 어느 정도 수습되자, 아내 수자는 독일행 비행기에 올랐다. 1961년 9월 20일의 일이었다. 직장 생활을 하며 생활비 걱정하랴, 남편 학비 걱정하랴 정신 없이 살아야 했던 아내에게 이상은 이제 어엿한 가장의 모습을 보여 줄 수 있으리라 생각했다.

그러나 그것은 생각처럼 쉬운 일이 아니었다. 이상과 아내 사이에 떨어져 생활한 5년 동안에 생긴 알 수 없는 벽이 존재했기 때문이다. 한국에 있을 때는 무엇이든 아내가 챙겨 주는 것에 익숙해져 있던 남편, 수자는 남편이 예전과 똑같으리라고 생각했다. 그런데 이상은 오랫동안 혼자 생활했기 때문에, 자신이 알아서 하는 생활이 편한 듯했다. 아내는 그런 남편이 딴 사람처럼 멀게 느껴졌다. 눈만 감으면 떠오르는 아이들을 떼놓고 여기 와서 무엇을 하고 있나 하는 생각들이 그녀를 괴롭혔다.

수자는 생각이 깊은 여자였다. 그대로 주저앉아 남편이 예전과 똑같이 한국적인 사고 방식을 가져 주기를 기다릴 수는 없었다. 자신이 정신

그러나 그것보다 그를 더 절망스럽게 한 것은 조국의 혼란이었다. 4 · 19 때 데모하는 학생들을 향해 발포하는 한국 경찰의 모습을 독일 라디오의 방송을 통해 생생하게 들을 수 있었다. 독일 신문과 방송은 4명의 학생을 죽이고도 사과 한 마디 하지 않는 한국의 관리들에 대해 비판을 거듭했다. 정말 부끄러운 일이었다. 19일, 방송을 듣던 이상은 서울의 거리에서 피에 젖어 뒹구는 청년 학생들을 생각했다. 전국 방방곡곡에서 터져 나오는 울분의 홍수가 생각나고, 총탄 앞에서 꽃잎처럼 짓밟힐 귀한 한국의 아들딸들이 떠올랐다. 분노와 슬픔을 주체할 수 없었다. 아무 힘도 되어 줄 수 없는 자신이 미웠다. 라디오 앞에서 펑펑 울 수밖에 없는 자신이 정말 싫었다.

그런데 그것으로 부족해서 군사 쿠데타까지 일어나다니, 얼마나 더 지나야 우리 나라는 저 혼란의 소용돌이 속에서 빠져 나올 수 있을까? 아내의 출발이 늦어지는 것은 참을 수 있었지만 조국이 자꾸만 뒷걸음질치는 것만은 참기가 힘들었다. 아, 조국이여! 당신은 언제쯤 해맑게 웃어 보려나. 혼란도 아픔도 없는 평화를 누릴 날은 정녕 멀었는가.

을 차리지 않으면 아이들을 독일로 데려오는 일이 늦어질지도 모른다. 그녀는 즉시 독일어를 배우기 시작했다. 기숙사에 들어가서 철저하게 공부했다. 남편이 없는 기숙사 생활이 쓸쓸하고 서럽기까지 했지만, 아이들에 대한 책임감과 아내에 대한 부담감으로 괴로워하는 남편을 편하게 해 주어야 한다는 생각이 모든 어려움을 이기게 했다. 그리고 남편을 바꾸기 전에 자신의 생각을 변화시키기로 했다.

수자는 남편의 모든 요구와 소원을 눈으로, 몸으로 읽고 처리해 갔다. 이상이 외출을 할 때면 옆에서 외투를 입혀 주고 신발을 신기고 끈을 매 주는 일까지도 즐거이 했다. 어쨌든 남편에게 필요한 여자가 되어야 했다.

그렇게 몇 달이 흐른 후, 이상과 아내는 예전처럼 다정한 모습을 회복할 수 있었다.

"이모부는 한 동작마다 이모를 불러요."

조카의 이런 핀잔이 따라다닐 만큼 이상은 아내를 의지했다. 수자는 그렇게 자신을 낮춤으로써 남편과의 사이에 형성된 5년이라는 세월을 훌쩍 뛰어넘었다.

4·19 혁명

1960년 3월 15일 실시된 정·부통령 선거는 이승만 정권의 도덕적 타락을 그대로 보여 주었다. 자유당 정권은 정치 깡패들에게 투표소를 습격하게 한 후 투표함을 바꿔치기 하거나 무더기표를 집어넣는 불법을 서슴치 않았다. 야당 참관인들은 곳곳에서 폭행을 당한 뒤 쫓겨나야 했다. 그것으로도 부족했던지 유권자들을 3인조, 5인조로 짝지어 투표하게 함으로써 야당을 찍지 못하도록 감시했다. 그 결과 자유당의 표가 전체 유권자 수보다 더 많이 나오는 웃지 못할 일이 벌어졌다. 이에 자유당은 80%의 지지를 받았다고 발표하고 불법 선거를 마무리하려 했다.

오만한 자유당의 태도에 분노한 마산 시민들은 일제히 일어났다. 이 때 경찰이 발포한 총 때문에 16명이 사망하고 72명이 부상당하는 대참사가 벌어졌다. 당황한 자유당 정부는 이 모든 일이 공산당의 조종에 의한 것이라는 담화문을 발표했다. 그러나 정부의 폭력을 직접 목격한 시민들은 정부의 발표를 믿지 않았다.

시민들의 분노가 극에 달한 것은 1960년 4월 11일 오전, 실종 28일 만에 마산 중앙 부두에서 김주열 군의 시신이 발견되었을 때였다. 부정 선거가 치러진 3월 15일 이후, 모습을 볼 수 없었던 주열이는 눈에서 뒷머리까지 길이 20센티미터의 미제 최루탄이 박힌 참혹한 시신이 되어 사람들의 분노에 불을 지폈다. 열여섯 살 어린 소년을 무참히 죽게 한 폭력적인 정부를 몰아내자는 데모가 전국적으로 퍼져 나갔다.

이승만 정권을 몰아내자는 소리는 대학생·고등 학생·중학생에 이르는 어린 소년 소녀들로부터 시작하여 점차 일반 시민들까지 높아졌다. 그런데도 사태의 심각성을 파악하지 못한 오만한 자유당 정권은 계엄령을 선포하고 국민들에게 총부리를 겨눴다. 그 결과 1백 80명이 목숨을 잃었고, 6천 명이 부상을 당하는 비극이 벌어졌다. 그러나 분노한 국민들은 이런 극악무도한 탄압에도 굴하지 않았다. 목숨을 걸고서라도 민주주의를 지켜야 한다는 생각에 한 발자국도 물러서려 하지 않았다.

마침내 운명의 날. 1960년 4월 19일 아침 7시부터 3만여 명의 서울 시민들은 이승만의 하야를 요구하면서 시위를 계속했다. 사태가 악화되자 이승만은 시위대의 면담 요청을 받아들였다. 시민들은 이승만에게 한결같은 목소리로 물러날 것을 요구했다. 그리고 시위대를 향해 발포했던 동대문 경찰서를 불태운 뒤, 3·15 부정 선거의 주범인 이기붕과 내무부 장관 최인규의 집에 불을 질렀다.

분노한 국민들의 힘에 자유당 정권은 더 이상 버틸 힘이 없었다. 오후 1시 이승만은 국민이 원한다면 물러나겠다는 내용의 담화문을 발표했다. 이것은 수많은 사람들이 희생을 치르고 초등 학교 아이들까지도 "오빠 언니에게 총을 쏘지 마세요"라는 플래카드를 들고 거리로 나서야 했던 피끓는 상황 속에서 얻어진 성과였다.

전세계가 한국 국민들의 힘에 찬사를 보냈던 4·19 혁명은 터키의 민중 운동에도 영향을 끼쳤다. 4월 혁명을 지켜본 터키의 청년·학생들은 우리 국민들의 의지가 어찌 한국 국민보다 약하겠느냐며 독재자 멘델레스를 몰아내기 위해 일제히 일어났다.

그러나 1961년 5월 16일 박정희를 비롯한 군인들이 군사 쿠데타로 정권을 장악함으로써 4·19 혁명의 정신은 짓밟히고 만다. 그토록 많은 희생과 간절한 열망으로 이룬 민주주의의 꽃밭이었건만, 군인들이 몰고 온 탱크와 총칼 앞에 힘없이 쓰러지고 만 것이다.

그 이후로 오랫동안 한국엔 진정한 민주주의가 실현되지 못했다. 한국이 군사 정권의 독재에서 벗어나 진정한 민주 국가로 거듭난 것은 그로부터 30여 년이라는 긴 시간이 흐른 후였다. 물론 그 30여 년 동안의 역사에도 민주주의를 위해 힘쓰다 희생당한 수많은 사람들이 있었다. 정의로운 역사는 피를 먹고 일어선다는 것을 증명이라도 하듯.

창작의 불꽃

이상은 아내와 함께 프라이부르크에서 2년을 살았다. 그 동안 쓴 대표적인 작품은 「가사」와 「가락」인데, 둘 다 10분 정도의 짧은 악곡이었다. 「가사」는 바이올린과 피아노를 위한 것이었고 「가락」은 플루트와 피아노를 위한 곡이었다. 이 곡들은 후기의 그의 작품에 비해 과격한 면이 있는데, 그 이유에 대해 이상은 다음과 같이 밝힌 바 있다.

"나는 그 당시 스스로를 자제할 줄 몰랐고 작곡을 할 때 쉽게 흥분했습니다. 그 흥분을 가라앉히는 방법을 알지 못했던 상태라고 할 수 있지요. 그러나 이 초기 작품들 속에도 후기 작업과 나의 전 작품들에 원칙적으로 이용했던, 나만의 고유한 스타일을 규정하는 싹이 포함되어 있었습니다."

작가가 작품을 써서 받는 인세만으로 사는 삶을 꿈꾸듯, 이상도 작곡만으로 생활을 해결할 수 있는 삶을 소망했다. 그러나 그의 수입이 고정적이지 못했기 때문에 규모 있는 살림을 꾸리기는 힘들었다. 서독의 각 방송국에서 의뢰가 들어온 작품들을 부지런히 써 주었지만 생활은 여전히 어려웠다. 낯선 곳에서 고생하고 있는 아내를 위해서라도 수입이 될 만한 일을 찾아야 했다.

　마침 그 때 독일 초콜릿 회사 슈르렝가의 작품 콩쿠르에 상당한 상금
이 걸려 있다는 소식을 듣게 된다. 이상은 그 상을 받고 싶었다. 좀더 정
확히 말하자면 생활을 위해서 상금을 받아야만 했다. 그래서 곧 작품 창
작에 들어갔다. 「로양」이 그 작품인데, 보수적인 심
사 위원들을 고려하여 자신만의 급진적인 수법들
을 많이 누그러뜨려 창작했다. 「로양」은 쉽게
쓰겠다는 생각으로 만들어진 4개의 타

악기, 하프를 위한 실내 앙상블 곡이었다 — 작품 제목은 중국의 문화 중심지였던 도시 이름에서 따온 것이다.

당시 이상은 돈을 벌기 위해 동아시아 고전 음악에 대해 몇몇 라디오 방송 프로를 맡아 했는데, 그 과정에서 중국 고전 음악에 심취하게 되었다.

그는 더 깊이 공부하기 위해 옛날 작품들을 분석하고 형식을 연구하는 일을 계속했다. 이 때 우연히 손에 넣게 된 900년 전의 중국 작품이 작품 창작에 큰 도움을 주었다. 음과 양의 도를 기반으로 한 음악의 원칙을 몸에 익힐 수 있었기 때문이다.

이상은 「로양」 속에 아주 새로운 소리를 집어넣었다. 유럽의 악기들을 동아시아의 고전 악기에 접근시켰던 것이다. 플루트의 상하 움직임에 의해 강력한 진동음이 생겨나게 한 것, 취주자들이 몇 초간 음을 끌게 하여 피리와 같은 리듬을 만들어 낸 것, 아주 빠른 속도로 느려지는 작은 북의 리듬을 통해 장고북의 역할을 하게 한 것 등이 그 예이다. 이렇게 해서 동양의 악기를 이용하지 않고도 동양 음악의 분위기를 만들어 내는 데 성공할 수 있었다.

이상은 이 작품에 아주 만족했다. 그러나 주최측에서 결선에는 들었지만 상은 타지 못했다는 소식을 전해 왔다. I.G.N.M. 음악제에 출품하기 위해 런던으로 보냈지만, 그 곳에서도 악보가 돌아왔다. 세 번째로 축제 기간을 위해 베를린으로 보냈는데 또다시 악보가 돌아오는 일이 반복된다. 자신이 훌륭하다고 생각했던 작품이 세 군데에서나 거절당했다는 사실은 이상을 몹시 상심하게 했다.

그러나 「로양」을 그대로 썩힐 수는 없었다. 이상은 그 작품이 새로운 음악 세계를 열어 줄 것이라 확신했다. 그래서 자신의 곡을 연주해 줄 만한 악단을 찾아다녔다. 그러다가 만나게 된 지휘자가 클라우스 베른바흐였다. 그는 하노버에서 주네스 뮤지컬 관현악단을 지휘하며 '현대 음악을 위한 날'을 주최하고 있었다. 클라우스 베른바흐는 기꺼이 「로양」을 연주곡으로 채택했다. 그리하여 1964년 1월 23일, 그토록 이상의 마음을 졸이게 했던 「로양」의 초연이 있었다.

연주가 끝나자 평론가들은 이 새로운 곡에 열광했다. '극동의 궁정 음악에 기초한 전통을 현대 기법과 양식적으로 가까운 정신에서 새롭게 되살아나게 하려는 시도', '표현력과 예술적 형식의 절묘한 일치', '이 곡으로 인해서 우리들의 음악 감각의 근저에 있는 무엇인가가 흔들림을 당하는 것 같은 느낌을 받는다' 등의 극찬이 쏟아졌다. 이것은 자신의 작품에 대한 확신을 버리지 않은 이상의 꾸준함이 만들어 낸 성공이었다.

「교착적 음향」이 남긴 교훈

1961년 12월 12일 함부르크에서 북부 독일 방송 교향악단의 연주로 초연된 「교착적 음향」은 연주가에겐 어려운 곡이었다. 이 곡은 세 부분 각각에 한국 고대 악기의 음향 성격이 들어 있었다. 이상은 음색 하나하나에 새로운 형태와 음정을 부여했는데, 그 연주법이 너무 까다로워 연주자들이 싫어했다. 교향악단의 단원들은 연주 자체를 거부했는데, 주최 측이 그것을 받아들이지 않자 이러한 음악을 연주하면 건강에 해롭다는 이유를 붙여 진단서까지 떼어 왔다.

하지만 현대 음악을 옹호하는 지휘자 식쓰텐 에얼링은 단원들을 설득했다.

"이 전위 음악을 공연함으로써 유럽 음악계는 중대한 작업이 이루어지는 것입니다. 그러므로 우리들이 기꺼이 이 역할을 맡지 않으면 안 됩니다."

지휘자의 간곡한 설득에도 단원들의 태도는 누그러지지 않았다. 이상은 자신의 작품을 연습하는 광경을 보러 가서야 이런 사실을 알게 되었다. 그가 연습장에 들어섰을 때 오케스트라의 단원은 한 사람도 나와 있

지 않았다. 이상은 관중석에 앉아서 기다리기로 했다. 잠시 후 단원들이
들어왔는데, 그들은 관중석에 작곡가가 앉아 있다는 사실을 모른 채 「교
착적 음향」에 대해 욕을 퍼붓기 시작했다.

"이 작품은 쓰레기야. 쓰레기통에나 들어가야 마땅해."

"맞아. 이런 작품을 무대에 올리다니 말도 안 돼. 이런 곡을 한 번만
더 연주했다간 난 머리가 터지고 말 거야."

너나 할 것 없이 모두들 한 마디씩 하는 바람에 이상은 차마 모습을 드
러낼 수가 없었다. 모두들 죽일 듯이 화를 내고 있는 당사자가 자신이라
고 나설 용기가 나지 않았다. 정성을 들인 작품이 쓰레기 취급을 당하는
데도 작곡자는 남의 일처럼 지켜보는 수밖에 없었던 것이다.

이윽고 연습이 시작되었다. 모두들 화가 잔뜩 난 표정으로 악기를 집

어들었고, 아주 잠깐 동안 음악이 흘렀다. 그러나 그 잠깐 동안의 선율도 첼로 연주자의 불평 때문에 곧 중단되었다.

"이 흐름은 손톱으로 뜯어야만 해. 12음은 연주할 수 없어. 이런 소리를 낸다는 것은 기술적으로 불가능해."

이상은 숨을 죽이고 있던 관중석에서 몸을 일으켰다. 이젠 나서지 않으면 안 되었다.

"저는 그것이 너무나 가능한 일이라는 것을 당신에게 보여 줄 수 있습니다."

그는 놀라 바라보는 단원들을 아랑곳하지 않고 무대 위로 올라갔다.

"죄송하지만 당신의 첼로를 잠깐 빌려 주시겠습니까?"

첼로 연주자는 자신의 비싼 악기를 이상의 손에 넘기려 하지 않았다. 할 수 없이 그 옆 사람의 악기를 잠시 빌렸다. 첼로를 손에 넣은 이상은 미끄럼음을 손톱으로 뜯는 것이 가능하다는 것을 직접 보여 주었다. 그것을 지켜보고 나서야 연주자들의 태도는 좀 부드러워졌다.

작곡가가 기법에 대해 무엇인가를 이해하고 있다는 데에 깊은 인상을 받은 모양이었다. 아무 생각 없이 만들어진 작품이 아니라는 사실을 인정할 수밖에 없었던 것이다. 그 이후 연주자들은 「교착적 음향」을 연습하는 데 열심이었다.

이상은 이 일을 계기로 또 하나 배운 게 있었다. 연주 기법이 너무 어려우면 음악가들의 반대가 있을 수도 있다는 것, 가능한 한 어렵게 쓰는

「교착적 음향」에 대한 평가는 두 갈래로 갈렸다. '부—부—쓰레기'하는 비난과 '브라보' 소리와 함께 울린 탄성. 물론 그것이 이상에게 실망을 주지는 않았다. 그는 자신이 원했던 것, 즉 자신의 새로운 음향 개념을 시험해 보고자 했던 것이고 그 목적을 달성한 것으로 충분하다고 생각했다.

것을 피해야 한다는 것. 작곡 단계의 초기 단계에서 음향 개념에 너무 매혹되어 있던 이상은 연주 기법까지 고려하는 여유를 갖지 못했던 것이다. 이러한 약점을 깨닫고 고치게 한 것이 「교착적 음향」이 그에게 선사한 가장 큰 선물이었다.

또 하나의 한국

　이상은 프라이부르크에 정착해 살면서 동포들과 자주 만났다. 그들은
거의 대부분이 장학금으로 공부하는 가난하고 머리 좋은 수재들이었다.
이상은 어떤 독일 기관의 도움을 받아 유학생들과 일년에 두 번씩 조용
한 산지를 찾아갔다. 토론과 강연이 이어지는 짧은 여행이었지만, 친목
을 도모하며 조국에 대한 그리움을 함께 달랠 수 있음에 감사했다. 그 모
임의 이름은 '퇴수회' 였는데, 일상 생활에서 뒤로 물러나와 방학 때를
이용하여 연수 · 수양한다는 뜻에서 붙여진 이름이었다.
　몇 년이 흐르는 사이에 모임의 규모는 조금씩 커져 갔다. 당시 독일엔
외화 획득을 목적으로 파견된 우리 나라의 광부나 간호사들이 많았다.
이 사람들까지 모임에 합류하게 되자 모임의 성격 자체도 바꾸어야 했
다. 교육 수준이 달랐기 때문에 유학생들의 모임처럼 학문적 성격을 유
지할 수 없었던 것이다.
　이상은 더 많은 인원을 받아들일 수 있도록 '재독 한인회' 를 만들었
다. '재독 한인회' 는 언제 어디서든 조국과 동포를 잊어 본 적이 없는 윤
이상의 성격이 그대로 나타난 모임이다. 조직을 이끌어 갈 회장직은 최

연장자라는 이유로 그에게 주어졌다. 이상은 회장직을 번거로워하거나 귀찮아하지 않았다. 이국 하늘에서 동포들과 함께 무언가를 한다는 것만으로도 행복했기 때문이다.

프라이부르크는 조용하고 아름다웠다. 이 곳에는 사계절의 아름다운 자연, 산등성이 사이로 아련한 빛을 발하는 검은 숲, 겨울이면 회색 옷을 꺼내 입는 산과 들, 혼자서 햇빛을 먹고 자라는 들꽃들이 있어 조국으로부터 멀리 떨어져 있다는 외로움을 달랠 수 있었다. 하지만 이상의 작업과 연관되는 음악의 중심지에서는 너무 멀리 떨어진 곳이었다.

그가 갑자기 무작정 짐을 싣고 쾰른을 향해 차를 몰았던 것은 그런 불편함이 한 원인이었다. 5시간 정도 차를 몰아 쾰른에 도착하니 밤이 되어 있었다. 우선 작은 여관에 들러 밤을 새웠다. 그리고 다음 날 아침 신문 광고를 통해 방 두 칸짜리 아파트를 찾아냈다. 이상은 늘 이렇게 마음 속에 떠오른 생각을 순식간에 행동으로 옮기는 성격이었다. 결단을 내린 순간, 즉시 실행으로 옮기는 것은 일상 생활에서든 음악에서든 변함없이 적용되었던 그만의 삶의 철학이었다.

결심한 일을 빨리 실행하는 이상의 성격은 친구 최상한을 찾으려는 노력에서도 그대로 드러난다. 당시 독일은 동독과 서독으로 나뉘어 있었으나 베를린만은 자유로운 왕래가 가능했다. 울도 벽도 없이 자유로운 왕래가 허락된 곳이 베를린이었다.

이상은 동베를린에 있는 북한 대사관에 가면 6 · 25 이후 북으로 간 최

이 곳은 동베를린과 서베를린이라는 명칭을 가진 구간이 정해져 있었으나, 남과 북이 서로 오가지도 못하는 폐쇄적인 상황에 놓여 있던 우리 나라와는 비교할 수 없을 정도로 자유로운 분위기를 유지하고 있었다.

상한의 소식을 알 수 있으리라 생각했다. 최상한의 아내와 아들은 남쪽에 남아 있었는데, 그 가족들을 위해서라도 친구의 소식을 꼭 알아내고 싶었던 것이다. 그가 동베를린에 사는 북한 유학생에게 친구의 소식을 알아 달라고 부탁한 뒤 얼마 되지 않아 상한의 편지를 찾아가라는 연락이 왔다. 편지를 찾기 위해 동베를린에 있는 북한 대사관에 들렀던 이상은 의외로 후한 대접을 받았다. 북한 대사관에서는 윤이상을 반갑게 맞았다. 북한의 영화도 구경하고 식사 대접까지 받는 동안 그들이 참 가깝게 느껴졌다. 비록 공산주의라는 이름으로 갈라져 있지만, 그들도 우리 동포라는 사실을 실감할 수 있었던 좋은 기회였다. 북한 대사관에서 만난 사람들에게도 '동포' 라는 말이 주는 따뜻함이 분명히 살아 있음을 이상은 몸으로 마음으로 확인했다.

그로부터 얼마나 지났을까? 어느 날 동베를린에 있는 북한 대사관에서 최상한의 친구라는 대학 교수가 연락을 해왔다. 친구도 만날 겸 평양을 한번 다녀가는 게 어떻겠느냐는 것이었다. 이상은 곧 북한을 방문할 준비를 했다. 친구를 만난다는 기쁨도 있었지만, 그보다도 더 강하게 그를 잡아끈 것은 강서 고분의 벽화 사신도였다. 이상은 벽에 사신도를 모조한 그림을 붙여 놓고 있었는데, 늘 거기에서 풍기는 생명력에 감탄했

사신도는 방위신을 나타내는 것으로 중앙에는 황룡, 동쪽에는 청룡, 서쪽에는 백호, 남쪽에는 주작, 북쪽에는 구름 무늬 사이에 나는 거북과 뱀이 엉긴 현무를 배치해 놓은 그림이었다. 백호, 주작, 현무, 청룡이 뿜어 내는 뜨거움은 보는 이의 옷깃을 여미게 하는 신비로움과 위엄을 지니고 있었다. 이 네 방향의 동물들은 제각각의 표정을 가지고 있었는데, 어느 순간엔가는 넷이라는 숫자를 잊어버리게 만들었다. 그것들이 만들어 내고 있는 것은 결국 통합된 하나의 세계였던 것이다.
빛깔과 형태는 달랐지만, 보는 이의 가슴에 서늘한 감동으로 다가온다는 점에서는 이 넷은 쌍둥이처럼 닮아 있었다.

다. 그래서 한 번만이라도 실제의 그림을 보고 싶었다. 사신도를 실제로 보면 음악적 영감이 샘솟을 것 같았다. 물론 이런 소박한 소망이 나중에 커다란 재앙의 씨가 될 것이라는 사실은 꿈에도 상상하지 못했으리라.

6 · 25가 끝난 후 10년의 세월이 흘렀지만, 평양은 아직 전쟁의 상처를 그대로 안고 있었다. 평양 근교에는 10미터 간격으로 큰 폭탄의 구멍이 남아 있었고, 잦은 폭격 때문이었는지 옛 모습을 간직한 집은 찾기 힘들었다. 이상은 평양 근처의 아담한 집에 거주하면서 전쟁 박물관, 혁명 박물관 등 새로 세워진 기념관들을 관람하였다. 곳곳에 배치된 공장과 고층 건물은 북한의 눈부신 경제 발전을 보여 주고 있었다. 당시만 해도 북한이 남한보다 잘 살았다.

공장과 사람들의 활기찬 모습을 보고 다니는 동안에도 항상 이상의 머릿속을 지배하고 있는 것은 사신도였다. 그는 안내원에게 강서 고분을 보여 달라고 간곡히 부탁했다. 안내원은 곤란하다고 했다. 강서 고분은 보통 때는 묘문이 굳게 닫혀 있기 때문에 위에서 허가가 나지 않으면 볼 수 없다는 것이다. 이렇게 먼 데까지 왔는데 사신도를 보지 못하고 가야 한다면 얼마나 억울할까? 이상은 거의 사정하다시피 해서 강서 고분의 빗장을 열게 했다. 북측 안내원은 평양에 온 목적이 바로 이것이었다는 이상의 고집에, 상부에서 특별히 배려한 것이라는 설명을 하며 오랜 세월 전에 만들어진 무덤 안으로 안내했다. 무덤 안은 어둡고 고요했다. 천삼백여 년 동안 숨을 죽이고 있었기 때문일까? 숨소리 하나 낼 수 없는 신비로운 기운이 이상의 몸을 휩싸고 돌았다. 그는 벽화를 보기 위해 본실을 향해 한 걸음씩 옮기기 시작했다. 시간이 흐르자 눈이 어둠에 조금씩 익숙해져 갔다. 벽을 더듬어 가다 보니 고분 안의 동서남북을 지키는 사신도(四神圖)의 모습이 선명하게 보였다. 세상에, 저토록 숨을 멎

게 하는 그림을 그릴 수 있었다니. 그것도 그 오랜 옛날에. 이상은 자신의 눈앞에 펼쳐진 눈부신 세계를 믿을 수 없었다.

그림 속에는 힘 있는 필치들이 살아 움직이고 있었다. 오색찬란한 모습으로 하늘에서 내려와 땅에 첫발을 딛고 기운을 토하며 질주하는 청룡은 금방이라도 그림 속을 뛰쳐나와 승천할 것만 같았다. 이상은 청룡 앞에 섰을 때 저절로 한 발쯤 물러서게 되는 자신을 발견했다. 무의식 중에도 용이 승천하는 길을 방해할까 봐 걱정되었던 모양이다. 그림 속의 용은 그렇게 살아 움직이고 있었던 것이다.

사신도는 아무리 보아도 질리지 않는 그림이었다. 그 옛날 이 벽화를 그린 사람들의 슬기가 느껴져 눈길을 뗄 수 없게 했다. 눈을 깜박이는 것마저도 조심스러워하며 이곳 저곳 자세히 살피는데 벽화 한 귀퉁이의 이상한 흠집이 눈에 띄었다. 분명 누군가 일부러 긁어 놓은 것 같은 자국이었다.

"여긴 누가 긁은 것 같은데요?"

"예, 맞아요."

안내원의 표정이 갑자기 딱딱하게 굳어 버렸다.

"누가 이랬나요?"

"6·25 때, 미군들이 긁어갔답니다. 색채를 연구할 필요가 있다면서요."

오호, 그랬었구나. 세계에서 가장 강한 나라라고 자부하는 미국마저도 천삼백여 년 전 우리 조상들이 만든 신비로운 색채에 대해서만은 명확한 답을 내릴 수 없었던 것이구나. 이 얼마나 대단한 그림인가. 미국은 색채의 신비를 벗겼을까? 하지만 무엇이라 변명해도 벽화 자체를 훼손시킨 것만은 용서할 수 없었다. 가슴 깊이 느껴지는 감동적인 벽화까지도 외세가 남긴 흔적을 안고 있어야 하다니, 이 얼마나 슬픈 일인가.

이상이 평양에 머무른 기간은 20일 정도였다. 여기저기 관광을 하면서도 그의 머릿속엔 음악 작업이 끊이지 않고 있었다. 이곳 저곳에서 느낀 감동들이 그의 예술혼을 뒤흔들고 있었던 것이다.

이상이 평양에 갈 때 가지고 있었던 또 하나의 목적은 친구 최상한을 만나겠다는 것이었다. 그런데 며칠이 지나도 친구에 대한 말이 없어 그는 애가 탔다. 이 친구는 어디에서 무엇을 하고 있을까? 혹시 내가 여기에 왔다는 사실을 모르는 것은 아닐까? 그렇게 조바심을 내며 며칠을 보낸 후에야 최상한을 만날 수 있었다. 일본에 있을 때, 어려움을 같이 나누며 음악을 위해 살자고 다짐했던 친구. 이상은 너무 반가워서 두 팔을 벌리고 그에게 다가갔다. 힘껏 껴안으면 친구를 만났다는 사실이 명확해질 것 같았다. 하지만 최상한의 태도는 그와는 조금 달랐다. 무엇 때문인지 모르겠지만 딱딱하고 무거운 얼굴을 하고 있었다. 그는 두 팔을 벌린 채 다가온 친구에게 손을 내밀었다. 이상은 할 수 없이 어색해진 두 팔을 내리고 악수를 나누는 것으로 인사를 대신했다.

"잘 있었나?"

"응, 자네도 잘 지냈지?"

처음 만난 사람 같은 서먹서먹한 인사가 오고 갔다. 이상이 알던 친구 상한이는 어디론가 가 버리고 다른 사람이 앉아 있는 것만 같았다. 하지만 그는 친구에게 전해야 할 말들이 많았기 때문에 낯선 기분을 떨치려 노력했다.

"남한에 있는 가족들은 모두 잘 지내니 걱정할 것 없어. 부인이 산과일을 배워서 돈을 버니까 생활이 어려운 편은 아니지. 아이들도 모두 똑똑하고 착하더군. 장남인 정길인 아주 믿음직하게 어머니의 힘이 되어 주고 있어."

"그래, 다행이군."

"정길이 녀석은 아버지를 무척 그리워해. 많이 쓸쓸하겠지. 하지만 아버지가 없다고 해서 기죽을 녀석은 아니니 걱정 말아."

"암, 그래야지."

최상한의 얼굴에 안도의 표정이 떠올랐다. 아마 남에 있는 가족이 그리운 것이리라.

"그런데 넌 왜 독일 같은 자본주의 국가에 가서 음악을 시작했니?"

"그야, 독일이 내가 추구하는 음악 세계를 가지고 있는 나라이기 때문에……."

이상은 친구의 이마에 잡히는 주름을 보곤 말을 얼버무렸다. 친구의 표정에서는 무엇인가 알 수 없는 불만이 느껴졌다. 상한이는 나의 음악이 마음에 들지 않나 보구나. 그렇다고 저렇게까지 불만스러운 표정을 지어야 하나?

"음악은 인민 대중을 위한 것이라야 해. 너처럼 엘리트라고 자부하는 몇몇 자본가들을 모셔 놓고 하는 연주는 진짜 음악이 될 수 없어."

상한이의 목소리가 갑자기 높아졌다. 하고 싶은 말을 꾹 참았다가 터뜨려 놓는 사람처럼 숨까지 거칠어졌다.

"하지만 음악이란 창조적인 작업이고, 그것을 나타내는 방법은 음악가의 개성에 따라 다를 수밖에 없는 거야. 난 나만의 방법으로 소리들을 찾고 그 소리들을 좋아하는 사람들 틈에 머물러 있게 할 뿐이야."

"그런 것은 진정한 음악이 아니야. 유럽에서 무조 음악을 하고 있다는데, 도대체 그것을 듣고 기쁨을 느낄 사람이 몇이나 되겠어?"

"내 음악 세계의 바탕인 무조 음악은 전위적이어서 보통 사람들에게 어렵게 느껴질지도 몰라. 하지만 종류를 막론하고 처음부터 모든 사람의 박수를 받은 예술 분파는 없었어."

"그런 변명은 그만둬. 예술 운운하면서 자기 변명을 늘어놓는 것은 너답지 못해. 좀더 많은 인민에게 봉사할 수 있는 음악을 해야겠다는 생각을 해야지."

상한이는 하나의 거대한 바위였다. 춥고 배고프던 일본 유학 시절을 함께 보내면서 가장 가까운 곳에서 서로를 지켜보았던 친구들이, 세월의 강을 건넜다고 이렇게 달라질 수가. 누구보다도 친구를 소중히 생각했던 이상에겐 슬픈 일이 아닐 수 없었다. 다른 사람은 몰라도, 상한이만은 자신의 음악을 위해 끊임없이 노력한 친구를 이해해 주리라 믿었었다. 그렇지만 세월과 체제는 사람 사이의 관계마저도 변화시켜 버렸다. 이제 이 세상 어디에서도 이상의 음악을 함께 들어 주고 평가해 주던 그 시절의 상한이는 만날 수 없었다.

이상은 상한과 3일 정도의 여유로운 만남을 기대했었으나, 친구가 바쁜 일이 있다고 하는 바람에 아주 짧은 시간 동안의 만남으로 만족해야 했다. 어차피 길게 나눌 이야기도 없었다. 서로의 음악관이 너무나 달라져 있었던 것이다. 음악에 대한 생각이 달라졌어도 가족에 대한 사랑만은 버릴 수 없었던지 상한이는 이상에게 흰 봉투 하나를 내밀었다. 200달러의 돈이 들어 있었다.

"정길이가 독일로 유학 올 수 있도록 도와 줘. 그 녀석이 독일에만 오면 만날 길이 열릴지도 모르니까 말이야. 이건 그 애 비행기표 값이야."

"걱정 말아. 내 힘껏 애써 볼게."

이상은 친구의 부탁을 기꺼이 받아들였다. 훗날 그것이 얼마나 큰 불행을 가져올지도 모르는 채.

윤이상에게 고분 벽화는 어떤 의미를 지녔던 것일까?

우리 나라의 고분 벽화는 건축술의 발달과 우수한 회화 기법의 도입에 힘입어 제작되었는데, 특히 고구려 고분에서 발견되는 것들이 탁월한 기량으로 제작 당시의 예술 수준을 가늠하는 척도가 되고 있다. 고분 벽화는 한민족이 간직한 영혼 불멸의 내세관을 그대로 반영하는 그림이다. 이런 특성 때문에 벽화를 가진 고분은 다양하고 풍부한 묘실 구조와 다채로운 벽화 내용으로 당시의 문화와 풍습, 과학 기술의 발전 등을 한눈에 보여 주는 산 교육장이 되는 것이다.

고구려 고분 벽화의 내용은 인물화, 풍속화, 동·식물과 산수화, 신비화, 천체도, 건축 디자인, 장식 무늬 등으로 구성되어 있다. 인물화나 풍속화는 고분에 묻힌 사람의 생활 모습을 소재로 한 것으로, 생전의 일상 생활을 보여 주기도 하고, 위풍당당한 행렬도를 통해 위엄을 과시하기도 했다. 힘이 넘쳐 생동감이 살아 있는 수렵도와 멋진 춤사위를 보여 주는 무악도, 씨름 그림, 전투도, 문지기, 남녀 인물상 등은 일상 생활의 모습을 엿보게 하는 것이다. 성곽, 주방, 푸줏간, 우물, 마차를 세워 두는 곳, 마구간, 외양간 등 각종 건물도 그림에서 빼놓을 수 없는 일상 생활의 공간이다.

사신도는 방위신을 나타내는 것인데, 청룡, 백호, 주작, 현무, 황룡 등을 신령한 짐승이라 하여 신수(神獸)라 부르고 숭배하였던 동물이다. 신수는 28개의 별자리를 중앙, 동, 서, 남, 북의 다섯 방향을 따라 나누고 그 성좌들의 모양을 따서 만든 신령스러운 짐승이었다. 사람들은 그것을 숭배함으로써 내세의 안락을 얻으려 했는데, 이것이 곧 방위신인 것이다. 방위신은 방위에 따라 빛깔과 형태를 각기 달리했다. 중앙에는 황룡, 동쪽에는 청룡, 서쪽에는 백호, 남쪽에는 주작, 북쪽에는 현무가 자리잡았다. 그리고 천장에는 신선, 비천, 기린, 봉황, 좋은 징조라고 일컬어지는 동물 등과 해, 달, 별, 인물상을 그렸다.

사신도가 벽화 내용의 중심을 이루고 있는 고분으로는 윤이상이 방문했던 강서 고분이 대표적인 곳이다. 이 고분은 높이 8.86m, 밑바닥 지름 51.6m의 대묘로 널방(관을 안치

하는 방)의 네 벽과 천장은 각각 큰 화강암 판석 1장으로 쌓아졌다. 널방의 네 벽면에는 돌의 표면을 잘 다듬은 뒤 그린 사신도가 있는데, 이 벽화는 한국 고분 벽화 중 최고의 걸작으로 평가되고 있다.

윤이상은 언제나 사신도를 자신의 책상 앞 벽에 붙여 놓았다. 책상에 앉아 물끄러미 사신도를 바라보는 시간이 길어지면서 그에겐 작은 소망이 자라났다. 늘 가슴 떨리는 감동으로 다가오는 사신도의 실물을 보고 싶다는 것이었다. 실물을 통해 고구려인의 창조성을 확인하고 싶었다. 사신도를 보는 경험이 자신의 핏속에 흐르고 있는 전통적인 미의식을 일깨우는 계기가 되리라 생각한 것이다. 그렇게 되면 사신도에서 느껴지는 생동감과 색채의 신비 등을 음악으로 승화시킬 수 있지 않을까?

북에서 본 사신도의 감동은 1969년에 작곡된 플루트, 오보에, 바이올린, 첼로를 위한 「영상」이라는 곡에 그대로 반영되었다. 이 작품은 4개의 악기에 4마리의 동물의 역할을 주어 훌륭한 조화를 이룬 곡이라는 평가를 받았다.

훗날 북한측에서는 사신도에 대한 윤이상의 애정을 알고 백호와 주작 그림을 실물 크기로 그려 선물했는데, 실물과 너무 똑같아 무서운 느낌까지 밀려왔다고 한다. 아내가 두렵다고 하자 이상이 그 그림을 액자에 넣어 유리를 붙여 두었는데, 그제야 금방이라도 튀어나올 것 같던 무서움이 사라졌다. 그만큼 사신도 자체가 지닌 생명력이 대단했던 것이다. 북에서 선물한 사신도는 이상의 집 벽에 걸려 그 집을 방문하는 수많은 예술가들의 찬사를 받았다. 예술 혼이 담긴 동물의 생생함과 길게 늘어뜨린 선의 멋, 그리고 도저히 파악해 낼 수 없는 색의 조화를 통해 예술미의 최고점이 무엇인가를 스스로 증명하는 사신도를 보고 감탄하지 않는 사람은 없었다.

행복한 가정

베를린은 제2차 세계 대전 전만 해도 문화의 중심지 역할을 했던 곳이다. 그런데 독일이 2차 세계 대전의 패전국이 되어 떠안게 된 동독과 서독의 분할이 곧 베를린의 분할로 이어져 문화 중심지라는 이름이 퇴색되고 있는 실정이었다. 이상이 북한을 방문하고 올 무렵의 베를린은 연합군의 점령 아래 놓여 있었다. 동베를린은 소련군이, 서베를린은 미국·영국·프랑스 3개국이 맡아 관리했던 것이다.

베를린이 문화 중심지로서의 역할을 잃어가는 것을 안타깝게 여긴 미국의 포드 재단은 베를린에 문화를 부활시키겠다는 계획을 세웠다. 이에 따라 세계 각국의 예술가를 서베를린에 초대하여 창작 활동의 여건을 마련해 준 뒤 장학금을 지불하겠다는 광고가 신문에 실리게 된 것이다. 생활의 기반이 확실하지 않았던 이상에겐 더없이 반가운 소식이 아닐 수

베를린 시 당국과 신문사에서는 포드 재단에서 초대한 예술인들을 열렬히 환영해, 그들이 창작한 작품들이 연주될 수 있도록 힘써 주었다. 베를린에서는 유명한 베를린 필하모니, 독일 오페라 실러 극장 등이 주축이 되어 문화를 살리기 위한 노력들을 계속하고 있었다.

없었다. 그는 곧 포드 재단이 요구하는 서류와 작품 등을 제출했다. 그리고 자신이 선발되었다는 연락을 받자마자 쾰른의 집을 정리하고 베를린으로 삶의 터전을 옮겼다.

베를린은 작품 창작에 필요한 여건을 모두 갖추고 있는 도시였다. 그는 이 곳에서 보테 운트 보크사를 통해 악보도 출판했다. 그로 인해 출판사 앞을 지날 때마다 부러운 눈으로 바라보곤 했던 판매 진열장에 자신의 악보가 놓이게 되는 기쁨을 누릴 수 있게 되었다.

포드 재단에서 주는 장학금은 액수가 상당히 컸기 때문에, 생활비 걱정에 쫓겨 작품을 창작할 필요가 없었다. 부모와 떨어져 살고 있는 아이들을 불러올 수 있는 여유도 생겼다. 아이들을 데려오면 아내는 두고 온 아이들 생각에 눈물 흘리지 않아도 되리라. 생각해 보면 자신은 결코 좋은 아버지는 아니었다. 8년 동안이나 아이들과 떨어져 있었으니, 남보다 더 낯설게 느껴지는 아버지일지도 모를 일 아닌가. 사실, 늘 한국에 돌아갈 것이라는 생각을 가지고 있었기 때문에 아이들을 불러올 생각을 하지 못했던 것이다. 유럽에서 자신의 위치가 어느 정도 확고해졌는데도 불구하고 그의 마음 한 구석엔 늘 조국에 돌아갈 것이라는 생각들이 남아 있었다. 그러나 장학금을 받게 되고 외국에서의 공연 횟수가 늘어가자 한국에 곧 돌아가리라는 확신이 서지 않았다. 부모가 돌아올 날만을 손꼽아 기다리는 아이들을 언제까지 모른 척할 것인가. 이상은 결국 아이들을 독일로 데려오기로 결정했는데, 벌써 딸 정은 열세 살, 아들 우경은 열 살이 되어 있었다.

독일에 온 아이들은 처음엔 낯선 환경에 잘 적응하지 못했다. 새로 말을 배우고, 새로운 학교에서 낯선 친구들과 뛰노는 것이 쉬운 일은 아닌 듯했다. 아버지와 너무 오랫동안 떨어져 있었다는 것도 아이들을 힘들게 하는 일 중의 하나였다. 모든 것을 아버지 중심으로 이끌어 가는 엄마의 생활 태도를 아이들은 잊어버리고 있었던 것이다.

"쉿, 우경아! 지금 아버지께서 일하시잖니."

"쿵쿵거리지 말고 조용히 다녀야지."

아버지가 작곡을 할 때면 아이들은 늘 공기처럼 조용히 움직여야 했다. 마음껏 소리지르고 뛰놀아서는 안 된다.

"엄마는 맨날 아버지밖에 몰라."

투덜거리는 아이들을 달래는 것은 늘 아내의 몫이었다. 처음 아내를 다시 만나서 살게 되었을 때 그랬던 것처럼, 아이들과의 생활에 익숙해지는 데에도 시간이 필요했다. 작곡을 하는 동안에는 고요한 평정을 유지해야 하는 그의 성격 때문에, 아이들이 조금만 움직여도 신경이 쓰였다. 하지만 이상은 이제 초조해하지 않았다. 너무나 오랜만에 한자리에 모인 가족들이 아닌가. 이 완전한 가족을 이루기까지 8년이라는 세월이 흘렀음을 잊지 않았다. 조금씩 양보하고 생활하다 보면, 따뜻한 가정을 이룰 수 있으리라.

작은 아파트에서 창작을 하는 자신을 배려하기 위해 귓속말을 주고받는 아이들을 보면 미안했다. 가족들이 늘 자신을 위해 희생하고 있다는 생각이 들어서였다. 그래서 작품 구상을 할 때는 조용한 시골로 가기로 했다. 그러면 아이들도 마음껏 뛰놀 수 있을 것이고, 자신도 자유롭고 고요한 분위기 속에서 작품 창작에 전념할 수 있을 것이다.

　바쁜 생활 속에서 이상이 아이들에게 해 줄 수 있는 일이라고는 교외로 나가는 피크닉 정도밖에 없었다. 한국에서 그랬듯이 자연을 찾아 밖으로 나가면 아이들과 좀더 가까워질 수 있었다. 서로 헤어져 살았던 세월들이 아름다운 자연 속에 저절로 녹아 내렸다. 여름날 저녁이면 세상을 하얗게 물들이는 달빛을 받으며 호숫가로 나가 아이들과 노래를 불렀다. 달빛 아래서 저녁을 먹고 돌아올 때면, 이상은 '아, 이제 우리 식구는 완전해졌구나.' 하는 생각을 문득 떠올리곤 했다. 처음으로 제대로 된 가장 노릇을 하는 것 같아 눈시울이 뜨거워졌다. 아이들은 산책을 나가서 느끼는 싱그러운 자연 속에서 아버지를 조금씩 알아갔다. 이 단란한 가족은 그렇게 8년의 세월이 가져다 준 낯설음을 천천히 지워갔다.

아내와 아이들이 집안의 행복을 채워 주고 있는 동안 이상은 관현악을 위한 「유동」, 대관현악을 위한 「예악」, 독창, 합창, 관현악을 위한 「오, 연꽃 속의 진주여!」, 오페라 「류퉁의 꿈」, 첼로와 피아노를 위한 「노래」 등의 작품을 창작했다.

「유동」은 1965년 2월 10일 베를린의 현대 음악 시리즈의 하나로 초연된 곡이다. 이 곡은 도교 사상의 영향을 받은 것으로 무한 속의 공간, 영원 속의 시간 등을 표현하고 있다. 이 곡은 아무 때나 시작되어 아무 때나 끝나는 느낌을 주도록 짜여졌는데, 이 짜임은 흐르는 인생의 한 토막을 의미했다. 이상은 「유동」을 통해 최대한 여린 소리로 숨죽이고 있다가 어느 순간엔가 크고 강한 소리로 돌변하는 악기들이 거센 소용돌이, 여울, 분류 등을 형성하는 장관을 보여 준다.

「예악」은 도나우에싱거 음악회를 위해 준비한 작품으로 특이한 오케스트라 배치가 눈에 띈다. 일상적인 현악기와 취주 악기 외에 북의 역할을 하는 징, 많은 음을 내는 채찍인 박과 목탁까지 동원되었다. 여기에서 이상은 자신의 음악 창작의 한 방법이 된 주요음 기법을 사용하였는데 거기에 대해 루이제 린저와의 대화에서 자세히 밝힌 바 있다.

「예악」의 연주회는 대단히 성공적이었다. 이제 서양의 악기를 통해 동양의 소리를 그려내던 이상의 세계가 확립된 것이다. 이 연주회의 성공으로 이상은 유럽 음악계에 자신의 이름을 명확히 새길 수 있었다.

내 작품은 각각 내 음악 세계 전체를 포함하고 있어야 해요. 그것은 말하자면 각각의 작은 음형들이 전체 작품의 근본 개념을 포함해야 한다는 것이지요. 내 작품 속에는 여러 다른 종류의 근본 개념이 있어요. 주음 각각으로부터 새로운 주음이 생겨나요. 각 음형들은 전체의 모든 요소, 모든 색깔, 악마적인 것으로부터 천상의 요소에 이르기까지 정신 세계의 모든 순간을 포함하지요.

「오, 연꽃 속의 진주여!」는 26분 길이의 합창곡으로 불교적인 색채가 진했다. 『범어 대장경』에서 번역하여 볼프 로고스티가 자유로이 쓴 가사에 곡을 붙인 것으로 해탈의 세계를 그리고 있다. 이상은 이 곡에서도 동양의 사원, 즉 불교 의식의 특성을 나타내기 위해 특수한 악기들을 동원했다. 트라이앵글, 큰북, 작은북, 간단한 징, 바라, 목어, 담담, 돔돔, 비브라폰, 손잡이가 달린 종, 썰매방울, 회초리, 편종, 줄칼을 긁는 소리를 내는 구르케라는 남미 악기까지.

이 곡은 소프라노, 바리톤, 혼성 합창, 대관현악을 위한 것으로, 해탈의 경지에 이르는 무념 무상의 청정함을 담으려는 이상의 노력이 그대로 들어 있는 작품이다. 이 작품엔 어린 시절 이상이 자주 드나들었던 절의 고요한 분위기가 그대로 들어 있다. 그가 이 작품을 만들 때 행복했다고 말할 수 있었던 것은 아마 어린 시절에 느꼈던 친밀감이 그대로 반영되었기 때문일 것이다.

「오, 연꽃 속의 진주여!」로 이상은 수많은 사람의 찬사를 들었다. 그는 그 찬사들을 가슴 속 깊이 간직했다. 마치 고향에 돌아간 듯한 감격이었다.

어린 시절부터 판소리를 좋아했던 이상은 오페라에도 관심이 많았다. 하나의 이야기 구조를 갖는다는 점에서 판소리와 비슷한 오페라는 다양한 음악적 요구를 충족시킬 수 있는 분야였다. 그가 오페라를 작곡하게 된 것은 1965년 열린 베를린 예술제 때문이었다. 베를린 오페라 극장장 구스타프 루돌프 젤너가 동아시아적인 제재를 가진 오페라를 작곡해 달라고 부탁해 왔다.

이상은 꼭 해 보고 싶었던 일을 맡게 된 것이 너무 기뻐 곧 준비 작업에 들어갔다. 오페라의 내용은 14세기에 활약한 중국의 시인 마치원의

「류퉁의 꿈」으로 채우기로 했다. 인생은 한갓 꿈에 불과하니 진실한 도를 찾아 노력해야 한다는 도교적인 내용의 이 작품은 1막 4장의 실내 오페라였다.

소박하고 간결한 무대 위에서 일류 가수들의 열연으로 「류퉁의 꿈」이 성공했을 때, 이상의 감격은 대단했다. 처음 작곡한 오페라였는데도 자신의 의도를 모두 담을 수 있었다는 데 만족했다.

「노래」는 쿠데타로 최고의 자리를 차지한 박정희 대통령이 뮌헨을 방문했을 때 작곡한 곡이다. 대통령이 방문했을 당시 이상은 한인회 회장을 맡고 있었던 탓에, 교포들의 환영회를 준비해야 했다. 마음에 내키지는 않았지만 교민들을 대표하여 환영사를 읽은 것도 그였다. 뮌헨에서는 환영 음악회가 열리기로 했는데, 이상은 음악가였기 때문에 그 일도 도맡아 처리했다.

먼저 한인 음악가들을 모두 모았다. 뮌헨은 물론 빈에서, 쾰른에서, 로마에서, 또 파리에서 온 음악가들이 이상의 실내악을 연주하고 한국 가곡을 합창했다. 그 때 아무 악보도 없이 찾아온 아가씨가 한 명 있었다. 쾰른에서 첼로 공부를 하고 있다고 했다. 일부러 시간을 낸 정성을 생각하니 차마 그냥 돌려 보낼 수가 없었다. 이상은 궁리 끝에 그 아가씨가 연주할 만한 곡을 만들기로 결정했다. 그리고 호텔 방에서 밤을 새워 첼

이상은 박정희 대통령에게 호감을 갖지 못했다. 박정희 대통령에게서는 지도자에게 꼭 필요한 따뜻함이나 덕을 느낄 수가 없었다. 어둡고 강하다 못해 냉정해 보이기까지 하는 딱딱한 인상의 사람이었던 것이다. 한 나라의 대통령이 갖추고 있어야 할 포용력을 엿볼 수가 없었다. 하지만 외국에 나가 자기 나라의 국가 원수에 대해 나쁘게 말하는 것은 자기 얼굴에 침을 뱉는 것과 같았다. 이상은 박정희 대통령 환영 준비에 최선을 다했다. 그리고 대통령이 조국에 돌아가서 조국을 똑바로 일으켜 세워 주기를 간절히 바랐다.

로와 피아노를 위한 2중주곡을 완성시켰는데, 그것이 바로 「노래」이다.

결과적으로 볼 때 그가 그토록 애를 쓰고 다닌 것도 다 부질없는 일이 되고 말았다. 그로부터 3년 후 이상은 서베를린에서 서울까지 납치되어 가게 되었는데 그것을 지시한 사람이 바로 박정희 대통령이었던 것이다. 처음부터 대통령에게 마음이 끌리지 않았던 이유는 훗날 벌어질 끔찍한 일을 예견했기 때문일까?

윤이상 작품의 특징

윤이상의 작품의 특징은 내용적인 면에서 동아시아적인 소재가 선택되는 경우가 많다는 것을 들 수 있다. 그의 작품 속엔 불교 · 도교적인 내용이 주조를 이루고 있는 가운데, 기독교, 유교, 샤머니즘까지도 녹아들 수 있었다. 아시아 세계의 문화적 전통이 가지는 무한한 제재를 살리면서 곡상을 얻고, 음의 세계의 논리적 귀결점을 찾았던 것이다.

윤이상이 발견한 가장 획기적인 음악 어법은 '주요음'이다. '주요음'은 윤이상 작품을 대변하는 개념이라 할 만큼 중요한 것인데, 이 또한 동아시아적인 요소를 서구적인 것과 결합시킨 것이라 할 수 있다. 유럽의 음악에서는 여러 개의 소리가 모여 한 무리의 음을 만드는 것에 의미를 두나, 아시아의 음악은 개개의 단음이 바로 음악의 주요소이다. 윤이상은 이것을 받아들여 '음의 하나하나가 그 자체의 고유한 생명력을 갖는다'고 역설했다.

유럽의 음악은 음색을 중요하게 생각하지 않는다. 그래서 바이올린 곡을 첼로나 비올라로 연주해도, 성악곡을 기악곡으로 써도 음악적 정서는 훼손되지 않는 것이다. 그러나 윤이상은 하나하나의 악기들이 자기만의 얼굴을 가지고 있다고 생각했다. 그래서 음색을 바꾸어 주는 작업을 중요시했다. 가령, '솔'의 음색을 바꾸면 음악적인 드라마가 생기고 기 · 승 · 전 · 결의 구조를 갖게 된다. 이런 과정을 통해 악기의 고유한 성격을 훼손하지 않은 채 변화하는 음의 세계를 보여 주고자 했다. 그러므로 변화를 통해 새로운 음을 창조해 내는 현대 전자 음악의 발전은 윤이상 음악 세계에 그 뿌리를 두고 있다고 해도 지나친 말이 아닐 것이다.

윤이상은 한국의 궁 · 상 · 각 · 치 · 우 등의 5음계가 지니고 있는 음악적인 특징을 유럽적인 양식으로 표현했다. 유럽의 음악은 독립된 가락을 갖는 둘 이상의 성부로 구성되는 데 반해, 한국의 음악에는 어떤 선율을 연주할 때의 원선율과 그것을 장식 · 변형시키는 선율이 동시에 존재했다. 따라서 어느 성부가 들어와도 원선율에 포용되어 장식적인 기능을 맡게 되는 것이다. 윤이상은 이런 특질을 이용하여 '주요음'이라는 자신만의 독특한 작곡 기법을 개발했다.

　유럽에서는 윤이상과 유럽의 음악이라는 분류를 통해 윤이상의 음악이 합리적이고 논리적인 유럽의 음악에 비해 직관적이라는 평가를 한다. 여기에서 직관적이라는 말은 감각에 의한 순간적인 영감이 작품을 탄생시키는 재료가 된다는 것을 의미하는 것은 아니다. 윤이상은 항상 '내가 옳지 않을 수도 있다' 라는 열려 있는 작곡 태도를 유지하려 애썼다. 합리적이고 논리적인 유럽 음악은 어떤 형식이 이미 결정되어 있어서 그 길을 따라가기만 하면 된다. 하지만 윤이상의 음악관은 그와 달랐다. 혹시 내가 잘못되어 있을 수도 있기 때문에, 다른 것들을 받아들일 수 있는 개방적인 자세가 필요하다는 게 그의 주장이었다. 이것은 윤이상의 음악을 얽매임에서 벗어나게 하는 힘이 되었다.

　그는 하나의 형태에 머무르지 않고, 움직일 수 있는 여유와 가능성들을 열어 놓는 작곡 태도를 끝까지 유지했다.

　따라서 그의 음악관은 아주 겸허할 수밖에 없다. 유럽의 음악가들이 작품을 창조한다고 말하는 데 비해, 윤이상은 무한한 우주 속에는 거대한 음의 세계가 흐르고 있고 자신은 거기에서 몇 개의 음을 가져오는 것뿐이라고 표현했음을 기억하라. 그는 창조자의 위치가 아닌, 자연의 일부로서 존재하고자 했던 것이다.

동베를린 사건

윤이상의 활동 영역이 유럽 전역으로 확대되고 있을 무렵, 그의 조국은 상당히 어지러운 상황에 놓여 있었다. 쿠데타로 정권을 잡은 박정희 대통령이 재집권을 위해 한일 국교 정상화 교섭을 꾀하자, 전 국민이 들고 일어났다. 일제 36년의 치욕을 선명하게 기억하고 있는 국민들에게는 일본과의 교역이 경제적으로 많은 도움이 될 것이라는 정부의 설득이 이해가 될 리 없었다. 분노한 국민들은 정부를 심하게 비판했다. 그리고 그 과정에서 많은 지식인들과 학생들이 국가 정책에 반대한다는 이유로 감옥에 갇히게 되었다.

어지러운 상황이 수습되지 않은 채 치러진 1967년 두 번째 대통령 선거와 국회 의원 선거는, 불법으로 얼룩져 야당이 정권과의 싸움에 나서겠다고 선포하는 상황까지 몰고 온다. 국민들은 정부를 미심쩍은 눈으로 바라보고 있었다. 바로 이 때 터진 것이 '동베를린 간첩단 사건' 이었다.

1967년 6월 17일 베를린의 윤이상은 전화 한 통을 받게 된다. 아침 7시였다. 누가 이렇게 이른 시각에?

전화를 건 사람은 한국 남자였다.

"저는 박대통령의 개인 비서입니다. 대통령께서 선생님께 친서를 보내셨습니다. 그것을 제가 전해 드리겠으니 지금 빨리 사보이 호텔로 와 주십시오. 기다리겠습니다."

"하지만 지금은 곤란한데요. 연주회 일정 때문에 여행을 떠나야 하거든요."

이상은 킬에 가서 오페라 극장장과 자신의 오페라에 대해 상의해야 하며, 네덜란드의 암스테르담과 쾰른에서 자신의 곡을 녹음하기로 약속되어 있어 시간을 내기가 어렵다고 했다. 그러나 전화를 건 상대는 막무가내였다.

"지금이 아니면 곤란합니다. 꼭 오셔야 합니다."

그는 이상의 대답에는 아랑곳하지 않고 일방적으로 전화를 끊어 버렸다. 정말 이상했다. 무슨 일로 친서를 보냈나. 이상은 아내에게 여행 준비를 하라고 당부해 놓은 후에 사보이 호텔로 갔다. 안내된 방에는 두 명의 건장한 남자가 그를 기다리고 있었다.

"대통령의 친서는 어디 있습니까?"

연주회 일정이 걱정되었던 이상은 친서를 받고 빨리 돌아갈 생각이었다. 그런데 방 안에서 이상을 맞은 그 남자의 말은 전화를 걸던 때와는 달라져 있었다. 그렇게 급하게 가지러 오라던 친서가 여기에 없다는 것이다.

"친서는 본의 대사관에 있습니다. 저와 함께 본에 가시지요. 대신 여기 최덕신 대사가 보내는 편지가 있습니다."

이상은 최덕신 대사와 친한 사이였다. 최대사는 아무리 먼 곳이라도 윤이상의 연주회가 있다면 잊지 않고 참석할 만큼 그의 음악을 좋아했다. 전화를 해도 될 텐데 웬 편지인가? 고개를 갸웃거리며 펴든 편지에는, 독일을 떠나기 전에 할 말이 있으니 편지를 받는 즉시 대사관으로 와 달라는 내용이 적혀 있었다.

본에 가기로 결정하고 나온 윤이상이 호텔을 나서니 큰 차가 한 대 미끄러져 들어왔다. 그 차를 운전하고 있는 사람은 이상과도 안면이 있는 광산 노동자였다. 저 사람이 왜 여기에서 운전을 하고 있나 하는 생각이 들었지만 반갑게 인사를 나누었다. 나중에 안 사실이지만 그 사람들은 베를린에 있는 남한 사람들을 감시하기 위해 한국 정부에서 파견한 정보부원이었다.

대사관에 도착했으나 최덕신 대사의 모습은 보이지 않았다.

"곧 옵니다."

라는 대답을 들은 뒤 이상은 두 명의 남자들에게 붙들려 지붕 아래 조그만 방에 감금되었다. 왜 이런 일을 당해야 하는지에 대한 설명도 없었다.

"대사는 곧 옵니다. 조용히 기다리시오."

그것이 설명의 전부였다. 무엇인가 무서운 일이 벌어지고 있는데도 이유를 알 수 없다니. 이상은 겁이 나서 신경이 날카로워졌다. 그런 이상의 상태엔 아랑곳하지 않은 감시인들은 라디오를 크게 틀어 놓았다. 귀가 찢어질 것 같은 라디오 소리 때문에 제대로 앉아 있을 수조차 없었다.

"죄송하지만, 라디오 볼륨 좀 낮추어 주십시오."

그러나 이상의 정중한 부탁은 무시되었다. 그들은 하루 종일 라디오를 켜놓아 이상을 괴롭히기로 작정한 사람들 같았다. 정말 그랬다. 그것이 바로 말로만 듣던 소음 고문이었던 것이다.

밤이 되자, 그들은 이상을 아래층으로 데려갔다.

"대사는 이제 여기 없습니다."

순간, 가슴이 쿵 내려앉았다. 그럼 나를 왜 데리고 온 거지?

"당신은 한국에 대해 적대적인 일을 한 적이 있습니까?"

남자는 뻣뻣한 목소리로 신문을 시작했다.

"없습니다."

"당신은 공산주의자와 관계를 갖고 있지 않습니까?"

"동베를린에서 몇 번 만난 적이 있습니다만."

대답을 하면서도 질문의 내용이 이해가 되지 않았다. 동베를린 거리에 나가기만 하면 아주 쉽게 북한 사람들을 만날 수 있다는 것을 저들은 모른단 말인가.

"그 외에는?"

"없습니다. 1963년에 북한에 간 것 빼고는."

순간 신문을 하던 남자의 눈빛이 달라졌다. 이상이 무슨 말을 잘못한 걸까?

"지금 당신이 내게 한 말을 그대로 적으십시오."

이상은 마음에 걸릴 만한 일이 없다고 생각했기 때문에 시키는 대로 했다. 그들은 다시 최덕신 대사에 대해 어떻게 생각하느냐고 물었다.

"그분은 우수한 외교관이며 반공주의자입니다. 국가 공무원으로서의 충실한 역할이 어떤 것인가를 정직한 행동과 양심으로 증명해 주는 분이지요."

"글쎄, 정말 그럴까요? 우린 그렇게 보고 있지 않은데……."

남자는 믿기지 않는다는 표정으로 이상을 바라보았다. 꽤 오랜 시간이 흐른 후 그 남자는 이상을 지붕 아랫방으로 데려갔다. 다시 라디오 소리가 들리기 시작했다. 그들은 한밤중에도 라디오를 크게 틀어 놓고 있었다. 마치 이상이 편안하게 잠을 자면 큰일이라도 생길 것처럼 라디오는 잠시도 쉬지 않고 윙윙거렸다.

밤이 되자 이상은 다시 끌려나갔다.

"우리는 당신을 의심하지는 않습니다. 다만 최 대사가 수상해서 조사하고 있을 따름이지요. 당신은 재독 한인회 회장이지요?"

"그렇습니다."

"그렇다면 서울에 가서 해명하시는 것이 좋겠습니다. 중앙 정보부(국가 정보원)장이 당신과 개인적으로 얘기하고 싶어하시니까요. 하루면 됩니다."

이상은 그들의 제의를 거절했다. 음악회 일정이 너무 빡빡하기도 했지만, 자신을 다루는 사람들의 태도에 무엇인가 석연치 않은 점이 있었기 때문이다. 하지만 그들은 이상의 의견을 존중하지 않았다.

"서울 가서 망명 한국인에 대한 이야기만 나누고 오면 됩니다."

"아내에게 전화를 하고 싶습니다. 걱정할 테니까요."

"좋습니다. 하지만 당신이 여기 있다는 말을 해서는 안 됩니다. 중대한 일로 스위스와 프랑스에 간다고 하는 게 좋겠습니다."

그들이 곁에서 지키고 서 있었기 때문에 시키는 대로 할 수밖에 없었다.

서울에 도착한 이상은 옆 출구로 끌려나가 헌 지프차에 실려졌다. 곁엔 권총을 찬 군인이 앉아 있었다.

지프차가 그를 내려놓은 곳은 남산에 있는 중앙 정보부였다. 거기엔 세계 각국에서 이상처럼 속아서 끌려온 수십 명의 한국 사람들이 갇혀 있었다.

그들은 한 명씩 고문실로 끌려 나갔다. 누군가가 끌려 나가면 으레 찢어질 듯한 비명 소리가 이어졌다. 이상이 끌려 간 고문실에는 두 명의 남자가 피곤한 모습으로 앉아 있었다. 그가 끌려오기 전에 꽤 많은 사람들이 고문을 당하고 나간 모양이었다. 이상은 의자에 앉았다.

"의자에서 내렷! 땅바닥에!"

"나는 병자입니다!"

이상은 끄떡도 않고 앉아 있었다. 그러자 한 남자가 그를 바닥에 밀어 버렸다. 왜 내가 이런 일을 당해야 하지?

"왜 당신들은 나를 함부로 취급합니까? 나는 이런 취급을 받을 만한 죄를 지은 일이 없습니다. 나는 사람이니 사람 취급을 해 주시오."

"쓸데없는 소리 마."

그들에겐 이성적인 말이 통하지 않았다.

"너는 북조선의 거물 정탐꾼이다, 특무다, 공산주의자다, 당원이다, 너는 조직의 왕초다."

라는 말과 함께 매질이 계속되었다.

"전부 거짓말입니다. 무슨 말을 하는지 이해할 수조차 없군요."

이상은 반박했다. 그러자 두껍고 모서리가 뾰족한 각목을 든 제3의 남자가 나타났다. 그는 힘껏 이상의 허벅다리를 내리쳤다. 이를 악물고 버티려 했지만 결국 쓰러지고 말았다. 며칠째 먹지도 자지도 못한 상태에서 심한 매질까지 당하니 버텨 낼 재간이 없었던 것이다.

고문실에 앉아 있는 사람들에겐 모든 인간이 똑같았다. 배운 사람이든 못 배운 사람이든 괴롭혀야 할 대상으로밖에 보이지 않는 것이다. 두 남자는 번갈아 가며 이상의 무릎을 짓밟았다. 이상은 눈을 질 끈 감고 참아 보려 했지만 신음 소리를 누를 수가 없었다. 폐결핵을 앓은 후부터 건강에 각별히 신경을 쓰던 그였다. 조금만 무리를 해도 몸이 먼저 알고 신호를 보냈기 때문에 언제나 건강에 주의하지 않으면 안 되었던 것이다. 하지만 고문하는 사람들이 그런 사정을 이해할 리 없었다. 정말 견딜 수 없었던 점은 그런 고문이 끝없이 이어졌다는 것이다. 똑같은 말을 수십 번씩 되풀이하는 것도 끔찍하게 싫은 일이었다.

고문이 이틀째 계속되던 날, 이상은 옆 고문실에서 들려오는 목소리에서 어딘지 모르게 친근한 느낌을 갖게 된다.

그것은 최덕신 대사의 목소리였다. 그도 이상처럼 끌려와서 공산주의자임을 자백하라는 심한 고문에 시달리고 있었던 것이다. 정보부 관계자들은 이상과 최덕신 중 한 명이 스스로 공산주의 스파이임을 인정한다면, 다른 사람도 따라서 자백하리라는 생각에 일부러 서로의 목소리를 알아들을 수 있는 고문실을 배정한 것 같았다. 자신의 고통도 견디기 힘든데, 다른 사람의 비명까지 들어야 한다는 것은 몸서리쳐지는 경험이 아닐 수 없다.

죽음이 바로 눈앞까지 와 있었다. 저들은 내가 죽으면 쥐도 새도 모르게 가져다 버릴 것이다. 아, 이렇게 죽고 싶지는 않다.

이상은 며칠 동안에 걸쳐 고문을 받았다. 몸의 감각이 희미해질 정도였다. 이런 고통 속에서 사는 것도 의미가 있을까? 차라리 죽는 것이 나아. 죽는 순간의 고통만 참으면 그 다음 날의 고문은 생각하지 않아도 될

테니까. 그는 감시가 소홀한 틈을 타서 유리 재떨이로 자신의 머리를 내리치기 시작했다. 한 번 내리치니 아득한 느낌이 들면서 어지러웠다. 두 번, 세 번, 이상은 있는 힘껏 머리를 내리쳤다. 피가 흘러내렸다. 이상은 손가락에 그 피를 찍어 유언을 쓰기 시작했다.

"최덕신 씨는 공산주의자가 아니다. 그는 죄가 없다. 나의 아이들아, 나는 스파이가 아니다."

그리고 정신을 잃었다. 그 이후 무슨 일이 있었는지는 모른다. 그가 다시 깨어난 곳은 병원이었고 머리엔 붕대가 감겨져 있었다. 머리를 깎고 붕대를 싸맨 채 누워 있는 이상의 병실엔 세 명의 감시원이 붙어 있었다.

당시 서독에서는 윤이상이 납치되어 갔다는 사실에 대한 비난 여론이 거세게 일고 있었다. 한국은 범죄자를 연행할 때 현지 수사 당국에 의뢰해야 한다는 국제법을 어긴 채 윤이상을 데려갔다. 이런 납치는 인권 후진국으로서의 면모를 그대로 보여 주는 것이라는 비난이 불길처럼 번져 갔다.

한국 정보부는 기본적인 국제법도 모르는 무지한 기관으로 몰려 국제적인 망신을 당할 위기에 놓여 있었다. 그러므로 한국 정부로서는 윤이상의 생사 문제가 중대한 일일 수밖에 없었다. 만약 그가 죽기라도 한다면 국제 사회의 비난을 어떻게 견딜 것인가.

이상은 마침내 고문실의 남자들이 내미는 흰 종이에 그들이 부르는 말을 받아 쓰기로 했다. '북조선에 봉사하는 공산주의자'라고. 이것이 바로 자술서의 내용이었다. 자신의 의지로 써야 하는 자술서였건만, 고문실에서 쓰여지는 자술서엔 이상의 의견이 존재할 리 없었다. 세 명의 고문자들은 이상이 써야 할 자술서를 줄줄 외우고 있었다. 이상은 최 대사가 정부를 타도할 계획을 갖고 있다는 말만은 쓰지 않겠다고 버텼다. 양심적인 한 외교관에게 치명적인 해가 될 수 있는 거짓말만은 할 수 없었던 것이다.

프랑스에서 활발한 활동을 벌이고 있던 이응로도 윤이상과 비슷한 방법으로 끌려왔다. 그는 인민군으로 끌려갔던 아들을 만나기 위해 두 차례 북한과 접촉했는데, 간첩 행위로 몰린 것이다. 프랑스 정부도 즉각 이응로의 석방을 요구했다.

중앙 정보부는 독일에 있는 이상의 아내도 불러들였다. 남편에게 생긴 일들을 그냥 지켜보고만 있을 수 없었던 아내 수자는 아이들만 남겨 둔 채 한국으로 들어왔다. 그녀도 잠을 자지 못한 채 수많은 질문들을 견뎌내야 했다.

정보부 요원들은 수자에게 하얀 종이 한 장을 내밀었다. 북한과의 관계에 대해 쓰라는 것이었다.

"무엇을 씁니까?"

"…접선하고, 공작금 받고."

"뭐라구요?"

수자는 깜짝 놀랐다. 무슨 소린가? 그런 적이 없으니 쓸 수 없다고 했다.

"그냥 용어를 그렇게 쓸 뿐이니 걱정할 필요 없어요."

그들은 빨리 써서 제출해야 5일 내에 독일로 돌아갈 수 있다고 수자를 설득했다. 딸이 앓고 있었기 때문에 독일에 빨리 돌아가는 것이 무엇보다도 중요했다. 수자는 딸의 얼굴을 떠올리고는 그들이 시키는 대로 썼다. 그것이 자신까지도 간첩으로 몰려는 정보부의 속임수라는 사실을 알 리 없었다.

중앙 정보부는 윤이상과 이응로처럼 끌려온 예술가 및 지식인들과 서울대 정치학과 학생들이 만든 교내 서클 '민족주의 비교 연구회'를 한데 묶어 '동베를린 간첩단 사건'이라 불렀다.

동베를린 사건이 일어날 수밖에 없었던 이유

당시 베를린은 서독과 동독의 자유로운 왕래가 허락되고 있는 공간이었다. 아무렇지도 않게 서로 섞여 있는 사람들을 보면서 남한의 유학생들은 자연스럽게 그 분위기에 휩쓸렸다. 북한 사람들은 베를린 거리에서 흔히 마주치게 되는 친밀한 동포였다. 아무도 남한에서 온 유학생들에게 북한 대사관에 가서는 안 된다고 말하지 않았다. 그러니 동독과 서독이 친하게 지내듯, 남한과 북한이 서로 왕래하고 지내는 것은 평범한 일상으로 느낄 수밖에 없었다. 당시 북한은 전쟁 이후 경제 개발에 성공하여 남한보다 경제적인 여건이 훨씬 좋았다. 중공업이 발전한 북한에 비하면 남한은 아주 작고 초라한 나라였다. 누구라도 남한에서 왔다고 하면 가난한 나라를 떠올리는 상황이었던 것이다.

남한은 외화 획득을 목적으로 1965년부터 독일에 간호사와 광부를 파견했다. 4200명 정도에 이르는 막대한 인원이었다. 따라서 독일에는 다른 나라에 비해 한국 사람들이 많을 수밖에 없었다. 북한은 이런 기회를 놓치지 않고 해외 선전을 강화하였다. 우선 한국인 유학생이나 광부, 간호사들에게 북한의 발전된 모습을 담은 책자를 보냈다. 거기엔 북한의 발전된 모습이 그대로 담겨져 있었다. 정말 이렇게 잘 살까? 북한 대사관에서 보낸 책자는 남한 출신의 유학생들에게 호기심을 불러일으키는 역할을 했다.

북한 대사관은 남한 사람들이 자유롭게 찾아갈 수 있는 곳이었다. 그 곳에 찾아가면 융숭한 대접을 받았고, 친절하게 평양에 다녀올 수 있는 기회를 마련해 주기도 했다. 물론 남한에서 온 사람들이 북한을 방문하는 데에는 정치적인 목적이 없었다. 단지 또 하나의 한국이 어떤 모습을 하고 있을까 하는 호기심이 발동했을 뿐이다.

이 때 국내에서는 부정 선거 규탄 시위가 연일 계속되고 있었다. 4·19 이후 최대 규모였다. 이럴 때는 국민들의 시선을 다른 곳으로 옮길 만한 큰 사건이 필요하다. 당시 중앙 정보부장이었던 김형욱은 그 사건의 실마리를 동베를린에서 찾았다.

북한에 여러 번 드나들었다고 자수해 온 임석진을 통해 동베를린의 지식인들이 북한에 대해 경계심을 갖고 있지 않다는 사실을 알게 되자 곧 납치 계획을 세웠다. 잘만 하면 국민들의 관심을 부정 선거로부터 떼어놓을 수 있을 것이다.

1967년 7월 8일 중앙 정보부장 김형욱은 유럽에 유학하고 있는 학생들과 서울대 서클 민족주의 비교 연구회가 평양에 가서 세뇌 공작을 받은 뒤 대한 민국 정부를 뒤집을 계획을 세웠다고 발표했다. 국민들은 놀라지 않을 수 없었다. 최고의 엘리트들이라고 일컬어지는 사람들이 간첩이라니.

민족주의 비교 연구회는 서울 대학교 정치학과 학생들이 만든 합법적인 서클이었다. 이들이 간첩단으로 몰린 것은 부정 선거 규탄 대회와 대일 굴욕 외교에 항거하는 시위를 주도한 데 그 원인이 있었다. 중앙 정보부는 지도 교수인 황성모가 독일 유학 시절 북한의 지령을 받았을 것이라는 사실을 전제하고 민족주의 비교 연구회의 회원들을 잡아들였다. 물론 이들도 고문을 당했다. 그러나 끝까지 무죄를 주장했고 증거가 없었기 때문에, 재판 과정에서 풀어 줄 수밖에 없었다.

하지만 윤이상을 비롯하여 외국에서 끌려온 사람들의 처지는 이와 달랐다. 그들은 북한과 접촉한 사실이 증거로 채택되어 고스란히 간첩이라는 누명을 뒤집어써야 했다. 윤이상의 경우, 최상한이 아들 정길이의 여비로 쓰라며 준 돈이 공작금이라는 억울한 죄목까지 추가되었다. 그는 한국 정부가 인정한 간첩이었다. 비록 북한에게 정보 한 줄 적어 보낸 적 없지만, 사신도를 보러 간 것뿐이었지만 북한을 갔다는 것만으로도 간첩으로 몰리는 시대였던 것이다.

'동베를린 사건'을 담당했던 김형욱은 후에 미국으로 망명하여 쓴 회고록에 '동베를린 사건'에 관련된 모든 사람들에게 인간적으로 용서를 빌고 싶은 심정이라고 기록했다. 하지만 그로 인해 죽는 순간까지도 고향 땅을 밟을 수 없었던 많은 사람들과 고문으로 삶이 짓밟혀야 했던—시인 천상병은 고문 때문에 행려 병자로 떠돌다가 정신 병원에 입원하기도 했다. 결국 평생을 고문의 후유증에 시달리다가 죽었다—사람들에게 '용서'라는 말은 이미 아무런 의미도 없었다.

    아내가 고국에 왔다는 소식이 이상에게 조금은 위로가 되었다. 언니 집에서 머물면서 자신을 면회 올 것이라고 가볍게 생각했기 때문이다. 중앙 정보부에서 아내까지 간첩죄로 몰아세우리라는 것을 어찌 짐작할 수 있었겠는가.

    몇 달 만에 만난 아내는 빛바랜 수의 차림이었다. 낡은 고무신을 신고 있는 모습은 왜 그리 애처로워 보이던지. 이상은 충격 때문에 심장이 터져 버릴 것 같았다. 그렇지 않아도 남편의 심장을 걱정하던 아내는 몹시 안쓰러운 표정으로 그를 바라보았다. 그토록 그리워하던 아내였건만 막상 얼굴을 대하니 한 마디도 할 수가 없었다. 애써 참으려 했던 눈물이 쏟아졌다.

    "당신까지, 당신까지……."

    이상은 말을 잇지 못했다. 가난한 음악가를 내조하느라 늘 마음 졸였던 아내, 낯선 이국 땅에서 남편의 손발이 되기 위해 열심히 뛰어다녔던 아내에게 이런 고통까지 당하게 한 무능한 남편이라는 죄책감이 밀려왔다. 충격과 불안으로 아내를 만나고 오니, 독일에 남아 있는 아이들이 걱정이었다. 고아처럼 헤매고 있는 것은 아닌지.

언제 나갈지 바깥 세상이 어떻게 돌아가는지 알 수 없는 상황이어서 더욱 답답했다. 동베를린 사건에 관련된 사람에게는 일체 면회가 허락되지 않았다. 바깥 소식을 알려 주는 사람은 변호사뿐이었는데, 그를 변호해 줄 사람은 국회 부의장을 지내기도 한 황성수 변호사와 고향 친구인 김종길 변호사 두 명이었다. 김종길은 바쁜 일과 속에서도 자주 면회를 왔다. 아내에 대해서, 가족에 대해서 갖고 있는 친구의 걱정을 덜어 주고 싶었던 것이다.

이야기를 나눌 사람이 한 명도 없는 외로운 나날에 답답해하던 이상에게, 맞은편 감방에 있던 현승일은 좋은 말동무였다. 현승일은 민족 문제 비교 연구소 사건으로 들어와 있는 서울대생으로 윤이상에 대해서는 익히 잘 알고 있다고 했다. 물론 소리를 내어 대화를 나눌 수는 없었다. 그것은 독방에 갇힌 사람들에겐 금지된 일이었다. 현승일은 감시인의 눈을 피해 허공에 글자를 썼다.

"걱정하지 마십시오. 지금 독일 정부에서 항의하고 있다니까 곧 풀려나실 겁니다."

현승일은 패기만만한 젊은이였다. 그는 조국의 운명에 대해 진심으로 고민했고, 나쁜 일 한 적 없으니 곧 풀려날 것이라는 희망으로 이상의 기운을 북돋워 주었다. 이상은 오랫동안 떠나 있어 잘 몰랐던 조국의 사정들을 현승일이 허공에 쓰는 글자를 읽으면서 알게 되었다. 허공에 한 자씩 그려지는 글자를 따라가다 보면 혼자라는 생각에서 오는 두려움을 잊을 수 있었다. 누군가 자신을 기억하고 지켜보고 있다는 사실이 큰 힘이 되었던 것이다. 저런 젊은이가 있으니 조국의 미래는 어둡지 않다. 현승일은 고문실로 불려나가 맞고 들어온 날에도 꿋꿋했다. 어둡고 괴로운 감옥 생활 속에서 들꽃처럼 굳건하게 피어나는 젊은이를 본다는 것은 정말 가슴 벅찬 일이었다. 이상은 감옥에서 나온 후에도 오래도록 그를 기억했다.

이상이 감옥 생활 동안에 느낀 가장 큰 불편은 작곡을 할 수 없다는 것이다. 아무리 괴로운 상황이라 할지라도 자신의 머릿속을 떠다니는 음들을 버려 둘 수는 없었다. 그래서 독일에서 쓰던 악보 용지와 연필, 지우개를 가져다 달라고 부탁했다. 여러 번 사정한 끝에 1967년 10월에 자신이 부탁했던 것들을 손에 넣었다.

이상은 형무소에서 곧 작곡을 시작하였다. 그릇에 담겨 있는 물이 꽁꽁 얼어 버릴 정도의 추운 날씨에도 아랑곳하지 않았다. 2~3소절 쓰고 나면 손이 얼어 버리는 날씨도 그의 창작열을 꺾을 수는 없었다. 손을 호호 불어가며, 현기증 때문에 쓰러지는 일이 없도록 벽에 머리를 기대가며 작곡에 힘을 기울였다.

밤낮을 가리지 않고 자신 속에 있는 음악들을 불러모으는 작업들이 계속되었다. 이상은 몸에 다소 무리가 가더라도 빨리 작품을 완성시키고 싶다는 열망으로 오페라 「나비의 미망인」의 마무리에 박차를 가했다. 그노력의 결과로 1968년 2월 5일 「나비의 미망인」 총보가 완성될 수 있었다. 이 작품은 도교적인 색채가 강하게 배어 있는 희극으로 하랄드 쿤츠가 대본을 썼다.

물론 감옥 안에서 만들어진 곡이 세상 사람들 앞에서 공연되리라는 보장은 없었다. 열심히 만들어도 정보부에서 압수해 버린다면 끝인 것이다. 어쩌면 찢어 버릴지도 모를 일이다. 그렇더라도 작곡을 그만둘 수는 없었다. 적어도 자신의 마음 속에 존재하는 음악들을 끄집어 내는 동안만은 감옥에 갇혀 있다는 사실을 잊을 수 있었기 때문이다.

> 백 년 동안의 빛과 어둠은
> 나비의 꿈과 같아라……

라는 합창으로 「나비의 미망인」은 시작된다. 마치 갇혀 있는 작곡가 자
신이 독일에서 누렸던 모든 성공들이 하나의 꿈처럼 여겨진다는 듯.

이 작품은 중앙 정보부에 넘겨져 철저한 조사를 당했다. 혹시 악보 사
이에 암호 같은 것이 적혀 있지나 않은지 검토한다는 것이었다. 하지만
정보부에서 무엇을 하든 그는 관심이 없었다. 그토록 애를 썼던 작품이

완성되자마자 쓰러졌으니, 관심을 가질 여유도 없었을 것이다. 작곡을 하느라 너무 무리를 했던 것이 잘못이었다. 정신을 잃은 이상은 형무소 병원에서 치료를 받아야만 했다.

대체적으로 국내의 음악인들은 윤이상에게 호의적이지 못했다. 정부의 발표를 그대로 믿었기 때문인지 윤이상을 불순한 사람으로 여기는 사람들이 많았다. 세계적인 음악가들, 예술인들의 진정서가 도착하는 순간에도 윤이상을 돕겠다고 나서는 한국 음악인은 없었다. 이상을 담당했던 황성수 변호사는 임원식에게 증언을 부탁했다. 그는 서울에 있는 예술 고등 학교의 교장이었으며, 국내에서 가장 유명한 지휘자였다.

임원식은 윤이상의 음악적인 위치에 대해 정확히 알고 있는 사람이었다. 그처럼 훌륭한 인재를 감옥에서 썩게 내버려 둘 수는 없다는 생각을 갖고 있었다. 그래서 모두들 발뺌을 하는 상황에서도 증언대에 서겠노라 약속했다. 물론 쉬운 결정은 아니었다. 그가 증인으로 설 것이라는 말이 들어가자 정보부에서 곧 협박 전화를 걸어왔기 때문이다.

"괜히 쓸데없는 일에 나서지 마십시오. 그러다가 선생님까지 위험해 지십니다."

아주 정중한 목소리였지만, 그것은 틀림없는 협박이었다. 임원식은 순간 갈등에 휩싸였다.

'나의 안정을 위해서 친구가 사형대에 서는 것을 모른 체해야 하나?'

임원식은 밤새 고민했다. 그리고 자신의 편안함을 위해 어려움에 처한 친구를 버릴 수 없다는 결론에 도달한다. 다음 날 재판정에 선 그는 온 정성을 다해 친구 윤이상을 변호했다.

"윤이상은 유럽 음악계에서는 저를 비롯한 한국인 음악가 2,3백 명을 합친 것보다 더 소중한 사람입니다. 공산주의 국가에서는 그의 음악을 자본주의 사회의 효과 음악이라고 판정하고 있는데 어찌 그가 공산주의자가 될 수 있겠습니까?"

임원식은 눈물을 흘리며 친구의 무죄를 호소했다. 증언이 끝난 후에는 자신의 주머니를 털어 윤이상에게 영치금을 넣어 주기도 했다. 또 음악가 협회 회원들에게 이상의 무죄를 호소하는 탄원서를 써서 돌렸다.

그러나 그 탄원서는 끝내 재판정에 제출되지 못했다. 국내의 동포 음악인들이 윤이상에게 냉담했기 때문이다. 이런 상황이었기 때문에 윤이상을 위해 바쁘게 뛰어다닌 임원식이 동료들로부터 환영받을 리 없었다. 결국 정부의 선전은 효과를 보고 있는 셈이었다. 적어도 동료 음악가들에게만은.

세계 속에 한국을 심다

윤이상 구명 운동 전개

이상이 억류되어 있는 기간이 길어지자 세계 각국에서 윤이상 구명 운동이 일어났다. 미국에서는 스트라빈스키, 엘리어트 카터를 비롯하여 독일의 카라얀 등 많은 음악가들이 서명한 탄원서가 재판장 앞으로 보내졌다. 법정에서 재판장은 한국의 팬클럽과 외국의 수많은 단체에서 보내온 진정서, 전보, 항의문을 전부 읽었다. 대부분 '윤이상은 절대로 공산주의자일 리가 없다. 그를 잃는 것은 세계 음악계의 커다란 손실이다' 라는 내용들이었다.

이상이 납치되었음이 분명해지자, 그의 친구들이 독일 국내외에서 움직이기 시작하였다. 파이더 폰 바르제비슈, 하랄드 쿤츠, 귄터 프로이덴베르크, 스위스의 작곡가 에드바르트 슈템프틀리, 변호사 하인리히 하노버 등 유명 인사들이 모임을 갖고 적극적인 노력을 기울였다. 유명한 음악가들은 무료 음악회를 열어 윤이상이 처한 상황을 사람들에게 전했다. 그리고 많은 단체와 교회에서 기부금을 모았다. 지휘자 프랜시스 트래비스는 머리가 하얗게 될 정도로 윤이상 구명에 힘을 쏟았다.

"내 머리는 자네 때문에 이렇게 세어 버렸어."

훗날 이상을 만났을 때 트래비스는 껄껄 웃으며 이렇게 말했다고 한다.

1968년 5월 함부르크 자유 예술원에서는 윤이상을 정식 회원으로 선출한 후 박 대통령에게 보내는 호소문을 작성했다. 모두 181명의 국제적인 음악인의 서명이 담긴 호소문이었다. 이 호소문은 신문 1면 전체에 인쇄되어 사람들에게 전해졌다.

윤이상 씨는 유럽뿐만 아니고 전세계에서 우수한 작곡가로 인정받고 있습니다. 그의 목적은 언제나 코리아 음악의 뛰어난 전통을 서양 음악의 경향과 결합시키는 것이었습니다. 따라서 그의 작품과 사람됨은 한국의 문화 예술을 한국 외부에 알리는 귀중한 소개자라고 보지 않으면 안 됩니다. 그가 없었다면 우리는 한국의 문화에 대하여 아주 조금밖에 알지 못했을 것입니다. 윤이상만큼 우리에게 자신의 예술적 노력을 통해 한국의 사고 양식을 잘 가르쳐 준 사람은 없습니다.

대통령 각하께서 무거운 병을 앓고 있는 윤이상 씨에게 자유를 주고 건강한 상태에서 다시 일을 할 수 있도록, 여기 서명한 우리 음악가들이 충심으로 희망하고 있음을 이해해 줄 것이라 믿습니다.

국제 음악계는 윤이상 씨를 필요로 하고 있습니다. 그는 우리에게 있어서 동서양의 중개자로 더할 나위 없이 중요한 사람입니다. 코리아 음악의 대사로서 그는 무엇과도 바꿀 수 없는 사람입니다.

(…)

여기 모은 돈은 필요한 경우 그의 병원비로 쓰일 것이며 베를린에 있는 두 아이들의 양육비로 사용될 것입니다.

이런 탄원에도 불구하고 윤이상은 제1심에서 '무기 징역'을 선고받았다. 아내 수자가 집행 유예로 풀려난 것을 그나마 다행이라 해야 할까? 이상은 마지막 진술을 통해서 자신의 음악에 대한 애정을 그대로 드러냈다.

"저는 처벌을 받겠습니다. 그렇지만 제 작품들이 자유 세계를 돌아다니며, 자유 세계의 음악 청중들에게 소개될 때, 간첩의 작품이라는 누명을 쓰지 않도록 재판장님은 다른 죄는 다 적용해도 좋으나 간첩죄만은 피하게 해 주십시오."

이 소식이 전해지자 서독일 학장 회의와 독일 학생 동맹 간부 회의는 서독의 대통령 뤼프케에게 윤이상 구명에 앞장설 것을 촉구했다. 독일 내의 수많은 학술·문화 단체들도 윤이상의 석방을 외치며, 아이들 둘만을 남겨 두고 부모를 납치해 간 한국 정부의 비인도적인 행위를 비난했다. 아이들은 고아 아닌 고아가 되어 아버지의 친구들에게 신세를 지고 있었는데, 이것이 사람들을 더욱 분개하게 했다. 서독 주재 한국 대사관까지의 침묵 시위 등 인권 후진국이라는 국제 사회의 비난은 점점 거세지고 있었다. 이런 독일 내의 관심이라도 반영하듯 재판정엔 독일 텔레비전의 카메라 기자들이 들어섰다. 그들은 재판 모습을 처음부터 끝까지 지켜보고 촬영했다. 윤이상 한 사람의 구명을 위해 전 독일 문화계가 움직이고 있었던 것이다.

집행 유예로 풀려난 이상의 아내는 서독 주재 한국 대사관으로부터 독일로 돌아오라는 권유를 받는다. 독일에서 연방 회의가 개최될 날이 다가오니 아이들만 남겨 두었다는 여론의 비난에 대비하기 위한 대책이었던 모양이다. 그러나 그녀의 입장은 단호했다.

"병들어 고생하는 남편을 두고 어찌 독일로 돌아갈 수 있겠습니까?"

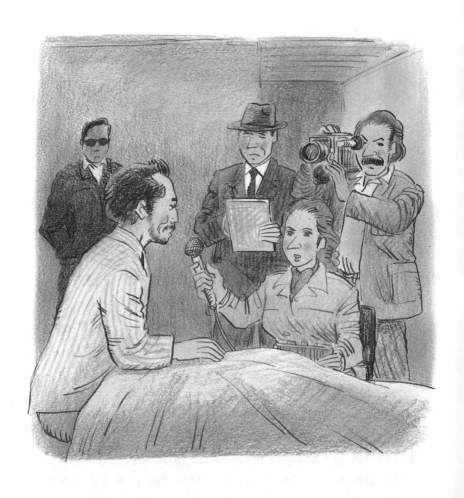

　결국 그녀는 정부와 교섭하여 남편이 병보석으로 병원에 입원한 것을 확인하고서야 아이들이 있는 베를린으로 떠났다. 이상은 서울 대학 병원 특실에 입원하였다. 아내는 몸이 좋지 못한 남편을 두고 가는 것이 마음에 걸렸으나, 아이들을 안심시켜 줘야 했기 때문에 독일행 비행기를 탈 수밖에 없었다. 비행기에 오른 그녀의 손엔 남편이 감옥 속에서 작곡한 「나비의 미망인」 악보가 들려 있었다.

이상이 병원에 있는 동안 독일 텔레비전 기자들이 찾아왔다. 그들은 이상을 인터뷰하고 부당한 대우를 받고 있지나 않은지 확인했다. 감시하는 사람이 있기는 했으나 이상은 편안히 지내고 있었다. 당뇨병이 생긴 것만을 제외하면. 당뇨병은 정신과 육체의 갑작스런 충격 때문에 생기는 일도 있다고 한다. 어쨌든 이 때 급격한 환경의 변화 때문에 생긴 당뇨병은 평생 동안 이상을 괴롭혔다. 그의 구명 운동에 쓰이는 경비와 병원비에는 독일에서 모금한 헌금이 사용되었다.

제2심이 시작되자 독일에서 증언을 하겠다며 달려온 친구들이 있었다. 쿤츠 박사와 프로이덴베르크 교수였다. 그들은 이상이 북한을 방문한 것은 어디까지나 예술가로서 강서의 고분 벽화를 보기 위한 것이었고, 그것은 영감을 얻기 위한 예술가의 순수한 행위에 해당한다고 증언하였다.

이상에게는 제2심에서 간첩죄가 삭제되어 15년형이, 3심에서는 10년형이 선고되었다. 재판 결과를 본 후, 그의 석방을 주장하던 많은 음악인들은 크게 실망했다. 급기야 독일 정부는 서독 주재 한국 대사관의 외교관들을 추방하고 약속했던 7000만 마르크의 차관도 취소하겠다는 뜻을 한국 정부에 전했다.

윤이상이란 인물이 이렇게까지 큰 파장을 몰고 올 것이라는 것을 예측하지 못했던 한국 정부는 몹시 당황했다. 잘못하면 외교적인 문제가 일어날 게 분명했다. 급히 사건을 수습해야겠다고 생각한 정부는 대통령 특별 사면이라는 이름으로 윤이상을 석방했다. 더 이상 일이 커지는 것을 원하지 않았기 때문이다.

1960년대의 한국은 문화가 발전하지 못한 나라였다. 무엇보다도 경제 개발이 시급했기 때문에 다른 것에 눈을 돌릴 틈도 없었던 것이다. 그래서 집권자들도 문화의 힘에 대한 자각이 부족했다. 그래서 '윤이상' 이라는 음악가 한 명을 두고 전 독일이 일어날 것이라는 것은 짐작도 못했던 것이다. 이것은 독일의 변호사 하노버가 지적한 다음과 같은 글을 봐도 잘 알 수 있다.

당시 납치된 사람들한테 있어서 한 가지 다행인 점이 하나 있었는데, 그것은 그들 속에 작곡가로서 세계적인 명성을 떨친 사람이 있었다는 사실이다. 그래서 독일뿐만 아니라 세계 곳곳에서 항의 행동이 일어났다. 그 때 비인간적인 폭력 사건의 조직자들은 문화적 수양이 없었으므로 그러한 항의 투쟁이 일어날 수도 있다는 사실을 상상조차 하지 못했던 것이다.

석방되기 전에 윤이상은 중앙 정보부장 김형욱이 내민 종이에 사인을 해야 했는데, 거기에 적힌 내용은 다음과 같다.

① 절대로 납치 사실에 대하여 언급하지 말 것
② 재판에 관한 세세한 사실에 대하여 언급하지 말 것
③ 한국에 대하여 부정적인 언사는 하지 말 것

만일 이러한 사항을 지키지 않으면 한국에 있는 그의 친척들에게 피해가 가리라는 협박도 뒤따랐다. 그 서류에 사인을 마치고 나서야 윤이상은 독일행 비행기에 오를 수 있었다. 공항에는 수많은 기자들이 그를 기다리고 있었다. 하지만 그는 자신이 당했던 일을 말할 수 없었다. 한국에 있는 친척들을 생각해야 했기 때문이다.

"저는 또다시 독일에 돌아오게 된 것을 매우 기쁘게 생각하고 있습니다. 여기는 제가 인간으로서도 그리고 예술가로서도 제2의 고향으로 생각하고 있는 곳입니다. 저는 장래 이 땅에서 평화롭게 살며 일할 수 있기를 희망합니다. 독일 정부가 저의 석방을 기뻐하는 것과 같이 한국과 독일 연방 공화국의 우호 관계가 지속됨에 대해서도 기쁘게 생각합니다. 저를 위하여 힘써 주신 여러분들에게 감사의 인사를 드립니다."

이상은 이렇게 2년 동안에 걸친 고통에서 해방되었다. 다시 평화로운 삶으로 돌아오게 된 것이다. 20년보다도 길게 느껴지는 시간들이었다. 자신이 무엇보다도 사랑했던 조국이 자신에게 준 상처이기에 그의 고통은 더욱 심했다.

시간이 흐르면서 이상은 자신의 자리를 찾아갔다. 겉으로 보기엔 동베를린 사건의 악몽도 잊은 듯했다. 하지만 그의 고통이 얼마나 심했는지 아는 사람은 자신밖에 없으리라.

이상은 죽는 날까지도 동베를린 사건의 악몽을 잊지 못했다. 그가 세상을 뜬 후, 그의 아내는 서재에서 그 동안 본 적이 없었던 서류 뭉치들을 발견했다. 그것은 누렇게 색깔이 변해 버린 동베를린 사건 당시의 공소장과 공판 기록이었다. 그리고 어떻게 구했는지 모르겠지만, CIA가 보유하고 있던 「동베를린 사건 비밀 문건」이 함께 들어 있었다. 여기저기 붉은 줄들이 그어져 있는 것으로 꽤 꼼꼼하게 그 서류들을 훑어보았음을 알 수 있었다. 서류들을 보면서 이상은 그 악몽의 시간들을 되새겼을 것이다. 자신이 왜 그렇게 억울한 누명을 써야 했는지 알고자 했을 것이다. 세월은 모든 것을 잊게 만든다고 한다. 하지만 오랜 세월이 흐른 후에도 절대로 잊을 수 없는 것들이 있다. 잊어버리기엔 너무나 억울하고 아픈 일들이 있다. 이상에겐 「동베를린 사건」이 바로 그것이었다.

새 출발

　독일에 돌아온 이상은 곧 오페라 공연에 착수했다. 감옥에서 손을 호호 불어 가며 작곡한 「나비의 미망인」은 '창작적인 정신이 상처받은 육체를 극복한 하나의 증거'라는 극찬을 받았다. 한국에 있는 동안 이미 두 번의 공연이 행해졌기 때문에 이상이 참석한 공연은 세 번째 공연이라 할 수 있었다.

　누군가의 손에 의해 사라질지도 모른다고 생각하며 만들었던 작품이 무대에 오르자 이상의 가슴엔 감격이 밀려들었다. 빛나는 연출과 무대 장치, 한스 기르스터의 완벽한 지휘, 가수들의 열정어린 연기 등에 의해 이루어진 완벽한 무대가 눈앞에서 펼쳐지고 있었다. 꿈이 아닌 현실 속에서.

　오페라 공연이 끝난 후, 이상은 킬 시의 초청을 받게 되었다. 서울 대학 병원에 입원해 있을 때 쓴 클라리넷과 피아노를 위한 「율」이 연주될 예정이었다. 그런데 음악회가 끝나고 나서 이상이 정신을 잃는 사고가 발생한다. 그의 몸은 완전히 완쾌되지 못한 상태였던 것이다. 이상은 곧 가까운 병원으로 옮겨졌다. 다음 날이 되어서야 병원을 나올 수 있었는데, 병원 원장은 치료비를 거부했다.

"당신이 그 유명한 윤이상 씨입니까? 당신이 '킬' 시에 끼친 문화적 공로를 잘 알고 있으므로 난 당신의 치료비를 받을 수 없습니다. 그 돈은 한국에 보내 불행하고 병든 어린이들을 위한 사업에 쓰도록 해 주십시오. 나는 당신을 치료했다는 것만으로도 기쁨과 영광을 느낍니다."

이상은 그 의사가 돌려 준 치료비를 한국의 자선 단체에 기부했다.

몸을 어느 정도 추스린 후, 이상은 활발한 활동을 재개하기 시작했다. 우선 할 일은 킬 시의 오페라 극장과 계약이 되어 있는 오페라 「요정의 사랑」을 완성시키는 것이었다. 매주 베를린에서 하노버까지 비행기로 왕래하며 하노버 음악 대학에 출강하는 것도 이런 바쁜 일과 중에서 이루어졌다.

이상은 자신의 음악 활동 못지않게 젊은 학생들을 가르치는 일에 관심이 많았다. 그가 서울 대학 병원에 입원해 있는 동안 몇몇 젊은 작곡가들이 찾아와 작곡 지도를 받은 적이 있었다. 그들을 제대로 가르치면 한국 음악의 발전에 큰 도움이 될 것이다. 이상은 하노버 음대와 교섭하여 네 사람의 작곡가에게 장학금을 주선하고, DAAD 장학회에 부탁하여 왕복 여비를 얻어 냈다. 장학금이 나오는 2년 동안 이상은 한국에서 불러온

이상은 음악적으로 성공을 거듭하고 있었다. 그의 작품들은 어딜 가든 환영받았다. 그 때문에 킬 시에서는 1969년 킬 문화상을 윤이상에게 수여하기로 결정하고, 그를 위해 큰 파티를 열어 주었다. 모두들 윤이상의 성공을 진심으로 축하하며 기뻐했다. 하지만 이렇게 성공이 거듭되는 순간에도 윤이상의 얼굴엔 알 수 없는 그늘이 드리워져 있었다. 동베를린 사건을 겪은 후 그는 예전처럼 많이 웃지 않았다. 좋은 것을 봐도 심드렁할 때가 많았고, 때로는 견딜 수 없을 만큼 우울해했다. 정신적인 충격이 아직 가시지 않았던 것이다. 하지만 창작열만은 변함이 없었다.

제자들을 열심히 가르쳤다. 그들에게 더 많은 것을 알려 주기 위해 여러 음악회에 데리고 다니는 일까지 마다하지 않았다. 강석희, 백병동, 김정길 등 지금은 모두 서울 대학교 교수가 되어 있는 사람들이 이 때 윤이상으로부터 가르침을 받았던 제자들이다.

1970년에 완성한 오페라 「요정의 사랑」은 이듬해 킬의 축제 주간에 초연되었는데 청중들의 열광이 대단했다. 이 오페라에 한국적인 요소로 등장하는 것은 무당이다.

이상은 어린 시절 구경했던 무당굿의 강렬한 영상을 이 작품 속에 표현했다. 동양적인 면이 강한 내용이었음에도 불구하고 관객들은 동양과 서양의 완벽한 조화를 보여 준 그 작품에 환호했다.

공연이 끝나자 1500명의 관객이 20분 동안 박수를 보내며 극장을 떠나지 않았다.

세계 속에 한국을 심다

의뢰를 받은 작품들이 많아지자 이상은 시끄러운 도시를 떠나고 싶었다. 그래서 교외에 위치한 조그만 집을 구했다. 집에서 100미터 정도 앞에 베를린 전역을 도는 호수가 있어 산책하기 좋은 곳이었다. 넓은 정원, 늙은 나무들이 많이 서 있는 작은 집에 틀어박혀 이상은 작품을 써 내려갔다. 하지만 늘 마음 한구석이 불안했다. 다시 중앙 정보부에서 끌고 가 버리면 영원히 음악을 하지 못할 것이다. 또 그런 일을 당하게 되면 어떻게 하지?

불안을 견디다 못한 이상은 독일 국적을 신청하기로 했다. 독일 국민이 되어 있으면 중앙 정보부에서도 마음대로 끌고 가지는 못할 테니까. 자유로운 환경에서 음악을 하고 싶었던 것이다. 그는 곧 독일 연방 공화국의 외무부에 찾아가 국적 신청을 했다.

"우리는 당신 같은 예술가를 우리 국민으로 받아들이게 된 것을 영광으로 생각합니다."

그의 신청서를 받아든 외무부 관리는 몹시 반가워했다.

마침내 윤이상은 독일인이 되었다. 그렇다고 조국에 대한 사랑까지 버린 것은 아니다. 그 이후에도 전세계 곳곳에서 열리는 모든 음악회의 프로그램엔 반드시 '한국인 작곡가'라고 밝히는 것을 잊지 않았다. 단 한 번도 독일 작곡가라고 쓰지 않았다. 국적에 상관없이 그는 언제나 한국의 아들로 남아 있었다.

1972년 올림픽은 독일의 뮌헨에서 열렸다. 독일 정부는 그 준비를 위해 분주히 움직였다. 교통 편리를 위한 고속 도로와 지하철 공사, 올림픽 경기장의 건설, 선수촌 조성 등 모든 국력을 올림픽 준비에 쏟고 있었다.

물론 문화적인 행사 준비도 한창이었다. 올림픽 위원회는 뮌헨 올림픽의 서막을 여는 축전 오페라 공연의 제작자로 윤이상을 지목했다. 올림픽 위원회 위원장과 뮌헨 올림픽 문화 위원회, 뮌헨 국립 오페라 극장 총지배인 귄터 레너트 박사가 모여 결정한 일이었다. 이들은 뮌헨 올림픽을 동서 세계간의 문화 이해를 높이는 계기로 삼으려는 목적을 실현시킬 사람은 윤이상밖에 없다고 생각했다. 이 사실은 곧 신문에 발표되어 세상에 알려졌다.

윤이상은 몹시 기뻤다. 드디어 전세계의 눈이 쏠린 무대에 자신의 작품을 올릴 수 있는 기회가 온 것이다. 얼마나 기다렸던 시간인가! 우선 동아시아적인 소재를 찾아내야 했다. 이제까지는 중국을 소재로 해서 쓴 작품이 많았지만, 올림픽에서만은 다른 소재를 쓰고 싶었다. 조국을 세계에 알릴 만한 소재가 좋을 것이다. 꽤 오랫동안 고민한 끝에 이상이 채택한 것은 「심청전」이었다. 그래, 우리 나라의 미풍 양속을 알리는 데에는 「심청전」이 제일이야.

이상은 각본을 쓸 하랄드 쿤츠에게 「심청전」의 줄거리를 들려 주었다. 그리하여 한국의 고전 소설 「심청전」은 현대적이고 합리적인 내용으로 바뀌어 새로 태어나게 되었다. 이 작품이 완성되자 뮌헨 올림픽 위원회는 최고의 공연을 위한 지원을 아끼지 않았다.

한국에서 본 양주 별산대놀이에서 힌트를 얻은 레너트 박사는 합창단원에게 일제히 가면을 쓰게 했다. 여러 가지 장치와 그림을 이용하여 한국의 풍습이 드러나게 한 배경, 한국 박물관에 전시된 의상을 참조한 한복들, 각 분야의 최고들이 모여 세계 일류급의 무대를 마련했다.

공연이 있던 날, 올림픽을 위해 모인 전 세계인들은 뮌헨의 하늘 아래에서 동방의 작은 나라 한국을 볼 수 있었다. 낯설지 않은 새로움으로 단

장한 무대는 동서 문화의 완벽한 결합을 보여 주고 있었다. 음악이 가진 엄청난 힘은 동과 서를 그렇게 이어 주었다. 동양인도 서양인도 하나가 되어 「심청」에 박수를 보냈다. 쏟아지는 박수 소리와 '브라보' 하는 탄성이 공연장을 흔들고 있었다.

　공연이 끝난 후에도 관중들은 자리를 뜨지 않고 열광적인 태도로 작곡가 윤이상을 무대 위로 불러 냈다. 눈물과 감동으로 어우러진 무대를 선사한 위대한 작곡가에게 경의를 표하기 위해서였다. 이상은 이 공연으로

뮌헨 행사 문화 부분의 금메달을 수상했다.

「심청」이 성공을 거두자 한국에서도 그 오페라를 그대로 공연하고 싶어했다. 그러나 인원이 너무나 많고 그에 딸린 기구들이 방대하여 포기할 수밖에 없었다. 세계의 모든 사람들이 환호했던 오페라 「심청」은 중간에 여러 가지 사정이 겹치는 바람에 1999년 5월에야 한국 무대에 오를 수 있었다.

이상의 명성이 높아가자 한국에서 초청장이 날아들었다. 본에 있는 대사관에서는 안전을 보장할 테니 조금도 염려하지 말라 했다. 이제 다시 한국 땅을 밟는다면 그것은 한 인간으로서, 한 예술가로서 잃었던 명예를 회복하는 것이리라. 한국의 감옥에서 호된 고생을 하고 난 후 5년 만에 이루어진 일이었다. 다시는 못 갈 것 같았던 조국에 갈 수 있다니 얼마나 기쁜 일인가. 그토록 보고 싶었던 통영의 바다와 낯익은 고향 길들이 금방이라도 그를 향해 달려올 것만 같았다.

가고 싶을 때면 마음대로 고향에 갈 수 있다는 것이 얼마나 큰 축복인지 다른 사람들은 모르리라. 하지만 이상은 그것이 축복임을 너무 잘 알고 있었다. 가고 싶어도 갈 수 없는 상태로 5년을 버틴 외로움이 그에게 남긴 교훈이었던 것이다.

오페라에 대하여

오페라는 16세기에 고대 그리스 비극을 부흥시키려 한 이탈리아 피렌체의 예술가 그룹인 〈카메라타〉의 창작 활동에 의해 생겨났다. 초창기에는 음악을 이용한 극, 또는 음악을 위한 극이라고 했다가 후에 오페라라는 명칭이 정착되었다.

오페라의 음악은 독창 · 합창 · 관현악 등으로 구성되며, 등장 인물의 대사가 그대로 가사가 된다. 그러므로 오페라 공연은 연주를 포함하는 음악적 요소와 문학적 요소(대본 · 가사), 미술적 요소(장치 · 의상 · 조명), 무용적 요소, 연극적 요소(연출 · 연기) 등이 결합한 종합 예술의 형태로 이루어진다.

음악 표현의 구심점인 가창에는 독창자에 의한 독창과 중창에 군중의 역을 맡는 이들의 합창이 더해져 진행된다.

근대 오페라의 독창은 선율의 아름다움을 주로 한 각종 아리아와 말하듯이 노래하는 레시터티브로 나뉘는데, 아리아는 하나의 완결된 독창곡의 형식을 띠고 있다.

이러한 독창 · 중창 등에는 진행 순서대로 번호가 붙여져 있는 것이 많아 〈번호 오페라〉라고도 한다. 오페라에서 관현악은 반주, 등장 인물의 성격 · 행동 · 감정 · 심리 묘사 · 무대 분위기 조성 등의 중요한 역할을 한다. 첫머리의 서곡이나 전주곡, 혹은 간주곡 등도 관현악단 연주로 진행되는 경우가 많다.

오페라는 초기에 귀족들만이 향유하는 문화로 간주되었으나, 오페라 하우스가 세워지면서 서민들도 함께 누릴 수 있는 예술 장르로 발전했다. 오페라 하우스는 귀족이든 거지든 돈만 내면 들어갈 수 있는 친근한 공연장이었다. 이에 따라 오페라는 서민들의 취향과 요구가 반영된 대중 예술로 자라날 수 있었다. 우리 나라에서는 오페라는 일부 계층들이 즐기는 고급 문화로 인식되고 있으나, 유럽 사람들은 영화 한 편 보는 가벼운 기분으로 오페라를 즐긴다. 우리의 판소리가 서민과 양반이 함께 한 대중 예술이었듯, 서양의 오페라도 귀족과 서민들을 아우르면서 자리매김한 편안한 음악의 한 장르이다.

이상이 고향 땅을 밟을 수 있다는 기쁨에 취해 있을 때 예기치 않은 사건이 발생한다. 이름하여 '김대중 납치 사건'.

김대중은 야당의 대통령 후보로, 장기 집권을 꿈꾸는 박정희와 맞붙은 대통령 선거에서 참신한 이미지로 유권자들을 열광시킨 장본인이었다. 선거에 편법과 부정을 동원했음에도 불구하고 근소한 표 차이밖에 나지 않은 것에 위협을 느낀 박정희 정권에겐 김대중이 부담스러울 수밖에 없었다.

김대중은 박정희 정권의 한국의 자유와 민주주의를 회복하며 나라의 자주적 평화 통일에 앞장설 사람들을 해외에 있는 한국인에게서 찾았다. 그래서 재일 민주 세력들을 모아 '해외 동포 단결하여 국내 동포 구출하자'는 구호로 한국 민주 회복 통일 촉진 국민 회의(한민통)를 조직하려 했다.

하지만 그 계획을 눈치챈 박정희 정권은 한민통 결성일 이틀 전인 1973년 8월 8일 그를 납치했다. 궤짝에 넣어 바다에 빠뜨릴 계획이었다. 그러나 국제 사회의 비난 여론이 뜨거워지자 박정희 정권은 이 계획을 포기해야 했다. 이런 야만적인 정부의 행위가 알려지자 해외에 살고 있는 동포들은 새로운 정치 의식에 눈을 뜨게 되었다. 조국이 잘못된 길을 향해 나아가는 것을 그냥 지켜보고 있을 수만은 없다는 자각이 일어났다.

이상은 오페라 공연을 하기 위해 서울에 가기로 했던 계획을 취소해야 했다. 그의 신변을 염려한 친구들이 모두 말렸고, 그 자신에게도 조국에 가는 것보다 더 중요한 일이 있었기 때문이었다.

1974년 8월 15일 연주회를 위해 일본에 들렀던 이상은 도쿄에서 기자 회견을 갖고 그동안 입을 꾹 다물고 있었던 자신의 납치 사건 전말을 공개했다.

"나는 조국의 민주주의의 번영을 위하여, 모든 것을 이야기하지 않을 수 없었습니다. 예술가의 한 사람에 지나지 않으나, 제 납치 사건을 처리하는 과정을 지켜보면서 서독이 얼마나 강력한 민주주의에 바탕을 둔 정치를 시행하고 있는가를 알 수 있었습니다. 비록 외국인이라 할지라도 한 나라의 정부는 그의 인권을 끝까지 지켜 주어야 합니다. 그러기에 김대중 사건도 민주적으로 해결되어야 하며 김대중 씨 자신의 의사가 실현되어야 하는 것입니다."

이상의 이런 발표 속에는 자국 내에서 일어난 납치 사건을 모른 체하

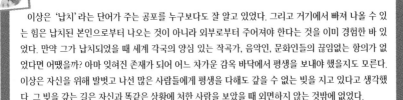

이상은 '납치'라는 단어가 주는 공포를 누구보다도 잘 알고 있었다. 그리고 거기에서 빠져 나올 수 있는 힘은 납치된 본인으로부터 나오는 것이 아니라 외부로부터 주어져야 한다는 것을 이미 경험한 바 있었다. 만약 그가 납치되었을 때 세계 각국의 양심 있는 작곡가, 음악인, 문화인들의 끊임없는 항의가 없었다면 어땠을까? 아마 잊혀진 존재가 되어 어느 차가운 감옥 바닥에서 평생을 보내야 했을지도 모른다. 이상은 자신을 위해 발벗고 나선 많은 사람들에게 평생을 다해도 갚을 수 없는 빚을 지고 있다고 생각했다. 그 빚을 갚는 길은 자신과 똑같은 상황에 처한 사람을 보았을 때 외면하지 않는 것밖에 없었다.

고 있는 일본 정부에 대한 비난이 들어 있었다. 도쿄에서의 발표 이후 윤
이상은 조국의 민주화 운동에 적극 참여하게 된다.

　한편 독일에서는 서울 대학 출신의 유학생들이 중심이 된 '민주 사회
건설 협의회(민건회)' 가 조직되었다. 1974년 3월 1일의 일이었다. 이 날
한국에서 온 유학생들은 플래카드를 들고, 독일 수도 본의 시청 앞에서
한국 정부의 민주화를 염원하는 시위를 벌였다. 이상은 1976년부터 이

단체의 의장 일을 맡았다. 긴박한 조국의 현실에 대해 의논하고, 국제 사회의 관심을 끌어 모으고, 간행물을 발간하여 다른 사람들에게 알리는 일 등이 모두 이상의 책임 아래서 이루어졌다.

군사 독재에 대한 비난 여론이 거세지자 박정희 정권은 일본의 메이지 유신을 본뜬 '유신 헌법'이라는 것을 만들었다. 그 과정에서 독재에 항거하던 수많은 사람들이 감옥에 갇혔다. 물론 사형을 당한 사람도 많았다.

점점 심해져 가는 독재 정권의 횡포를 더 이상 지켜볼 수 없다고 생각한 해외 거주 한국인 민주 운동 대표자들은 1977년 '한국 민족 민주 통일 해외 연합(한민련)'이란 단체를 창립하기 위해 일본에 모였다.

그런데 그 창립 과정을 눈치챈 박정희 정권의 방해가 시작되었다. 무쇠 곤봉을 든 폭력배들이 회의장을 아수라장으로 만들어 버렸던 것이다. 당시 경호를 맡고 있던 재일 한국 청년 동맹원들은 죽음을 각오하고 대항했다. 한편에서는 방어막을 쌓고 또 한편에서는 피투성이가 되어 막아야만 하는 급박한 상황에서도 그들은 연로한 어른들이 다치는 일이 없도록 주의를 기울였다. 사태는 50분 후에 도착한 일본 경찰의 지휘로 수습되었다. 병원에 실려가는 젊은이들이 행렬을 이루는 탄압이 있었지만, 민주 인사들은 뜻을 굽히지 않았다. 한민련은 이런 시련을 딛고 만들어진 단체였는데, 윤이상은 한민련의 유럽 본부 의장이었다.

조국의 민주화를 위해 바쁘게 움직이는 동안에도 윤이상의 창작은 끊임없이 이어졌다. 이 시기엔 주로 억압받는 이들의 고통을 주제로 한 작품이 많았는데 「사선에서」는 그 대표작이다. 1975년 작곡된 이 곡은 바리톤, 여성 합창, 오르간, 기타 악기들을 위한 교성곡으로 전편에 알브레히트 하우스호퍼의 시가 들어 있다. 이 시는 나치에 의해 사살될 때 시인이 가슴에 품고 있었던 원고 뭉치에 들어 있었던 것인데, 죽음과 삶의 문턱에서 신의 세계를 지향하는 인간의 숭고한 정신이 담겨 있다.

1977년 발표된 「현자」도 '독일 복음 교회의 날'을 위해 만들어진 교성곡이다. 이상은 이 작품에서 극단적으로 치닫는 산업화 사회의 인간들이 처한 방황을 치유하려는 노력을 보여 주었다. 교회에서 연주된 후 많은 사람들의 호응을 얻은 이 작품을 발터 뵈트허 목사만큼 사랑해 준 사람은 없었다. 그는 몇 번의 만남을 통해 윤이상의 예술과 삶에 감동을 받았다. 그래서 이 교성곡을 레코딩해 사람들에게 나누어 줄 때마다 윤이상에 대한 칭찬을 아끼지 않았다고 한다.

이상의 작품은 항상 자기만의 독특한 색깔을 지니고 있었다.

"나는 내가 서양 음악을 하는가 동양 음악을 하는가 하는 질문에 관심이 없습니다. 나는 그저 나 자신이기 때문에 써야 하는 음악을 쓸 뿐입니다."

"내 음악은 듣는 사람에 따라 동양적일 수도 있고 서양적일 수도 있습니다. 그것은 전적으로 듣는 이의 입장에 달린 것입니다. 나는 전형적인 동양인도 아니고 그렇다고 서양화된 사람도 아닙니다. 내게는 두 문화가 내재하고 있는 것입니다."

이상의 이런 음악관을 엿볼 수 있는 작품이 1978년에 작곡된 「무악」이다. 그의 모든 작품들과 마찬가지로 이 작품에서도 한국 음악의 향기가 배어난다. 그러나 전체가 한국 음악적 지식으로 이루어진 것은 아니다. 한국 음악에 대한 느낌이 번지도록 구성되어 있지만 그 뒤에 깔린 철학적 의미까지 파고들지는 않는다. 한쪽 문화만을 강조하자는 것은 그의 의도가 아니었다. 이상은 이것을 '다른 관현 악기(서양)들이 유리 상자 안에 놓여 있는 오보에(동양)를 살펴보는 것'이라고 표현했다. 이렇게 함으로써 서로 상반되는 두 문화는 자연스럽게 섞이고 화합하게 되었던 것이다.

통일을 위한 큰 걸음

이상은 조국이 통일된 모습이기를 원했다. 남이든 북이든 어느 한쪽이 나서서 통일 문제를 풀어 나가지 않으면, 분단이 고착화되어 버릴지도 모른다. 그런데도 한민련의 운동은 남북 문제에 대해서는 한 치의 발전도 없었다. 누군가가 나서서 북과 직접 대화를 나누어야 한다는 생각이 들었다. 물론 주변의 모든 사람들이 그를 말렸다. 괜히 친북 인사로 몰려 피해를 당할지도 모르지 않느냐, 마음이야 이해하지만 지금은 때가 아니라는 등 그를 말릴 만한 이유는 많았다.

그러나 이상은 가만히 팔짱을 끼고 앉아 통일이 될 날만을 기다리고 있을 수는 없었다. 우선은 만나서 통일에 대한 생각들을 나누어야 한다. 1979년의 북한 방문은 이런 생각에서 결정된 일이었다. 이상에게 북은 쳐부숴야 할 적이 아니었다. 체제가 다른 또 하나의 조국이었을 뿐이다.

하지만 남도 북도 똑같은 조국이라는 그의 생각은 현실에서는 받아들여지지 못했다. 북한에 간 그를 남에서는 북을 이롭게 한 사람으로 몰았다. 결국 통일을 위해 노력하면 할수록 이상이 남에 갈 수 있는 길은 좁아지고 있었던 셈이다.

북한의 당국자들은 이상을 친절하게 맞아 주었다. 무리하게 공산당원이 되라는 강요 같은 것은 전혀 없었다. 그들은 이상의 의견을 존중했으며, 북한의 체제 자체를 선전하지도 않았다.

북에 다녀온 후 얼마 되지 않아 이상은 놀라운 소식을 접하게 되었다. 1979년 10월 26일 18년의 장기 집권을 통해 한국의 민주주의를 뒷걸음질치게 했던 박정희 대통령이 사망했다는 것이다. 이제 조국엔 민주주의 정권이 들어서겠지. 이상은 그 동안 조국의 민주화를 위해 뛰어다니던 일을 생각하고 감격했다. 한국에 진정한 민주주의가 실현된다는 것만큼 그를 기쁘게 하는 일이 있을까?

그러나 이번에도 역사는 이상의 생각을 배신했다. 독일의 텔레비전이 보내 주는 방송엔 조국의 찬란한 모습 대신

군홧발에 짓밟히는 시민들의 모습이 담겨 있었다. 전두환을 비롯한 군인들이 쿠데타를 일으켜 정권을 잡으려는 것을 눈치챈 광주 시민들이 데모를 일으켰다고 했다. 그것을 진압하기 위해 파견된 군인들이 시민들에게 폭력을 휘두르고 있는 모습이 화면을 가득 메우고 있었다.

"어떻게 저럴 수가?"

이상은 텔레비전 화면에서 눈을 떼지 못했다.

광주는 전쟁터였다. 전쟁이 일어난 것도 아닌데, 적군이 쳐들어온 것도 아닌데 시민들은 달아나고 있었다. 적군이 아닌 자기 나라의 군인들을 피해서. 밤낮으로 조국에 돌아갈 날만을 손꼽아

기다리던 이상은 분노와 슬픔에 떨었다. 다시 군사 정권이 들어서게 되면, 조국의 민주화는 또 먼 나라의 이야기가 되겠지. 그리고 이젠 정말로 조국에 돌아갈 길은 막히게 되는 것이다. 폭력으로 정권을 잡은 이들이 그를 곱게 보아 줄 리가 없지 않은가.

마음에 쌓인 격한 감정을 추스리지 못해 분노에 떨고 있는 이상에게 서독 방송국에서 대관현악곡을 써 달라는 부탁을 해왔다. 그는 이 기회를 통해 한국에서 벌어지고 있는 비인도적인 행위들을 세상에 알리기로 결심했다. 교향시곡 「광주여 영원히」는 이렇게 만들어졌다. 이상은 눈물을 흘리면서 곡을 써내려 갔다. 그래서인지 이 곡은 듣는 사람으로 하여금 눈물과 분노, 투쟁의 분위기를 생생하게 느끼게 한다.

이상은 「광주여 영원히」를 쓸 때만은 자신의 작품 스타일을 과감히 버렸다. 전 세계인들이 납득할 수 있는 음악을 만들어야겠다고 생각했기 때문이다. 자신의 스타일까지 버리면서 그럴 필요가 있냐는 말 같은 것은 그의 귀에 들어오지 않았다. 중요한 것은 수단과 방법을 가리지 않고 광주의 참상을 전하는 것이었다.

목적 때문에 예술이 희생되는 것 아니냐는 염려와는 달리 「광주여 영원히」는 전문가들로부터 높은 평가를 받았다. 이 곡이 독일, 일본, 캐나다 등에서 연주되었을 때 세계인들은 너무나 잘 이해할 수 있었다. 작곡가가 조국의 가슴 아픈 현실에 대해 얼마나 슬퍼하고 있는지, 얼마나 깊은 분노를 갖고 있는지.

「광주여 영원히」는 1984년 국제 현대 음악제 독일 대표작으로 선출되기도 했다.

탄압받는 조국을 향한 사랑 –
윤이상의 「광주여 영원히」, 피카소의 「게르니카」

예술은 사람들의 마음을 움직이게 하는 힘을 갖는다. 무쇠처럼 강한 심장을 가진 사람도 슬픈 음악을 들으면 마음이 흔들리고, 일밖에 모르는 사업가도 전원의 풍경을 담은 그림 앞에서는 가슴이 탁 트이는 듯한 느낌을 갖게 마련이다. 이것이 바로 예술이 지닌 힘이다.

이 예술의 힘을 빌려 조국에서 벌어지고 있는 비인도적인 참상을 전한 이들이 있으니, 윤이상과 피카소가 그들이다— 전달하려는 작가의 의도가 너무 강해 예술성을 상실할지도 모른다는 우려를 딛고 전 세계인들을 일깨우는 작품을 남긴 사람들.

윤이상은 「광주여 영원히」에 1980년 5월 18일 한국에서 벌어진 '광주 민주화 운동'의 참상을 담았다. 이 작품엔 당시 군부가 민간인에게 저지른 만행을 세계인들에게 알리고자 하는 작곡가의 열정과 예술혼이 그대로 드러나 있다.

이 곡은 세 부분으로 짜여 있는데, 1부는 항쟁과 학살에 대한 음악적 보고로 채워진다. 가라앉는 듯 느려지는 2부는 학살 후의 고요함, 슬픔 등을 표현한 진혼의 장이다. 그에 반하여 3부는 재행진이라는 제목 아래 앞으로 뻗어나가는 민중의 힘을 암시하고 있다. 팡파르와 함께 새 세상을 열어 가겠다는 의지를 보여 주는 것이다.

이 작품은 '구체적인 정치 상황을 순수한 음악적 수법으로 묘사한 윤이상 씨 최초의 시도'라는 평가답게, 역사의 그늘 속에 묻혀 버릴 수도 있었던 광주 민주화 운동의 진실을 예술적 감동으로 세계인에게 전달하는 임무를 완수했다.

피카소의 「게르니카」는 에스파냐 내전 중에 벌어진 독일군의 비인도적인 행위를 알리기 위해 그려진 그림이다.

에스파냐 내전은 1936년 7월부터 1939년 3월에 걸쳐 벌어진, 인민 전선 정부와 프랑코를 중심으로 한 군부 세력이 맞붙은 전쟁이다. 이 전쟁엔 자국의 이익에 따라 다른 나라들이 합류하기도 했는데 독일은 프랑코를 지지했다. 그 결과는 곧 바스크 지방의 자치와 통일을 상징하는 도시 게르니카—이 도시가 인민 전선 정부를 지지하고 있다는 이유로—를 폭격하는 것으로 이어진다. 1937년 4월 26일에 벌어진 일이었다. 이로 인해 민간인 1600명이 사망하고 900명이 부상을 입게 된다. 이후 바스크 지방을 제압한 프랑코군은 바스크의 자치를 빼앗고 바스크어를 금지시켰다.

당시 파리에 거주하고 있던 에스파냐 출신의 화가 피카소는 조국의 참상에 분개했다. 그래서 자신의 가슴 속에 끓어오르는 분노를 그림에 담으려 했다.

이 화가는 에스파냐인의 마음 깊은 곳에 존재한 투우의 상징성을 빌려, 입체파—그는 입체파의 대표적 화가였다—의 파괴적인 구조와 검정색 · 흰색 · 회색 등의 비극적인 색조로 게르니카의 비극을 전했다. 세계인들은 이 비극적 그림이 가진 힘에 감동을 받아 프랑코와 독일의 폭력성을 규탄했다. 「게르니카」가 만국 박람회 에스파냐관에 걸리게 됨으로써 프랑코는 국제 사회의 비난을 모면할 길이 없게 되었다.

현재 「게르니카」는 에스파냐의 수도 마드리드의 소피아 미술관에 전시되어 있다. 프랑코가 죽은 후에 조국으로 보내라는 것이 피카소의 유언이었기 때문에, 1981년 10월에야 63점의 데생 및 관련작과 함께 에스파냐에 돌아왔다고 한다.

윤이상이 해외에서 조국의 민주화를 위해 힘쓴 만큼 고향에 돌아갈 수 있는 날은 멀어져 갔다. 조국은 군부 쿠데타로 정권을 잡은 전두환이 대통령이 된 상황이었으니, 그에게 입국이 허락될 리 없었다. 그렇더라도 통일에 대한 노력만은 그만둘 수 없다고 생각한 이상은 1982년 다시 북한을 방문했다. 남에 갈 수 없다면, 북에라도 찾아가서 통일의 물꼬를 트겠다는 것이 그의 생각이었다.

윤이상의 명성이 높아진 상황이었기 때문에 북한에서의 환영도 대단했다. 주석인 김일성을 만날 기회도 얻었다. 남달리 음악에 관심이 많았던 김일성은 윤이상을 '민족의 재간둥이'라고 부르며 좋아했다. 음악의 본고장인 유럽에서 한국인의 기상을 떨치고 있다는 것을 알고 그에 대한 칭찬을 아끼지 않았다.

이상에겐 남도 북도 자신의 조국이었다. 북에 갈 때 부모를 따라나섰던 아들 우경이 북한의 무용수를 만나 결혼을 했는데, 적어도 윤이상의 가족 안에서는 남북 통일이 이루어진 셈이라 하겠다.

남과 북을 특별히 구분하지 않았기 때문에 이상에겐 둘 다 중요했다.

그래서 남한의 음악도 북한의 음악도 발전하도록 돕고 싶었다. 남한은 그에게 기회를 줄 기미가 없으니, 우선 북한의 음악 수준이라도 높여 보자. 이상은 북한의 국립 교향악단이 국제적인 연주 단체로 발전할 수 있도록 지원을 아끼지 않았다. 평양의 국립 교향악단이 폴란드에서 열린 가을 현대 음악 축전에 참가할 수 있었던 것도 모두 윤이상이 힘쓴 결과였다.

북한에서는 이런 윤이상의 공로를 높이 평가하여 해마다 가을이면 윤이상 음악제를 열었다. 이상은 그 행사가 열릴 때마다 자신의 음악 친구들을 데리고 갔다. 북한에 있는 예술가들에게 높은 수준의 음악을 접할 기회를 주기 위해서였다.

"윤이상 선생은 우리 민족이 낳은 세계 정상의 예술가입니다. 민족의 예술성을 세계에 널리 알리는 이런 분을 우리는 아껴야 합니다."

김일성 주석의 지시에 따라 평양에 윤이상 음악 연구소가 설립되기도 했다. 연구소는 평양의 중심가에 위치한 15층의 현대 건물이었다. 북한의 어려운 경제 사정을 잘 아는 이상은 연구소 안에 필요한 음향 기기, 레코드, 기타 음악 자료 등을 개인적인 경비로 마련해 줬다. 어디에서든 음악이 발전한다는 것은 그에겐 더없이 좋은 일이었다.

이 시기엔 남에서도 윤이상의 음악에 대한 관심이 고조되고 있었다. 1982년 한국 정부는 문화 개방 정책을 내세우며 〈제7회 대한 민국 음악제〉를 개최했다. 이 행사는 해외에서 활동하고 있는 음악인들을 초청한 행사였다. 물론 이상은 그 자리에 갈 수 없었다. 그가 북과 가까워지면 가까워질수록 남은 뒷걸음질쳐서 그와의 거리를 넓히고 있었기 때문이다. 하지만 그의 작품만은 남쪽의 무대에 오를 수 있었다.

1982년 9월 24일과 25일은 '윤이상 작곡의 밤'이라는 이름의 음악회가 성대하게 개최되었다. 여기에서 연주된 곡은 모두 한국의 관객들이 처음 듣는 곡이었다. 「예악」, 「무악」, 「견우와 직녀 이야기」가 4천 석의 객석을 꽉 채운 채 세종 문화 회관 대강당의 무대에 올려졌다. 이 음악회로 인해 남쪽 사람들은 윤이상이 세계적인 작곡가라는 것을 확인할 수 있었다.

당시의 신문은 윤이상에 대해 이렇게 평가했다.

"그의 음악은 이제 인간 가족의 소중한 유산이 되려 하고 있다. 세계는 그의 음악을 통해서 '한국의 마음'을 들으려 하고 있다."

자신의 작품은 조국으로 건너가서 사람들의 귀를 울리고 있건만 정작 그것을 만든 자신은 조국 땅을 밟지 못한다는 현실이 이상을 괴롭혔다. 그는 고향에 가고 싶었다. 그 곳엔 그가 그리워하는 것들이 너무 많았다.

하지만 북한에 자주 드나든다는 이유로 윤이상의 귀국길은 더 멀어지고 있었다. 그는 어느 한쪽에서는 위대한 음악가가 되고, 다른 한쪽에서는 친북 인사라는 이유로 감시해야 할 인물이 되어 있었다. 이런 현실이 못 견디게 싫었지만, 자신의 힘으로 해결할 수 있는 문제가 아니었다. 분단의 비극이 가져온 결과이니 참을 수밖에 다른 방법이 없었다.

이상은 북을 자주 오가며 그 곳의 음악 발전을 도왔다. 북한이라서 도운 것이 아니라, 조국이라고 생각했기 때문에 힘껏 도왔던 것이다. 아마 기회만 주어졌다면 남한의 음악 발전을 위해서도 발벗고 나섰을 것이다.

이상이 북을 자주 오가던 1980년대는 대학에서 학생들 가르치랴, 자신의 음악을 완성시키랴 몹시 바쁘게 움직이던 시기이기도 했다. 이 바쁜 와중에도 이상은 자신이 세웠던 계획을 하나하나 실현시켜 나갔다. 그가 실현시킨 가장 큰 계획은 교향곡을 작곡하는 것이었다. 이상은 1983년부터 1987년에 이르는 기간 동안 모두 5개의 교향곡을 완성했다. 1년에 하나씩 만든 셈이다. 그는 교향곡 속에 자신의 음악적 · 철학적 · 사상적인 내용 모두를 담으려 했다.

교향곡 제1번은 베를린 필의 100주년 기념 잔치에 연주곡으로 선정되었는데, 이 소문이 한국에 전해지자 방송국에서 중계를 하려 했다. 그 때 필하모니의 책임 지휘자인 카라얀은 윤이상의 교향곡을 지휘하지도 않으면서 자신이 연주한 비디오카세트를 5만 달러에 사가고, 필하모니를 위해서 6만 달러를 내라는 무리한 요구를 했다. 이 소식을 전해 들은 이상은 펄쩍 뛰었다.

"이 다음에 우리 나라에서 연주할 날이 올 텐데, 굳이 그렇게 막대한 돈을 들일 필요가 있겠소?"

그의 만류로 교섭은 중단되었다. 비록 자신에게 발 디딜 틈조차 허락하지 않는 조국이라 할지라도, 손해 보는 일을 하게 해서는 안 된다는 생각에서였다. 이렇게 작은 것 하나하나에 마음을 기울일 만큼 이상은 조국을 사랑했다.

음악적 활동을 끊임없이 전개한 노력 때문이었을까? 1988년 5월 21일 독일의 바이츠제커 대통령이 대공로 훈장을 수여했다. 이상의 음악을 사랑하고 그의 사람됨을 존중했던 바이츠제커 대통령은 연회석에서도 자신의 옆에 자리를 정하게 하여 각별한 관심을 표시했다. 수상 소식을 접한 한민련 의장 배동호는 우리들뿐만 아니고 본국에서 삼엄한 상황 아래 있는 사람들에게도 힘이 될 것이라며 기뻐했다.

3·8선에서 민족 합동 음악제를

이상은 늘 통일에 대해 생각하고 있었다. 오랜 세월 동안 갈라져서 생활했기 때문에 너무나 달라진 남과 북. 이상은 이 둘을 이어 주는 역할을 음악이 담당해야 한다고 생각했다.

"여보, 3·8선에서 남북 음악제를 열면 얼마나 좋을까?"

"거기서 어떻게 음악회를?"

아내는 깜짝 놀랐다.

"3·8선은 우리 민족의 한이 맺혀 있는 곳이야. 그러니 그 곳에서 여는 것이 남도 북도 서로 조화를 이루어야 한다는 메시지를 전달하기에 가장 좋아."

"뜻은 좋지만, 남과 북 모두가 찬성할지……."

이상은 아내의 염려에도 아랑곳않고 1988년 7월 1일 남북 양 정부에 공식적으로 민족 합동 음악 축전을 제안했다. 의외로 남북 양쪽 모두에서 긍정적인 반응을 보였다. 남한의 경우 예총에서 동의했다는 연락이 왔다.

이상은 한국 정부에서 적극적으로 음악제를 열 생각이 있다면 일을 더 자세히 의논하기 위해 한국을 방문할 뜻이 있다고 밝혔다. 그러나 시간은 자꾸 가는데 한국 정부에서는 연락이 없었다.

음악제는 중앙 일보, 동아 일보의 사업으로서 신문사에서 비용을 부담하기로 했다. 그런데 이 두 신문사에 정보 기관의 지시가 내려온다. 이상이 국내에 들어온 후 학생들이 들고 일어나면 치안을 책임질 수 있느냐는 내용이었다. 결국 정부는 그가 한국에 들어온다는 사실이 부담스러워 간접적으로 압력을 가하고 있었던 것이다. 이상은 몹시 실망했다. 통일을 위해 내디딘 첫걸음을 이렇게 쉽게 포기해야 하다니.

그런데 조국에서는 이상의 마음을 심란하게 만드는 연락들이 이어졌다.

"윤 형, 윤 형이 한국 와서 광주를 방문하면 그 곳에서 윤 형을 이용하여 데모할 움직임이 보이니 광주에는 가지 마십시오."

예총 회장의 충고였다.

"광주에서 나를 이용하려 한다고 망월동―광주 민주화 운동에서 희생당한 사람들이 묻힌 곳―에 참배 가는 것을 그만둘 수는 없소. 그들이나를 이용할 거라고 했는데, 만약 그들의 뜻이 훌륭하기만 하다면 난 얼마든지 이용당해도 좋소."

이런 이상의 대답은 음악회를 무산시키는 직접적인 계기가 되었다. 3·8선 위에서 음악회를 할 수 없다면, 평양이나 서울을 오가며 음악회를 여는 것은 어떨까? 이상은 여전히 우리 민족이 한데 모여 통일 음악회를 가져야 한다는 생각을 버리지 않았다. 그는 다시 일을 추진하기 시작했다. 희망에 부풀어 여기저기 뛰어다니며 통일 음악회에 대한 지지를 이끌어 냈다. 그러는 사이에 자신의 몸이 조금씩 쇠약해지고 있다는 사실도 잊은 채.

통일 음악회를 추진하던 1990년 이상은 신작 「윤곽」 초연에 참석한 뒤, 영국에서 열린 현대 음악제에서 돌아오는 길에 심한 감기에 걸렸다. 하지만 몸 상태가 좋지 않아도 휴식을 취할 만한 여유가 없었다. 여기저기서 열리는 음악회 일정이 그를 가로막고 있었기 때문이다. 아내는 좀 쉬어야 한다고 만류했지만, 책임감이 강한 이상은 가만히 집에 앉아 있지를 못했다. 이런 무리한 일정들이 결국 그를 병원에 입원하게 만들었다.

"여보, 이제 난 아무것도 못하겠소. 숨쉬기가 이렇게 힘이 드는데 뭣을 하겠소."

이상은 몹시 힘들어 했다.

"여보! 정신차려요. 당신 일어서야 해요. 한국 통일원에서 북에 갈 음악인들에게 정식으로 허락을 내렸대요."

"그게 정말이오?"

이상은 갑자기 기운이 솟은 것처럼 벌떡 일어났다. 어떤 상황에서도 통일을 위한 일은 그를 일으켜 세울 수 있는 힘이 되었던 것일까?

북에서는 남북 통일 음악제에 앞서서 윤이상 음악제가 준비되고 있는 중이었다. 이상은 이 날짜에 맞추어 평양으로 떠났다. 비행장에는 벌써 의사가 나와 있었다. 이상은 호흡 곤란으로 산소 호흡기를 끼고 지내면서도 자신을 필요로 하는 행사엔 꼭 참석하는 열의를 보였다.

마침내 1990년 10월 18일, 7천만 겨레의 기대와 관심 속에서 범민족 통일 대음악회가 시작되었다. 병석에 누워 있었던 이상은 가까스로 기운을 차려 개막 연설을 마쳤다. 그런데 이 때 너무 무리를 한 탓인지 목이 잠겨 목소리가 제대로 나오지 않았다. 앞으로도 많은 말을 해야 할 형편에 놓여 있는 그에게는 참으로 난감한 일이었다. 의사는 이상의 목을 틔

게 하기 위하여 약을 바르고 치료하기에 바빴다.

　뜨거운 열기와 염원 속에 통일 음악회가 폐막되자 거리 행진이 있었다. 참가자 전원이 머리와 가슴에 '조국 통일' '민족은 하나다' 라고 쓴 띠를 두르고 거리를 행진했다. 평양 거리에는 전 시민이 다 쏟아져 나와 손에 든 꽃다발을 흔들고 있었다. 이상은 앞장서서 대열을 이끌었다. 그를 치료하던 의사가 몸이 좋지 않으니 쉬어야 한다고 소리를 질렀으나

듣지 않았다. 통일의 열기 속에서 이상은 자신의 몸을 잊고 있었던 것이다. 그냥 두어서는 안 되겠다고 생각했던 의사는 사람들을 밀치고 들어가 이상을 강제로 데리고 나왔다.

그의 건강은 정말 좋지 않은 상태였다. 행진을 하다가 돌아오니 자리에서 일어날 수가 없었다. 그래도 기분만은 최고였다. 그토록 원하던 일, 남과 북의 음악을 한자리에 모을 수 있었다는 것만으로도 가슴이 터질 듯 기뻤다.

범민족 통일 음악회가 끝난 후에도 이상은 평양에 머물러 있었다. 건강이 좋지 않아 베를린에 돌아갈 수가 없었던 것이다. 그 때 베를린에서 조국 통일 범민족 연합(범민련)이 조직되어 그를 의장에 추대할 것이라는 소식이 들려온다.

"나는 건강이 나빠 그 일을 맡을 수 없으니 다른 사람을 찾아보는 게 좋겠습니다."

이상은 그 소식을 전하러 온 황석영에게 거절의 뜻을 내비쳤다. 그러나 그의 뜻은 받아들여지지 않았다. 남, 북, 북미주, 유럽, 일본, 오스트레일리아 등 각지에서 온 26명의 대표가 만장일치로 그를 선출해 버렸기 때문이다. 모두들 윤이상만한 적임자가 없다고 생각했다. 일이 여기에 이르자 더 이상 거절할 수가 없었다.

이상은 아내에게 한숨 섞인 웃음을 보냈다. 그리고 다시 힘을 내어 일

나는 경마장에서 달리다 병들고 늙게 된 말이오. 사람들은 그런 나를 끌어내 경마장에 다시 내세우려 하는구려. 몸을 닦고 기름을 바른 후 눈에 빛이 나고 힘이 솟으면 민족을 등에 업고 일선에서 달리라고 하는 사람들이 너무 많소. 늙고 병든 노병은 갑옷도, 투구도, 차고 있는 칼도 모두 녹이 슬었는데 저들은 나를 다시 전선에 내세우기 위해 갑옷, 투구를 손질하고 칼을 닦아 빛을 내겠다 하오.

어섰다. 민족을 위한 일이라면 무엇을 못하랴. 몸이 가루가 되는 한이 있더라도 힘차게 뛰어가리라.

이상은 남북 화해를 위한 여러 가지 방안을 마련하려 했다. 이산 가족의 소식을 전하고 편지로나마 만나게 할 기회와 장소를 만들자, 통일 연구소를 차려 전문가들이 연구하게 하여 그 연구 결과가 훗날 통일에 이바지할 수 있도록 하자 등등.

그러나 이러한 의견은 실행에 옮겨지지 못한 채 시간만 흐르고 있었다.

마지막 열정

　이상의 건강은 1990년 이후 몹시 악화되었다. 1990년에는 8개월 사이에 세 번이나 입원해야 할 정도로 건강이 좋지 못했다. 이런 가운데에서도 그는 강인한 정신력으로 작품을 써나갔다. 미의회 도서관이 음악 재단상으로 위촉한 오보에 협주곡은 이 시기에 씌여진 작품이다.

　1991년에는 스위스의 취리히에서 열린 국제 현대 음악 협회 총회에서 명예 회원으로 추대되기도 했다. 이 단체의 명예 회원은 전세계적으로 8명에 불과했는데, 동양인은 윤이상 한 명뿐이었다. 이 소식은 병석에 누워 있는 이상에겐 더없이 좋은 소식이었다.

　이상은 불 같은 정신력을 지니고 있었다. 병원에 입원해 있는 동안에도 부탁받은 작품을 완성하려는 의지만은 여전했다. 스위스 바젤의 실내악 연주 협회에서 현악 4중주곡을 부탁했을 때의 일이다. 이상은 갑자기 몸이 급격히 나빠져 입원을 해야만 했다. 주최측 책임자는 걱정이 되어 어쩔 줄 몰랐다. 예정일까지 작품을 써내지 못하면 연주회가 엉망이 될 테니 큰일이었다. 그는 수시로 병문안을 왔으며 이상의 건강 상태를 살피고 갔다.

"걱정하지 마시라니까요. 약속은 꼭 지킵니다."

병문안을 와서 불안해하는 위촉자에게 이상은 자신만만한 모습으로 웃어 보였다.

병원에서는 6주가 지난 후 퇴원을 허락했다. 이상은 프로이덴베르크 교수 집에서 요양하기로 했다. 그 곳은 해발 1천 미터 높이에 있어서 공기가 좋았다. 눈에 덮인 그 곳에서 현악 4중주곡이 완성되었다.

"정말 끝내셨군요. 이런 대곡을 2주일 동안에 완성할 수 있었다니 정말 대단합니다."

완성된 곡을 받아 쥔 위촉자는 무척 놀라워했다.

윤이상의 몸이 점점 약해져 갈수록 그를 기리려는 세상의 관심은 더욱 높아져 갔다. 마치 마지막 불꽃이 가장 아름답다는 말을 증명하는 것 같았다. 윤이상은 이제 현존하는 세계 5대 작곡가 중의 한 명이 되었다. 어둡고 험한 길을 마다하지 않고 꾸준히 노력한 결과였다.

안타까운 일은 청중들의 열기는 점점 뜨거워지고 있는데, 윤이상의 몸이 점점 식어간다는 것이었다. 그의 몸은 이제 열 발자국도 떼기 힘들 정도로 쇠약해져 있었다. 그럼에도 불구하고 그를 원하는 곳은 자꾸만 늘어가고 있었다. 이제 최고의 자리에 오른 이상이 이루지 못한 소원은 한 가지밖에 없었다. 다른 사람들에게는 소원 축에도 들지 못할 윤이상의

1992년, 윤이상이 75세 생일을 맞던 해에는 세계 여러 곳에서 대대적인 행사가 이루어졌다. 네덜란드 암스테르담 페스티벌 콘체르토게바우에서는 바이올린 협주곡 3번이 베라 베스의 독주로 초연되었다. 연주가 끝나자 인사를 하기 위해 무대에 오른 윤이상을 관객들은 아낌없는 환호와 기립 박수로 환영했다. 스위스, 일본, 평양, 함부르크, 데크몰트, 하노버, 자르브뤼켄 킬, 만하임 등에서도 윤이상과 관련된 페스티벌, 음악회, 강연회 등이 끊임없이 이어졌다.

희망, 그것은 고향 통영의 바닷가에 서 보는 것이었다.

때마침 1992년 한국에서 윤이상 음악제를 계획하고 있다는 연락이 왔다. 군사 정권하에서 탄압을 이기고 탄생한 문민 정부가 들어섰기 때문에 이상도 고향에 돌아갈 수 있으리라는 희망을 갖게 되었다. 이번 기회에 36년 동안 돌보지 못했던 조상들의 묘를 찾아봐야 했다. 10년이면 강산도 변한다는데, 묘자리를 찾을 수 있을런지…….

이 때 한국엔 통일의 열기가 고조되고 있었다. 남북 최고 정상의 회합이 있을 거라는 말에 사람들은 큰 기대를 걸었다. 이상도 쇠약해져 가는 몸으로 조국에서 전해져 오는 통일의 열기를 호흡했다. 그 열기 속에서 조국에 돌아갈 수 있다니 얼마나 기쁜 일인가.

그런데 갑자기 뜻하지 않았던 문제가 생겼다. 정상 회합을 며칠 앞두고 북한의 김일성 주석이 사망한 것이다. 이로 인해 한껏 부풀어올랐던 통일의 열기는 언제 그랬냐는 듯 싸늘하게 식어 갔다. 물론 이것이 이상의 귀국 문제에 직접적인 영향을 준 것은 아니었지만.

윤이상 음악제의 관계자들은 그의 귀국 문제에 대해 적극적이었다.

"이제 모든 준비가 끝났습니다. 선생님께서 고향 방문과 음악제에 참석하실 의사를 적은 편지만 한 장 내시면 됩니다."

"내가 그런 문제에 대해서까지 대통령께 편지를 드려야 하오?"

이상은 의아해했다. 그래도 명예 회복을 위해 필요하다니 부탁을 들

후손된 도리를 못하고 있다는 생각은 늘 이상을 괴롭혔다. 그는 어쩔 수 없이 한국인이었고, 어린 시절부터 조상에게 정성을 다해야 한다는 말을 듣고 자라온 세대였다. 조상의 묘가 남의 밭이 되었거나, 허물어져 뼈가 드러나 있으면 어떡하나. 이상은 밤새 잠을 이루지 못하고 고향에 돌아갈 날만을 기다렸다.

어줄 수밖에 없었다. 그런데 편지를 보낸 대통령에게서는 소식이 없었다. 대신 '과거에 국민들에게 심려를 끼쳐 죄송하다는 사과를 하고, 앞으로는 예술에만 전념하겠다는 뜻을 밝혀 달라'는 통일원 장관의 팩스가 날아들었다.

이상은 불쾌했다. 자신은 늘 한국의 민주화와 통일을 위해 뛰어다녔는데, 무엇을 사과하라는 것인가. 민주 정부가 들어섰으니 간첩죄를 뒤집어써야 했던 자신의 명예가 회복될 줄 알았는데 사과라니! 도저히 받아들일 수가 없었다. 그렇지 않아도 명예 회복이 되기 전에는 다시는 고향 땅을 밟지 않겠다고 결심한 터였다.

베를린 영사관에서는 다시 교섭을 해 왔지만 한국 정부의 태도는 별로 변한 게 없었다. 공항에 돌아올 때 아무 말 안 해도 좋으니 다만 기자 회견에서 '나는 음악제와 고향 방문만 하고 돌아가겠다'고 해 달라는 것. 여전히 명예 회복에 대한 언급은 없었다.

"그렇게까지 하면서 고국에 돌아갈 생각은 없습니다."

그런데 그를 더 가슴 아프게 하는 일이 생겼다. 이상이 한국에 간다는 소식을 들은 두 쌍의 부부가 찾아온 것이다. 독일에서 통일 운동을 한다는 젊은이들이었다. 집안에 들어선 그들은 표정부터가 좋지 않았다.

"선생님은 한국에 못 갑니다. 만약 독일을 떠나신다면, 공항에서 두 명이 분신 자살할 겁니다. 우리는 선생님의 명예를 짓밟기 위해 모든 방법을 동원할 생각입니다."

이상은 자유를 사랑하는 예술가였다. 고향 땅이 눈물나게 그리웠지만, 자신의 자유를 저당잡히는 일만은 할 수 없었다. 결국 금방이라도 손에 잡힐 듯했던 고향 땅은 또 그렇게 멀어져 갔다. 꿈에 부풀어 있던 이상은 몹시 상심했다.

늙고 지친 내가 고향 땅을 밟겠다는 게 그토록 큰 죄인가. 이상은 충격을 받았다. 그들은 이상을 협박하고 있었다. 한국에 가는 것은 배신 행위니 죽음을 각오하고서 막겠다는 것이었다. 통일은 남이든 북이든 다 알아야 하는 건데도, 그들은 그것을 인정하려 하지 않았다. 원래 심장이 좋지 않았던 이상은 충격을 받아 심장 발작을 일으켰다. 자신의 마음을 누구보다 잘 알고 있으리라 생각했던 젊은이들이 그를 몰아세우는 것을 참을 수 없었던 것이다.

다시 몇 달의 병원 생활을 해야 했다. 그 와중에서도 이상의 영혼을 붙잡고 있었던 것은 역시 음악이었다. 그는 눈을 감는 순간까지도 작곡에 대한 열정의 끈을 놓지 않았다.

몸이 조금 회복되자 「화염 속의 천사」와 「에필로그」를 발표했다. 이 곡들은 조국의 민주화를 위해 몸을 불사른 한국의 젊은 학생들을 위한 곡이었다.

"특히 내가 하고 싶은 말은 이 곡이 어떤 종교성도 정치성도 없다는 것입니다. 자유와 평화를 구하며 그것을 위하여 자신의 몸을 태우는 것으로써 젊은 생명을 바친 한국 학생들의 의사와 행동이 이 교향시의 테마가 되어 있습니다. 그런 것으로써 무엇인가 정치적인 주장을 행하려는 것은 아닙니다. 더욱 넓게 아시아에서의 평화의 원을, 마음의 자유를 높이 받드는 사람들 전부를 위해서 쓴 나의 예술 작품입니다."

그의 가슴엔 마지막 순간까지도 조국이 살아 있었던 것이다. 자신을 버렸을 뿐만 아니라 자유로운 마음으로 고향에 돌아가는 일조차도 허락하지 않았던 그 조국이.

1995년 독일 바이마르에서는 윤이상에게 괴테상을 수여했는데, 그는 이미 움직일 수가 없는 상태였기 때문에 시상식엔 딸이 대리로 참석해야 했다. 독일 자르브뤼켄 방송국에서도 20세기를 이끈 음악인 20명을 뽑아 2000년까지 그들의 음악을 집중적으로 연주하겠다고 발표했다. 동양인으로서는 유일하게 윤이상이 포함되었다는 반가운 소식이 전해졌다.

온 세계가 윤이상의 업적에 대해 이야기하고 있었다. 그러나 역설적이게도 그가 가장 사랑했던 조국, 한국만이 그를 외면했다. 그래서 이상의 가슴 한 구석엔 늘 채워지지 않는 빈 공간이 남아 있었다.

통일된 조국에서 태어나라

쓰러졌다가 다시 일어나는 것을 반복하던 윤이상의 건강이 회복할 수 없는 지경에 이른 때는 1995년이었다. 또 다시 입원과 퇴원을 반복하는 생활이 계속되었다. 아내는 점점 약해져 가는 남편의 모습을 보면서 그와의 작별을 준비했다.

"여보, 내 생각에는 스님은 전생에 스님을 했을 게고 음악하는 어린 아이들이 천재적인 기량으로 어른같이 연주하는 걸 보면 아마 전생에서 음악가였던 것 같아요. 그러지 않고서는 도저히 이해 못할 일이잖아요. 그것 생각하면 당신의 창작적인 재능을 생각해서 다시 태어날 때는 꼭 작곡가로 태어나요."

"그래? 그럼 당신은 어떻게 할래?"

"그렇게 되면 나는 다시 당신의 아내가 돼야지."

"당신이 그렇게 생각한다면 그렇게 하지. 그러나 후생도 이생에서와 같이 또 이렇게 되풀이되면 어떻게 하지?"

이상은 고통스럽게 경험했던 분단 조국의 현실을 떠올렸다. 그런 삶을 다시 살아낼 수 있을까?

"그 때는 우리 나라가 통일이 될 것이고, 남북이 갈라져서 당신이 그 사이에 끼여 고생할 것도 없을 테니 우리 고생 적게 할 거야."

"그럼 그렇게 하지."

그는 죽음의 순간에도 분단의 슬픔을 멍에처럼 지고 있었던 것일까? 통일이 되어 있을 거라는 아내의 말을 듣고서야 마음을 놓는 눈치였다. 어쩌면 또 다시 분단 국가에 태어난다는 것은 생각하기조차 싫은 일이었을지도 모른다.

"내가 죽거든 장례식에는 아무도 부르지 말고 가장 절친한 친구 몇 사람만, 그리고 한 마디의 연설도 필요 없소. 스님이 오실 수 있으면 불교식으로 해요."

아내는 가슴이 미어졌다. 고향인 통영에 묻힐 수 없다면 그냥 베를린의 하늘 아래 머물겠다던 남편의 눈에 고향이 비치고 있는 것은 아닌지. 꺼져 가는 숨결로 고향, 고향을 부르고 있는 것은 아닌지.

"여보, 당신은 이 세상에 마음 남길 일 없으니 한도 다 풀어요. 당신은 민족과 조국을 위해 할 수 있는 일은 다 했어요. 당신의 직업인 예술을 통해, 온 마음으로 인류의 자유와 평화를 그리고 정의를 세계에 호소했어요. 한 인간이 이루어 내기엔 너무나도 버거운 일들을 해낸 거예요. 그러니 이젠 편히 쉬세요."

아내의 위로를 듣는 이상의 어깨에서 힘이 빠져 나갔다.

1995년 11월 3일 16시 20분.

윤이상은 이렇게 한많은 생애를 마감했다. 북한에서 그의 유해를 모셔가겠다는 뜻을 전해 왔으나 아내는 이 제의를 거절했다. 고향 통영이 아니면 이국 하늘이 낫다던 남편의 유언을 생각해서였다. 어쩌면 그는 죽는 순간까지도 남과 북 어느 한 편에 서게 되면 어쩌나 하고 마음 졸였

는지도 모른다. 자신의 중립성을 나타내기엔 고향만큼 좋은 곳이 없다고 생각했을지도 모른다.

남과 북 모두를 사랑했으나, 어느 곳에서도 편안할 수 없었던 사람, 최고의 자리에 올랐으나 늘 외로웠던 사람—윤이상의 삶은 분단 조국이 낳은 또 하나의 비극이었다.

지금 베를린 교외의 묘지에 누워 있는 윤이상의 묘비엔 그의 삶이 요약된 글귀가 빛나고 있다.

"어떤 곳에 있어도 물들지 않고 항상 깨끗하다."

윤이상에 대한 평가

한국에서는 윤이상이 사망하고 난 후에야, 그의 작품에 대한 관심이 고조되고 있다. 그 이전에도 몇몇 음악회가 있었지만, 지속적인 관심을 유지시키는 역할을 하지는 못했었다. 국내외의 정치적인 상황이 그에 대한 평가를 뒤로 미루게 했기 때문이다.

최근에는 비교적 자유롭게 윤이상에 대한 토론들이 이루어지고 있는 편인데, 이것을 반영하듯 그의 작품을 연주하는 음악회가 늘고 있다.

1999년 5월에는 오페라 「심청」이 예술의 전당에서 공연되었다. 객석을 꽉 메운 관객들에게 인사를 하러 나와야 할 작곡가는 이미 이 세상 사람이 아니었지만, 관객들의 열기는 대단했다. 「심청」은 '가장 한국적인 것이 가장 세계적이다'라는 명제를 관객들에게 증명해 주었다.

이 공연 때 주최측은 윤이상의 부인 이수자를 초대하려 했으나 거절당했다. 남편에 대한 정부의 공식적인 사과가 없는 한, 남편의 명예가 회복되지 않는 한 절대로 고국 땅을 밟을 수 없다는 것이 이수자의 입장이었다.

1999년 9월 예술의 전당에서 주최한 국제 음악제 기간 동안에도 '윤이상의 밤'이 마련되었다. 한국인 음악가로서는 유일하게 그에게 하룻동안의 시간이 할당된 것이다. 서울 바로크 합주단의 연주로 진행된 이 음악회에서는 「현악 오케스트라를 위한 교착적 음향」, 「바이올린 첼로 피아노를 위한 트리오」, 「오보에와 첼로를 위한 2중 협주곡」 등이 선보여서 음악팬들을 즐겁게 했다.

앞으로도 윤이상의 작품은 많은 무대에서 연주될 예정이다.

윤이상은 세계 음악계에 커다란 발자취를 남긴 한국인 작곡가인데도, 정작 한국인들은 그의 음악을 잘 모른다. 가장 큰 이유는 자주 들을 기회가 없었다는 데에 있다. 여기에 대한 뒤늦은 반성들이 윤이상의 음악 세계에 대한 탐구로 이어지고 있다. 그의 작품을 주제로 한

논문들이 많이 발표되었으며, 작품을 연주하려는 단체들도 늘고 있다.

물론 이것은 조국을 너무나 사랑했던 한 음악가에게 우리가 보여 줄 수 있는 최소한의 애정 표현에 지나지 않는다.

그의 삶에 대해 정당한 평가가 이루어지고, 그의 모든 행동의 뿌리가 조국애에 있었음이 밝혀지는 날이 되어서야 윤이상은 진정한 한국인으로 우리들에게 돌아올 것이다. 그리고 그 때 우리는 비로소 소리내어 말할 수 있으리라.

윤이상은 위대한 작곡가이기 전에 위대한 한국인이었다고.

윤이상 연보

1917년	9월 17일 경상 남도 산청군 덕산면에서 출생.
1920년	통영으로 이주.
1933년	바이올린 주자 최호영에게 2년 동안 음악을 배움.
1935년	일본 오사카 음악 학원에서 2년 간 수학.
1937년	일본에서 돌아온 후 화양 학교 교사로 재직.
1939년	도쿄에서 이케노우치 도모지로우에게 작곡을 배움.
1944년	통영 청년들과 반일 활동을 했다는 이유로 두 달 간 옥고를 치름.
1945년	광복 후 통영 문화 협회 회원으로 활동하던 중 부산으로 가 고아들을 돌봄.
1948~52년	통영 여자 고등 학교, 부산 사범 학교, 부산 고등 학교에서 음악을 가르침.
1950년	부산 사범 학교 국어 교사 이수자와 결혼. 첫딸 정 출생.
1953년	6 · 25 이후 서울로 이주하여 여러 대학에서 작곡을 가르침.
1954년	아들 우경 출생. '한국 작곡가 연맹' 상임 위원으로 활동.
1955년	「현악 4중주 1번」과 「피아노 3중주」곡으로 서울시 문화상을 수상함.
1956년	프랑스로 유학하여 파리 국립 고등 음악원에서 수학.
1957년	서베를린 음악 대학에 입학.
1958년	다름슈타트 현대 음악제에 참가.
1959년	서베를린 음악 대학 졸업.
1960년	서독 프라이부르크로 이주.
	방송국에서 한국과 중국의 궁정 음악에 관한 강연 활동을 활발히 전개.
1961년	부인 이수자 독일에 옴.
1962년	관현악곡 「바라」가 베를린 라디오 방송 교향악단의 연주로 초연됨.

1963년	쾰른으로 이주. 북한 방문.
	바이올린과 피아노를 위한 「가사」와 플루트와 피아노를 위한 「가락」을 발표.
1964년	포드 재단의 장학금을 받아 베를린으로 이주.
1965년	오라토리움 「오 연꽃 속의 진주여!」 하노버에서 초연.
1967년	동베를린 사건으로 기소되어 제1심에서 종신형을 선고받음. 부인 이수자는 5년형을 선고받았으나 집행 유예로 석방되고, 윤이상은 1968년 제2심에서 15년형으로 감형 처분받고, 제3심에서 10년형으로 감형받음.
1968년	교도소에서 「나비의 미망인」 완성. 건강이 악화되어 병원으로 이송된 후 「율」과 「영상」을 창작함. 석방되기 전 서독 함부르크 자유 예술원 회원이 됨.
1969년	대통령 특사로 석방.
1969년	킬 문화상 수상.
1970년	하노버 음악 대학에서 작곡 강사 역임.
1972년	서베를린 음악 대학의 명예 교수가 됨.
1974년	해외 민주화 운동에 참여.
	서베를린 예술원 회원으로 추대.
1977년	한국 민주 민족 통일 해외 연합 유럽 본부 의장으로 선출됨.
1977~87년	베를린 예술 대학의 정교수 역임.
	루이제 린저와의 대담 『상처 입은 용』을 출판.
1979년	북한 방문.
1981년	「광주여 영원히」 초연.
1983~87년	매년 교향곡을 한 곡씩 발표함.
1985년	튀빙겐 대학에서 명예 철학 박사 학위 받음.
1988년	'독일 연방 공화국 대공로 훈장'을 받음.
1992년	함부르크 자유 예술원의 '공로상'을 수상함.
	일본에서 『윤이상, 나의 조국 나의 음악』 출판.
1995년	독일 바이마르에서 괴테상 수상. 11월 3일 별세.